我让我行上 3

酱子贝 著

IC-WINNER

北京燕山出版社
BEIJING YANSHAN PRESS

contents

001 **第二十二章**
偶像滤镜

026 **第二十三章**
Soft 五杀

051 **第二十四章**
赢下半决赛

077 **第二十五章**
春季赛总决赛

102 **第二十六章**
第一个冠军

126 **第二十七章**
Road 生日直播

151 **第二十八章**
出国比赛

176 **第二十九章**
对战 HT

200 **第三十章**
MSI 总决赛

224 **第三十一章**
强者永存

249 **番外一**
高素质网民

256 **番外二**
大满贯

267 **番外三**
转会风波

302 **番外四**
你进来，外面冷

『你之前不是跟我说你从来没去过游乐场吗？哥哥这就带你去玩，那边风景好，我们还可以让人帮忙拍个照。』

"我帮你领了一个世界第一中
单的名号回来."

"领对了
那名号现在就是我的."

第二十二章 偶像滤镜

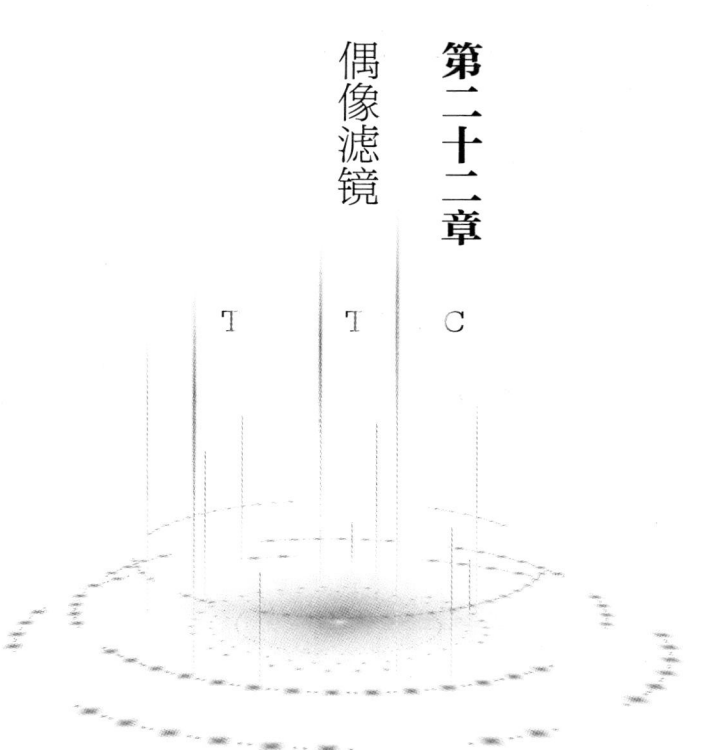

丁哥的消息犹如雪崩，最后打字实在表达不出他的心情，他直接拨了电话过来。

路柏沅清掉野怪回城，接起电话。

"嗯。"

"我们在宣传周边，水友反响还不错。"

"撞车了就聊两句……下午回来？不是要过夜？随你，一路顺风。"

他声音平静，仿佛对面的人在跟他聊"今天北京晴空万里，我有一点儿想你"，而实际上丁哥现在一句话里能带三个字的脏话。

"哈哈哈，丁哥嗓门太大了，不开扬声我都听得见。"

"还好丁哥没看 Soft 的直播，不然会被对话框里打的那些字气到原地起飞回上海。"

"路神会开麦我是万万没想到……从来没见过路神在公开场合骂过谁。"

"刚有个人在我面前说 HT 厉害，我把他打进医院了，我做得对吗，兄弟们？"

"HT 内部的确看不起 LPL，包括战队的工作人员，连 Master 都经常在采访里公开嘲讽，还粉这种战队的怕不是脑子有问题。"

路柏沅成为 LPL 选手以来，从来没公开嘲讽过哪位选手。他年轻气盛的时候是不屑，现在是没必要。

所以 XIU 在听完 Savior 的翻译之后，来回问了两句："他真这么说的？""你是不是给我瞎翻译，你知道废物是什么意思吗？"之后，震惊地在二塔停下来打字。

XIU：兄弟？

XIU听到这话当然也生气，但或许是他在PUD待久了，被骂"H国战队"骂得多了，早已拥有一颗强大的心。更何况为了一个脑残骂脏话，平白给黑子送黑点，没准还要吃联盟处罚，怎么看都吃亏。

路柏沅扫了一眼XIU的消息，刚想说什么，对方又开始了。

Rish：哥，下午好，不要骂人啊。

路柏沅是所有海外赛区中人气最高的LPL选手，以前去H国打比赛的时候，就算是去H国那几个顶尖战队的主场，在观众席依旧能看到大批路柏沅的应援牌。

加上路柏沅连着拿了几年的最佳打野，放在H国赛区就是稳稳的前辈人物。

但Rish去年刚成为H国赛区最强战队HT的首发队员，年纪也就比Savior大一点儿，性格还是傲的。

Rish：哥，你们之前的中单已经辞退了吗？

Rish：战队还是不好好找中单，真的很浪费你们队伍的配置啊！哥，战队的新中单好像还是不行啊。

Rish：如果我说的话让哥不高兴了，我很抱歉，不过哥今年能打进季中赛吗？我想当面跟哥道歉。

Savior：臭小子，打个游戏还跟前辈互动，你们战队经理没教过你怎么尊重前辈吗？——XIU哥让我发的，哥。

Rish不知道是听进去了还是被经理gank（抓人）了，没继续说话。

"干吗呢？"路柏沅的声音把简茸拽回神，"你在蹲我？"

简茸为了看弹幕上的翻译，在野怪F6旁边的草里挂了一小会儿机。

此时，路柏沅操控的梦魇正站在他面前。

"没，我在看翻译。"简茸删掉对话框里的字，动了动鼠标，"你会H国语？"

路柏沉说:"我会一点儿。"

"何止是会一点儿……"袁谦想起什么,"我们夺冠那年就是去H国打的比赛,当时富哥被嫂子拿捏,有点缺经费,H国那边每位翻译负责六个战队,根本忙不过来。我和小白都想好怎么跟人比画'吃饭''你真棒'和'你脑子坏了吗'了,队长一张口,好家伙,H国语一百级。"

"哇,我当时以为我哥从电视剧里走出来的。"小白立刻插话,"那些叫朴什么硕什么的,没一个比得上我哥。"

简茸想了一下,夺冠那年,路柏沉好像也就十八岁?

"你别听他们瞎扯。"路柏沉道,"走。"

简茸跟上他,说:"去哪儿?"

"先去拿蓝。"路柏沉看了一眼小地图,跟回老家似的进了敌方的野区,"然后去下路。"

另一头,豆腐觉得他这整个春季赛都在水逆。

春季赛第一场拿出自己的本命英雄被人当孙子杀,从此一蹶不振,怎么打都不对劲,最后整个常规赛就赢了一场,直接跟季后赛说再见。

现在连打个排位赛都不得安宁!

他先是没拿到AD位,被系统自动补位只能打辅助,遇上的AD搭档还是一个脑瘫H国选手,开局到现在没说过一句人话——要不是他被战队经理红色警告,早就挂机走人了!

这些也都算了。

豆腐抬头看了看自己的战绩,0/4/4。

再打开战绩图看Rish的战绩——1/8/3的德莱文。

Rish一上来就把对面中野得罪了,对面下路直接办起了召唤师峡谷麻将大赛,一上线就四个人在等着,他们这边的打野又是一个不给力的路人,对面几乎一抓一个准,最后只能弃塔跑路。

他恍惚回到春季赛第一场,满脑子都是自己被劫追着索命的场景。

又一次小团战被虐杀，豆腐看着在自己尸体上跳舞的人，终于忍无可忍，他打开对话框，愤怒打出拼音——

doufugg：你跳错人了！右边那个才是Rish！

在他尸体上跳舞亮图标的简茸有一秒钟的停顿。

Softsndd：哦，不好意思。

有队友一直不愿意投降，好不容易等到对面推基地，豆腐深吸一口气，抖着手去掏烟。

游戏中，简茸又说话了，还一连发了一长串，不用猜都知道是在骂Rish。

豆腐把烟叼嘴里，等弹幕里的水友翻译。

Softsndd：季中赛等着，脑残。

豆腐吸一口烟，突然觉得这把掉分也无所谓。

Softsndd：你等着我把你打下首发位。

豆腐微微一笑，舒服了。

他吐出一口烟，对直播间里的观众道："别说，这家伙偶尔也说点人话。"

Softsndd：你的德莱文玩得比你旁边的辅助还菜，在谁面前装呢？

豆腐："……"

豆腐吐掉烟，早管不得自己身上是什么颜色的警告了，声音响彻整个基地："Soft，我杀了你！"

丁哥当晚从北京赶回来，抱着谋杀队员的心，拎着奶茶回了基地。

他到基地时，队员们都围在客厅电视机前看比赛，季后赛已经拉开序幕，排位靠后的队伍要争夺跟TTC、PUD打半决赛的机会。

"托你们的福，PUD的经理说一会儿要联合其他战队一块儿给我送一面锦旗，感谢你俩为LPL出了这口恶气。"丁哥笑中带泪，泪里含恨，"你们当时不在现场，我没法告诉你们那狗东西语气有多阴阳怪气，我半途好几次想改道PUD基地，最后都忍住了。"

小白体贴地说："没事，就算你真去了，我们也会想办法捞你出来的。"

丁哥咬牙切齿道："我谢谢你。"

丁哥走之前还挺放心的，他觉得有路柏沅在，简茸是折腾不出多大的水花的。

没想到路柏沅自己一个大招进去先开了团。

而当事人此刻并没有反悔的意思。

路柏沅靠在沙发上，问："HT是不是有什么入队仪式？例如入队之前都要接受Master洗脑之类的……"

另一位当事人低头喝了一口丁哥送来的奶茶，问："什么意思？"

"Master经常嘲讽来LPL打比赛的H国外援……所以H国那些喷子都很捧他。"袁谦解释，"说来也怪，还真就是每个进HT的选手都喜欢搞这种鄙视，其他H国战队就没这么多事。"

Pine说："虽然是这样，但今年还是有LPL队伍去拉拢Master。"

"哒……今天我们搞这一出，H服和国服的喷子肯定又要自我感觉良好一波。"小白皱着脸道，"万一我们季中赛没夺冠咋办？"

"没万一。"简茸冷冷打断小白，"我们能夺冠。"

路柏沅看了他一眼，男生皱眉抿唇，显然还沉浸在打爆Rish狗头的情绪里。

简茸说这种话时总是很有气势，很容易就让人忘记他还是刚入队的新人——

"季中赛……你们春季赛夺冠了吗，就季中赛？"丁哥回过味来，说，"这半决赛都没打完呢！"

袁谦哈哈笑了两声，又忽然想起什么，说："那这次直播的事，他们俩不会又要被罚款吧？"

小白说："上次才被罚没多久，再被罚就二连击了。"

"罚个屁。"丁哥的情绪被他们感染，说，"事是别人先挑的，要罚那

Rish 也得罚，一块儿罚我也就认了，要只罚 LPL 不罚 H 国赛区，我非找水军淹了联盟那群管理……"

电视在直播 MFG 和 UUG 的比赛，MFG 那位女中单接连发力，这局比赛再次成功 carry 队伍，帮队伍拿下了 BO3 第二场的胜利。

女生拿起水杯，面无表情地起身，回到后台准备下一局游戏。

袁谦感慨："这女中单进步好快，我们最后该不会和 MFG 打半决赛吧？"

丁哥的注意力立刻被转移，说："有可能，我觉得不是他们就是战虎，MFG 常规赛最后一场打得很漂亮。"

路柏沅问："录像下载了没？"

战队的工作人员会把每场比赛都下载下来，方便教练们随时翻看。

丁哥说："下了，不过在手提电脑里，我的手提电脑放车上了。"

"我平板电脑里有。"简茸顺口问，"你要看吗？"

路柏沅意外地挑了下眉，然后说："好。"

小白满脸惊奇，一副儿子长进了的表情，说："你还会看录像？"

简茸懒得理他。

其实他不常看录像，但是遇到精彩的对局或是想研究的对手，他还是会专程去下载那一场比赛或排位的录像。

MFG 那位女中单就在他近期研究的计划内，不过因为忙着爬 H 服第一，最近他还没来得及看。

简茸拿了平板电脑下楼，递给路柏沅，说："在网盘里，第一个视频就是。"

路柏沅点亮屏保，上面是撅着屁股的小橘。

他扯了下唇，问："密码是什么？"

常年用指纹解锁的简茸顿了一下，他咬着奶茶吸管靠到沙发上，朝路柏沅那边偏了偏身子，说："四个一或者四个八？你都试试。"

路柏沅输入四个八，屏幕成功解锁。

平板电脑主人昨晚看完忘了关的界面安安静静地躺在屏幕中。

简茸看着自己昨天不慎打开的"TTC限定同人画",咔的一声,硬生生把奶茶的塑料吸管咬坏了。

电视里解说的声音离他远去。

身边队友的聊天声也离他远去。

当路柏沅的食指点到屏幕上,往下滑动这张画的那一刻,简茸觉得自己即将离开地球。

简茸尴尬极了,他伸手去挡,伸到半空被路柏沅抓住。

路柏沅说:"别动,我看看。"

MFG和UUG的第三局比赛开始,其他人在热烈讨论阵容和预测胜负,没人听得见他们说什么。

简茸抽了一下手没抽出来,于是只能假装镇定地解释:"是有人在评论下面@我。"

昨晚他就是嫌这幅画构图太夸张才关平板电脑的,再看一次,更加觉得离谱。

路柏沅看完这张图,顺手点进了这个博主写在文案上的超话。

顶在超话第一条的也是画,路柏沅看着右上方表示账号点了收藏的黄色小星星,好笑道:"这也有人@你?"

简茸来回抿了好几次唇,最后自暴自弃地说:"我自己逛到的。"

"哟——MFG这波可以啊,感觉他们上单也有进步。"袁谦别过头来,说,"录像找到了吗?不然微信里给我传一份吧。"

"现在比赛直播呢,急着看什么录像啊,现在这场才是他们最真实的状态。"丁哥回头说,"你们……"

"找到了。"路柏沅应了袁谦一声,然后锁上屏,把平板电脑放到腿边,"先看直播。"

丁哥那天王老子来了都不怕的气势走得很快,比赛刚结束,联盟工作人员的电话就打过来了。

他连忙接起电话，起身往阳台走："哎，我正想给你打电话呢……这次的事我一定要好好给你说，不是观众举报的那样，那些黑子从来不分青红皂白……"

袁谦喊着回去训练，小白跟在 Pine 后面，逼他跟自己双排，简茸拿着奶茶起身，吸了两口，发现吸管坏了根本喝不上来。

丁哥的声音从阳台传来："小路，过来一趟！"

简茸看着所剩不多的奶茶，正想着扔掉，奶茶杯就被人抽走了，紧跟着另一杯还没开过的奶茶被塞到他手里。

路柏沅做完这个动作，才转头懒懒应一句："知道了。"

简茸回了训练室后，总觉得哪里不对劲。

他连赢两局排位，终于升上了王者，晋级的特效被旁边的小白看见了。

"好消息！好消息！"小白对着自己直播间里的粉丝道，"我们中单上王者了，离 H 服第一又近了一步！啪啪啪！"

他又往简茸电脑桌看了一眼，眼馋地问："你这奶茶不喝啊？不喝给我吧，别浪费。"

小白意图犯罪的小胖手被简茸打了一下。

简茸拿起奶茶猛喝一口，然后放到了桌子另一边。

"哎，小茸。"身后的袁谦回过头来，说，"那录像不用传我了，我自个儿下载了。"

简茸："……"

我的平板电脑！

简茸腾地站起身，转头就想冲下楼，然后他透过玻璃门看见路柏沅和丁哥正一块儿往楼上走，两人不知道在交谈什么，路柏沅两只手插兜，右手臂夹着他的 iPad 上了三楼。

"我对他上 H 服第一有没有信心？有啊。我对我们夺冠都有信心，H

服第一算个啥，是吧，简茸？"小白说完扭过头，愣了一下，说，"你干吗？上厕所？"

简茸没应他，只是缓缓坐到座位上，撑着手肘，用双手使劲儿揉自己的脸。

小白一脸纳闷，道："你尿急就去上厕所啊！"

简茸说："闭嘴。"

简茸第一次觉得训练时间这么漫长。

打到今天他的目标分数，他终于忍不住拿出手机。

艹耳：我的平板电脑……你用完了吗？

R：你打完了？

艹耳：嗯，刚结束。

R：你过来拿平板电脑。

路柏沅的房门留着一条缝，简茸都做好丁哥也在里面谈事情的准备了，结果推门进去，只有路柏沅一个人在。

路柏沅正坐在床头打电话，手机开着扬声，对面是 XIU 的声音。平板电脑放他腿上，上面在静音播放 MFG 的比赛。

对于职业选手来说，解说没那么重要，开静音一样看得明白。

XIU 正在说 Savior 没受影响，还问他有没有挨骂。

简茸没出声打断，也不好直接把平板电脑拿走，他坐到路柏沅窗边的椅子上，打算等路柏沅打完电话再说别的。

XIU 说："不过他们俩年纪轻，去理那人也就算了，你凑这个热闹干什么？反正那人怎么都不敢说到你身上的。"

"我不爽就说了。"路柏沅嗓音低沉道，"还有事吗？没有我挂了。"

"你急什么，再聊聊，反正今晚教练不让你训练。"

"我旁边有人。"

XIU："……"

XIU 飞快挂了电话。

路柏沅把手机丢到一边,说:"这场比赛还剩一会儿播完,等我看完?"

"好。"简茸顿了一下,说,"你抽烟了?"

路柏沅挑眉道:"我在阳台抽了一支烟,问丁哥要的……味道很重?"

连丁哥都愿意给他烟,简茸皱眉道:"联盟怎么说,罚款还是禁赛?他们要罚不也该罚我吗?"

"不罚,我们只是聊到去年跟HT那场比赛,瘾上来了。"路柏沅没再往下说,他忽然发觉什么,转头问,"今天你后面那几句……故意的?"

那场游戏到了后面其实没有人再互动了,但简茸在游戏最后还是把Rish嘲讽了一顿,路柏沅那句"废物"对比起来似乎就没那么严重了,这样后面如果有黑粉趁机带节奏,也不太会扯到路柏沅头上。

"我本来就想骂他。"简茸想起Rish说的话,眼皮又耷拉下来,"以后再遇到这种人你别开麦,我来就行,反正我直播间的水友也习惯了。"

路柏沅安静了两秒,道:"你可能没弄明白。"

简茸从比赛录像里抬眼:"?"

路柏沅道:"我邀你入队,不是为了找个小弟来帮我骂人的。"

简茸:"……"

路柏沅抬眼看他,说:"你以为我今天搭理他做什么?PUD挨骂跟我有什么关系?"

PUD自己都不着急,路柏沅自然也不可能去掺这一脚。

但那人说到简茸头上了。

简茸眼皮一跳,说:"我知道,可我有前科,我骂人,那群水友也不会觉得有什么。"

"不是。"路柏沅好笑地说,"简茸,我一直想问……你对我的偶像滤镜是不是有点厚?"

简茸顿了一下,没说话。

他十三岁就被路柏沅投食,之后看了几年路柏沅的比赛,后来又因为路柏沅进了队伍……怎么可能没有滤镜。

实际上，他会想到去直播 LOL 赚钱，也是因为路柏沅那时候宣布自己签了直播平台。

简茸刚开直播的时候有点不好意思，还戴着路柏沅的周边帽子播了几天，虽然大得有点滑稽，但他那时候一直觉得很酷。

路柏沅看他用食指不轻不重地抠椅垫，突然道："丁哥是在加入战队之后才开始碰烟的。"

简茸一愣，眨了眨眼。

"因为我总是跟他吵架。"路柏沅的声音在安静的房间里显得有些沉闷，"每天都吵，我哪场比赛不参团要吵，不配合参加商演活动也吵，丁哥来的时候挺精神一人，打完 LSPL 一天，一盒烟都不够……"

"我以前在黑网吧的时候，人小不懂事，游戏玩上头，天天跟人 solo（单挑），说话也没好听到哪儿去，黑网吧的常客全被我挑遍了。"

简茸问："你输过吗？"

路柏沅默了一下，说："号都封了一个了，你说呢？"

简茸皱了下眉，说："你没再找他打回去？"

"那人搬走了，联系不上……这是重点吗？"路柏沅气笑了。

他的意思是，自己也是从黑网吧一路摸爬滚打出来的，骂人吵架下人面子这些混事干得不少。

现在的人总喜欢把他捧上神坛，但其实除了家里比较有钱，他和其他的电竞选手没什么不同，一样会在忍不住的时候嘲讽人，只是懒得摆到台面上。要不是丁哥打了电话来，更难听的话他也不是没有。

路柏沅从没想过要在粉丝面前隐藏自己某一些性格，也不怕黑子怎么说他，更不需要简茸用这种方式吸引火力挡在他前面。

简茸当然听得明白，但是……

他揉了揉鼻子，说："但我就是不想你挨罚，不行吗？"

路柏沅愣了一下。

"那脑残算什么，他凭什么让你吃处罚？还有直播间里那些黑子，什么事都能见缝插针地黑，还特喜欢开小号，房管封都封不过来，我又不能用你的名义骂回去，干脆就让他们骂我，我还能还嘴。"

路柏沅听完，细细品了一会儿。

简茸继续道："而且他本来嘲讽的也是我，我骂回去很正常，别人也不会觉得有什么。"

"等等，简茸。"

"嗯？"

路柏沅忍笑问："这是你们喷子照顾人的方式吗？"

简茸："……"

简茸的脸色很明显臭了两分，好一会儿才硬邦邦地说："算是吧。"

路柏沅没忍住，别过脸笑了。

简茸本来没觉得有什么，但路柏沅这么一笑，他就觉得自己这个做法挺蠢的。

面子挂不下，他看到平板电脑上的视频播放完毕自动暂停，就起身去拿平板电脑，说："看完我拿回去了。"

"不是，"路柏沅抓住他的手腕，说，"我没笑你，就是觉得挺高兴的。"

路柏沅扫了一眼平板电脑，道："比赛看完了，中单还行，不过对线跟你比还是差一点儿。"

不知道谦虚怎么写的简茸点头道："当然，以前打排位我们遇到过几局，她没赢过我。"

"你别给点颜色就开染坊。"路柏沅失笑，轻轻拍了拍他的头，"挺晚了，回去睡觉。"

上海入了晚春，这个月气温直线回升，甚至有两天飙到了二十八度。

天气还没到非开空调不可的程度，不过基地里已经有人在自己机位旁架起了风扇。

在这天下午的训练赛中,WZWZ的辅助用全屏聊天抱怨他们基地的空调坏掉影响训练,小白回了一串省略号,终于忍不住问出了这两天他一直纳闷的事情。

"大哥,前段时间上海十几度,你穿条短裤打排位抖都不带抖一下,这几天上海都快三十度了……"小白低头看了眼简茸的裤子,"你怎么还天天穿着长裤啊?"

路柏沆闻言,偏头看了一眼简茸的长裤。

简茸道:"不要管队友的生活。"

"我这就是在管自己。"小白理直气壮地说,"这几天太热了,我还想说服丁哥开空调呢,瞧你穿成这样,他肯定不答应。"

简茸很无情地应道:"那你就热着。"

训练赛刚结束,比赛房的门就被人推开了。

丁哥拿着小本本走进来,单刀直入地说:"上次Rish直播事件的处理结果出来了。"

简茸立刻问:"他被罚了没?"

丁哥说:"没。"

简茸的脸色迅速冷掉,没再说话。

"他先嘲讽的,凭什么不罚他啊?"小白关掉训练赛的战绩表,问,"那罚我们中野什么了?"

丁哥说:"我们也没挨罚。"

袁谦皱眉道:"就是谁都没罚?那还算什么处理结果,直接就是不处理嘛。"

"罚了。"丁哥清了清嗓子,"罚了豆腐两万。"

小白:"?"

"一万是直播说脏话……另外一万是言语攻击我队中单Soft。"

简茸："……"

大家安静了两秒，然后哄堂大笑。

尤其是小白，笑得眼泪都出来了，说："哈哈哈，他也有今天！不行，我一定要去他直播间看看他现在的表情，哈哈哈哈。"

"你得了吧，给我安分点。"丁哥敲了一下他的脑袋。

得知路柏沅没挨罚，简茸松了一口气，关游戏的动作都干脆了些。

"还有一件事，"丁哥道，"明天四分之一决赛在我们战队的主场馆办，战虎打MFG，我可以拿到内场票，咱们要不去看现场？看完顺便带你们下个馆子。"

因为采用冒泡赛机制，季后赛的赛程进展得非常快，一场BO5淘汰一个队伍，几天之后，他们分组下面就只剩最后两个队伍——战虎和MFG。

这两个队伍中获胜的队伍将直接和他们打半决赛，胜者则获得参加春季赛总决赛的资格。

常规赛结束后就没人出过门，除了睡觉时间，大家几乎扎在训练赛和排位赛里，听见这话，大家登时都激动了。

"去！"小白眼睛一亮，"我能指定馆子吗？"

"不行。别以为我忘了上次你指定的那家1599元一位的破烂自助餐。"丁哥问，"确定都去是吗？那我找工作人员拿票了？"

Pine淡淡道："嗯。"

"能不能多准备一张票？"袁谦问，"我想带悠悠一起去。"

"没问题，自家票还怕拿不到？"丁哥说完，看了眼没吭声的中野，"你们俩去不去？"

简茸其实不太喜欢去现场看比赛，环境太吵，还要仰着脑袋看屏幕，位置如果坐得远，那连双方选手的技能情况都看不清。

路柏沅拆掉鼠标，说："随便。"

简茸顿了一下，说："去。"

走出比赛房，路柏沅想到什么，转过头问丁哥："H国赛区那边现在什么情况？"

"HT小组第一，他们赛程比我们晚，半决赛还不知道要打哪个战队。"丁哥说完，压低声音道，"不过我觉得他们夺冠希望比较大，不出意外的话，季中赛应该是他们上。"

路柏沅"嗯"了一声，停下了脚步。

丁哥一脸纳闷，跟他停下，说："干吗？"

"你先走。"

丁哥顺着他的目光回头看了一眼，正好看见他们中单抱着键盘走出来。

丁哥："……"

你们是小学生吗？放学还得一个等着另一个？

翌日下午，TTC一行人准备去看比赛。

因为是当观众去的，丁哥叮嘱他们尽量穿得低调一点儿，最好别引起什么骚动。

没一会儿，他们中单穿着普通十八岁男生爱穿的白T恤牛仔裤，戴着打野的周边帽子上了车。

丁哥微笑地问："这是MFG和战虎的比赛，你戴咱们战队的周边帽子去是想砸谁的场？"

"我只有两顶帽子，一顶这个，一顶我自己的周边。"简茸捏着帽檐说，"不然我不戴了？"

丁哥看了一眼他隐隐露出的两撮蓝毛，闭了嘴。

又过了两分钟，他们打野穿着普通二十三岁男生爱穿的黑T恤牛仔裤，戴着中单的周边帽子上了车。

丁哥说："怎么，你也只有两顶帽子？"

"就这顶。"路柏沅道，"新周边我忘了拿，剩下的上次带回家了。"

丁哥："……"

最后，丁哥拦住企图下车拿自己周边帽子去比赛现场打广告的小白，让司机开了车。

事实证明丁哥实在想太多——别说戴了帽子，就是他们穿件大棉袄和戴顶雷锋帽来，都能被导播一眼认出。

他们进入比赛场地后，屁股都还没坐烫，大荧幕上的镜头就给到了袁谦和丁哥，还把袁谦身边坐着的悠悠也拍了一半进来。

在场粉丝先是一愣，然后纷纷出声尖叫，还有人忍不住站起来往他们这儿望。

"我们能看到TTC的选手也来到了现场。"解说甲调侃道，"是来挑半决赛对手的吗？"

解说乙微笑道："你别带节奏，TTC经理这个赛季承受得已经够多了。"

之后镜头给到了Pine和小白，小白立刻抬手比了一半的心，然后用肩膀撞一旁的Pine，示意他配合。

Pine面无表情地把他的手按回去，压在了座位上。

最后，镜头再缓缓往右移。

简茸和路柏沉入了镜。镜头由上往下拍，两人的帽檐都压得很低，这个角度看不清表情。

"果然，路神和Soft也在……等等，"解说甲顿了一下，说，"他们俩的帽子是不是戴反了？"

解说乙说："嗯？不过我记得上次S赛总决赛的时候，Soft戴的好像也是路神的周边帽子？"

解说甲轻咳一声，说："我们的比赛马上要开始了，对了，今年的春季赛总决赛在哪儿办来着？"

解说乙立刻接话："山城重庆！"

丁哥很想揍人，担心导播搞事给自己镜头，他扯着嘴角，努力假笑。

简茸其实没想摆脸色，只是他嘴唇绷着，加上平时形象不太好，就给人一种臭脸的错觉。

他抬头想看一眼大荧幕。

简茸看到屏幕里的自己和路柏沅，恍惚间像回到了去年S赛总决赛的现场。

不过当时他只是一个意外入镜的路人，他坐在旁边听着TTC几个队员商量看完比赛之后去哪里聚餐，吃哪家的烤串……

当时路柏沅应该也没想到旁边坐着的人看了几年他的比赛，喝过他递来的牛奶，还差点卖了他送的入场券。

镜头终于给回解说席，三位专业解说很快回归正题，开始分析导播给出的今日两个战队的过往阵容和战绩。

五分钟后，MFG和战虎的队员正式入场，简茸看了眼台上的人，MFG今天依旧是那位女成员打首发。

季后赛第一场MFG的首发中单空空表现一般，让这位替补女队员得到了很多机会。

战虎五位老大哥在常规赛期间似乎又增重不少，跟MFG战队那几个小瘦子形成鲜明对比。尤其那位女中单，不知道是不是压力太大，都瘦成了瓜子脸。

不过也正常，替补打首发的机会本身就不多，一场打得不好很有可能就继续回去看饮水机。

解说甲说："今天MFG一如既往上他们的女将Jm啊。"

"Jm状态好嘛，这几场表现都很出色，她上很正常。"镜头给到Jm，看到女生白净的脸庞，解说乙笑道，"十九岁的女生皮肤就是水灵，往台上一放就是万草丛中一枝花。"

"这位女选手我是有印象的，她以前在一区的ID好像叫JmRoad？后来入队才改成了战队ID。"解说丙嘿嘿一笑，说，"看来Jm也是路神的粉丝呢，不过也正常，毕竟是LPL第一野爹嘛。正好今天路神也在现场，她打完比赛，两人没准可以交换联系方式什么的。"

路柏沅似有所感，看向简茸。

果然，男生一只手撑着下巴，正扭头看着解说丙的背影。

路柏沅失笑，往他那儿靠了一点儿，说："你觉得谁会赢？"

简茸收回视线，场上选手在调试设备，还未进入禁选环节："不看阵容的话……战虎胜率大点。"

虽然 MFG 换上新中单后配合出色，从常规赛倒数第四一路逆袭来到了四分之一决赛，但战虎这种老牌战队的实力和配合就摆在那里。

面对整体实力在他们之下的战队，又是五局三胜制这种考验选手耐性的比赛，战虎很难翻车。

路柏沅看他抿着唇，问："你还想跟战虎再打一次？"

简茸毫不犹豫地点头："嗯。"

之前常规赛那局憋屈的单机小鱼人结束后，简茸连着练了很久的小鱼人，后来在训练赛里也用小鱼人单杀了战虎中单大牛好几次。

但谁都知道战虎在训练赛和正式比赛里的状态完全不同，训练赛单杀十次八次都不能说明什么。

简茸记仇，不服输，在哪儿跌倒就想再从哪里爬起来。

比赛很快进入 Ban&Pick 界面，双方阵容选出来，一眼过去全是中后期英雄。

丁哥看得认真，用本子把两个队伍的禁选情况全部记下来，然后下意识别过脑袋问："你觉得那名女选手怎么样？"

路柏沅："？"

"我这几天看了录像，发现她的发条和岩雀都不错。最关键的是，她很会玩保人中单，露露、卡尔玛都能玩，这就是女性玩家的优势吗？"丁哥叹了一口气，说，"我有点后悔当时没把她招进来了，放替补席，没准咱们能试着玩一玩四保一战术，你拿个千珏，袁谦拿个慎，辅助再来个日女之类的，

Pine岂不是直接起飞……"

简茸说:"我也能玩露露、卡尔玛。"

"你玩个屁。"小白想也不想道,"上次排位你点错英雄拿了个露露中单,跟你双排的P宝一整局吃了几个盾来着?"

Pine毫无感情地应道:"四十七分五十一秒,三个。"

小白叹气,道:"P宝可怜。"

"你背井离乡来上海这么久,"简茸转头问小白,"吃过上海的拳头吗?"

小白已经被威胁习惯了,他转头刚想说什么,突然看见他哥伸手按在简茸的帽子上,轻松地把满脸不爽的中单按了回去。

BO5比赛很快开始。

第一场比赛,MFG在前期的表现还是有很多亮点的,下路压了战虎十七个补兵,中单更是差一点儿单杀大牛。

简茸看了眼荧幕中一脸平静地回城的大牛,脱口道:"他算好的。"

路柏沅"嗯"了一声,说:"看着像差一点儿,其实大牛选择压线吃那波兵的时候就算准了对方的伤害杀不了他。"

不过没杀掉也没关系,抑制住大牛的发育也是好的。

就在大家觉得MFG这局有希望拿下的时候,二十分钟的一场小龙团战,战虎上单纳尔变大之后,直接把MFG上下路三人全砸在了墙上,大牛的妮蔻紧跟着进场,高高坠落晕住三人,AD操控厄斐琉斯打出爆炸伤害。

一波完美团战扭转局面,MFG被开到的三人连大招都没开出来就直接灰了屏。

最后,战虎杀掉敌方四人,并拿下了属于自己的第二条小龙。

"MFG这局没了。"丁哥盯着比赛界面说,"春季赛开赛到现在,凡是让战虎拿了前两条龙的比赛,他们都没输过。"

果然,这一波团战之后,场上回到了战虎的节奏。

雪球一点儿一点儿滚起来,等简茸再抬头去看经济,战虎已经领先了

MFG 七千金。

第三十八分钟，前期被压制的大牛单杀敌方中单，战虎五人直奔 MFG 基地，拿下了第一局比赛的胜利。

第二局，MFG 依旧上替补中单，在这次 Ban&Pick 中，Jm 拿到了她最擅长的发条魔灵。

路柏沉余光瞥见自家中单皱着眉，饶有兴致地问："这发条拿得怎么样？"

"战虎的 Ban&Pick 没出过错，"简茸沉默两秒，道，"这手发条不是她拿的，是战虎故意给的。"

简茸话音刚落，大牛选了一个前期非常克制发条的辛德拉。

大牛身为 LPL 资历最老的职业选手，虽然已经过了巅峰期，但他仍旧保持着职业选手该有的实力，前中后期都能打，是真正的全能中单。

再加上他和自家打野默契无间的配合，不到十五分钟，发条的战绩就走到了可怜的 0/3/0，一个需要发育的英雄，到了中期却根本不敢越过河道线去补兵推塔。

这局比赛结束得比预想中还快，第二十八分钟，战虎就推平了 MFG 的基地。

第三局，MFG 终于换上了自家首发中单空空。

可惜仍旧无济于事——这两局的问题出自集体，并不只是出在中单的身上。

三十分钟后，战虎 3:0 干脆利落地夺得胜利，正式成为 TTC 下一场半决赛的对手。

看完赛后采访，TTC 一行五人起身离开场馆。

因为被粉丝发现，担心引起骚动，工作人员特地上前邀请他们去后台走员工电梯，能直接坐到楼下的停车场。

"这群人平均年龄都过二十五岁了，怎么还能进步得这么恐怖？"丁哥按下电梯键说，"尤其是大牛，我本来觉得他去年就要退役了。"

"应该快了。"袁谦背着悠悠的包，道，"实力再强身体也受不了，我听说他们上中野腰伤都很严重。"

话音刚落，某人的一只手拦住即将关闭的电梯门。

简茸抬起头，看到了神情失落的 MFG 队员们。

两队人皆是一怔。

简茸下意识去看 MFG 那位女中单 Jm。Jm 头发有些乱，也没顾上打理，虽然脸上没什么表情，但眼眶绯红，里面潋滟一片，应该是哭过，委屈得让人看着就忍不住想安慰两句。

所以刚下班从 MFG 队员身后经过的解说丙停下了脚步，挂上跟比赛时一样欠揍的笑，道："这架电梯能坐十五个人的，进吧进吧。哎，Jm，你不是喜欢路神吗？正好，可以问路神要个微信什么的。"

这话一出，站在女生面前的 MFG 上单忽然动了动，不露痕迹地完全挡在了她前面。

与此同时，路柏沆感觉到自己身边的人顿了一下，然后侧了侧身子，看向观光电梯的透明玻璃外。

"不了。"

"不用了吧。"

Jm 和路柏沆异口同声。

Jm 揉了揉眼睛，非常冷静地说："以前他是偶像，现在是对手了。"

以为她是不好意思，解说丙笑道："没事啊，选手之间互相加好友很正常的，而且可以聊比赛以外的事嘛！"

简茸很想问问他是不是主业做媒婆副业做解说。

Jm 犹豫了一下，可能觉得加个好友也不亏，她抬头征询地看了一眼路柏沆。

"不了，不太方便，我的微信别人在管。"路柏沆随便找了一个借口，在所有人傻眼的目光中对她笑了笑，"你打得不错，期待下次赛场上见。"

MFG战队的人终究没进电梯。

电梯里的人都各怀心思，抬头看了一眼头顶的监控，一路沉默地回到了车上。

车门关上的那一瞬间，所有人都回头看向后座。

此时小白的模样就如同那些赶着冲KPI的狗仔："哥，你的微信归谁管了？"

袁谦看出了什么，问："不方便说？"

"行了，这么八卦干什么？你没听出他是闭眼瞎扯的吗？开车呢，你们赶紧坐好！"丁哥回头道，"再过四天就是半决赛了，把你八卦的精力放在怎么打赢战虎上。"

小白无辜道："我这不是关心我哥吗？"

原本说顺路去吃晚饭，但富哥临时打了电话来，说朋友一家私房菜馆刚开业，他让人打包了晚饭回基地。

于是一行人半路转道回了基地。

半决赛的队伍已经定下，当晚不必说，自然是重温刚才那场四分之一决赛录像下的饭。

"我是真不喜欢和战虎打比赛。"小白看着电视抱怨，"每次都像一拳打在棉花上，像温水里的青蛙，打着打着莫名其妙就劣势了。"

路柏沅靠在沙发上说："没办法，他们过了巅峰期，如果线上能打出优势，没人想拖到大后期。"

袁谦喝了一口汤，感慨道："我还是比较怀念他们以前的打法。"

简茸心不在焉听了半天，闻言问："他们以前是什么打法？"

"跟他们战队名一样。"路柏沅道，"以前LPL打比赛，五分钟内不爆发人头都会被弹幕骂菜。"

小白想到了什么，对简茸道："所以我说你入行晚了。你这种打法放到五年前……不，三年前吧，肯定是明星选手。那时候还不学H国人的东西，打架全靠临场发挥。"

袁谦低头在回消息,在吃饭他就懒得戴耳机,收到什么语音干脆直接点出来——

"谦哥,我是石榴。我问一下,小茸跟你在一块儿吗?我给他发了好几条消息没回,没出啥事儿吧?"

简茸从战虎的比赛开始到现在都没看过手机,打开一看确实收到石榴好几条语音。他把语音全部转文字,在等待转换的时间里回了一句"我在"。

石榴的微信电话马上打了进来。

简茸不想打扰其他人看录像,拿着手机去了阳台。

"我是想找你双排,顺便问你有没有空,我打算近期去上海玩两天……不过你快打半决赛了吧?我这破脑子。"石榴笑了一下,声音有点远,"就是感觉好久没跟你说话了。"

简茸吹着夜风,说:"上次我拉你双排,你没进来。"

"我知道,我当时在吃饭没看见。"石榴顿了一下,说,"后面我也不好再拉你。"

当简茸还是高人气主播的时候,石榴就经常被讽刺他抱简茸大腿蹭热度,现在简茸成了职业玩家,他再邀请人来打游戏,估计会被骂得更惨。

"没什么好不好的。最近我在打H服,你想打双排就微信找我,我开小号回国服跟你打。"

"好兄弟。"石榴道,"我看了下票价,半决赛我去现场给你加油怎么样?"

简茸说:"都行。你真想来的话,票不用买,我这儿应该有赠票。"

简茸感觉到什么,握着手机回头。

路柏沅的手环在胸前,懒懒地倚在门边的墙上,嘴边带着笑,不知在身后站了多久。

小黄牛翻身做主人了,现在都能给人赠票了。

路柏沅挑了挑眉，示意他继续。

石榴没跟他客气："OK，那我来了上海联系你。"

"好。"简茸说，"那我先挂了，我这儿有点事。"

"还有，"石榴看了眼日期，说，"你爸妈的忌日快到了吧？你春季赛不是要去重庆打吗？来得及赶回来？要不我帮你去看看。"

"不用了，来得及。"简茸垂下眼说，"我自己去看他们。"

挂了电话，路柏沅走到他身边说："是之前跟你一起去看S赛总决赛的那个主播？"

"嗯。"简茸顿了一秒，说，"直播时候的朋友。"

第二十三章

Soft 五杀

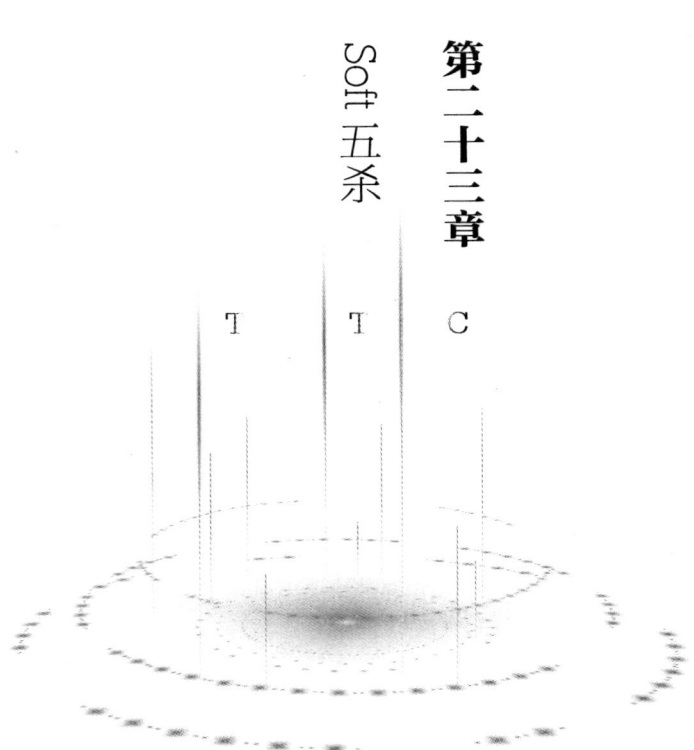

简茸没得到回应，转头看他："你笑什么？"

路柏沆说："没，我好像没怎么听你说过朋友的事。"

简茸安静了一下，收回脑袋望向远方的百家灯火："我没什么朋友。"

阳台没开灯。路柏沆垂下眼，看着简茸细密的睫毛，说："直播间不是经常搞活动吗？让主播们组队连麦PK之类的，你没认识几个同行？"

"以前我不火的时候会去攒人气骗礼物，有观众了就不去了。"简茸想起什么，不爽地皱了下眉，"有些主播的PK惩罚很恶心。"

话还没说完，他的头发被人揉了揉。路柏沆声音慵懒道："染头发？"

简茸很轻地摇头，说："这还好。有些会让输家学狗叫，或者连吃一罐辣椒……我遇到过一个人，提的规则是输家开一局游戏去找女玩家，直播骗她联系方式，然后看她的QQ空间的真人照片和动态。"

这方面是路柏沆的盲区。他皱了下眉，说："然后呢？"

"然后我喷了他半小时。"简茸回忆了一下，说，"那时候开了PK强退有惩罚，他走不掉。"

路柏沆失笑。

直播还没火的时候，那简茸应该才十五六岁，就能把人堵在直播间里骂半小时。

"我的微信加了很多主播，不过都不说话，所以算不上是朋友。"简茸一五一十地说完，"然后和同学没有联系，街坊邻居也不怎么熟。"

路柏沆点头："那你刚刚说要去看谁？"

简茸平静地说："我爸妈。"

"他们在上海吗？"路柏沅道，"我送你去。"

简茸摇头道："不用了，我自己去就好了。"

路柏沅以为简茸在担心被父母发现的事："我的车子可以停在远一点儿的地方。"

"不是。"简茸抿了下唇，说，"过段时间是他们忌日。"

阳台短暂地陷入沉默，隐约还能听见基地里小白的声音。

路柏沅微微一怔，半晌才道："什么时候的事？"

路柏沅安静地等了一会儿，觉得还是问急了，说："你不想说也没关系。"

"我没不想说。"简茸舔了下唇，低头看着楼下花园里的草木，又过了几秒，才说，"我十岁的时候。"他的声音有些低，轻易地砸进路柏沅心里。

"他们是发生车祸走的，肇事司机也死了，那人家里很穷，没赔几个钱。"

太久没跟别人提这些事，简茸说得有些乱："然后……我就去跟爷爷住。爷爷身体不行，我爸妈出事后更严重了。过几年他得了肾病，到最后每周都要做透析，撑了两年多。"

他省去所有细节，三言两语说完了自己的童年。

路柏沅不露痕迹地深吸一口气。

他知道简茸当初家庭困难，但没想到会那么糟糕。

他哑声道："那我在网吧看到你的时候……"

"我爷爷刚查出肾病。"简茸觉得自己把气氛搅得太沉重，扯了一下嘴唇，"我不是自愿当黄牛的。"

简茸说完久久没得到回应，伸手薅了一下头发，刚觉得自己是不是说得有些多了："不过我没事，真的，过去很久了。"

片刻后，路柏沅才"嗯"了一声，他神色严肃，嗓音低低的，融进夜色里。

过了很久，路柏沅突然问："我当时是不是挺小气的？"

简茸说："什么？"

"只给你买了一杯牛奶。"

简茸:"……"

简茸一直觉得自己已经越过去了。

家人离开,因为未成年被赶出店,为了给爷爷攒钱做透析,拒绝了俱乐部的试训邀请,刚开始直播的时候没人看还招变态……这两年,他已经可以平心静气地想起这些事。

可路柏沅简单的一句话,却让他心里漫起一股难以言喻的委屈。

简茸缓缓摇头,闷声说:"你当时也没什么钱。"

"你出网吧的时候钱没塞好,我都看见了,一张五块两张一块。"

路柏沅说:"当时我是没什么钱,LSPL冠军奖金我才分到五千。"

简茸皱眉:"富哥这么有钱,还扣你们奖金?"

"那时候战队困难,得解决租房和网速的问题,我们住的宿舍网络太差,训练赛经常掉线。"路柏沅顿了一下,说,"其他队伍一直觉得我们很菜,直到LSPL开赛。"

简茸很喜欢听路柏沅以前打比赛时的故事。

他问:"你打封号战的时候是玩什么输给别人的?"

"皇子。"路柏沅叹气道,"这事过不去了?"

两人的手机同时响起来。

路柏沅拿出手机扫了一眼,是丁哥群发的消息,催他们上楼训练。

消息后面还跟着三个大大的感叹号,像警告,也像隐忍无用的咆哮。

"丁哥催了。"简茸揉揉脸,说,"去训练吗?"

路柏沅"嗯"了一声。

丁哥揉着眉心下楼找人,抬眼看到两人从阳台回来,问:"你们怎么还不上去训练?小白他们想订咖啡,微信叫了你们没回。你们喝什么?就前两次订的那家咖啡店。"

简茸随便报了一种咖啡,路柏沅更随意,说:"跟他一样。"

有了咖啡助阵,今晚大家集体练到了深夜三点。

丁哥跟老婆请了长假,这几天都住基地。路柏沅刚还想再开一局就被他拦住了。

丁哥小声道:"行了,你别练了,都打多久了。"

路柏沅看了眼时间,说:"也就四个多小时。"

"放屁,六小时了。"丁哥说,"医生让你一天别练超过三小时,你一下超了两倍,出事算谁的?"

路柏沅看了眼正戴着两边耳机打单排的简茸,道:"医生还建议我退役呢。"

丁哥一下就被"退役"俩字刺到,说什么都不让他再练了。

路柏沅也没再坚持,关掉电脑回了房间,经过简茸身后的时候,还拍拍他的脑袋让他别打太晚。

简茸惯例开直播熬时长,不过今晚他的话有点少。

简茸余光瞥见弹幕里又有人在带"Road拿高薪搞特殊,每次都第一个离开训练室"这种节奏,他缩小游戏界面退出去,在万千弹幕里找出那个傻瓜,连封带踢让人滚了。

路柏沅回到房间后,锁上门,从书柜最底层的旧键盘下拿出烟和打火机,坐到了飘窗边。

路柏沅不常回忆从前,有些微不足道的小事很容易就遗忘在记忆里。就像简茸,他只记得自己给一个小孩儿送过票,票还差点被倒卖,细枝末节完全想不起来。

但是今晚,他记忆中小孩的模样忽然就清晰了。

他比同龄人矮一点儿,头发应该是刚剪过,抱着膝盖坐在地上,撇开被网吧老板气到噘嘴的臭脸不看,是一个看上去很乖的小孩。

他遇到自己之前,被几家店拒绝过?

父母不在,爷爷住院,家里谁照顾他?

吃喝自己能解决吗?

后来的日子一个人是怎么过的？

……

路柏沅把烟灰抖在自制的劣质"烟灰缸"里，觉得不能再细想，不然他可能得偷偷跑出基地再买几包烟。

他一只手夹着烟，登上许久没打开过的贴吧号，点进"Soft 吧"发了一个帖子。

活跃的吧友现在都在看简茸直播，等了半分钟没人回复，路柏沅正想着要不要去微博也发一发，一条微信消息跳了出来。

丁哥发了一张照片，镜头对着窗外拍，黑夜中那抹白色烟雾非常显眼。

丁哥：这是啥玩意儿？

丁哥：你在抽烟？？

R：……

R 给丁哥转账 20 000 元。

丁哥：……

R：我问你一件事。

丁哥：什么？

R：你不是有个刚成年的弟弟吗，现在十八岁男生都喜欢什么东西？

半决赛开战在即，训练赛反而约得少了。

四强的队伍马上就要互相碰上，自然不可能在这时候冒着暴露战术的风险约训练赛。其他战队的春季赛已经宣布结束，一大半队伍开始放假。

不过用丁哥的话来说，临时抱佛脚没什么用，每天打打排位保持手感就好。所以这两天里，五名队员就像住训练室里似的，连晚饭都是阿姨端进来吃的。

"我的饭都凉了。"小白可怜巴巴地跟弹幕的网友聊天，"是啊，这两天我真的练得很辛苦，每天都练十个小时以上，不过我相信付出一定会有回报的——谢谢'白宝宝辛苦了'的流星。"

身边每天十二小时起步的小蓝毛对这种卖惨骗礼物的行为表示不屑，并发出了冷嗤攻击。

小白恍若未闻，快乐地收着礼物，说："啊，对了，我们战队的周边是不是今天开卖啊？正好排队，让我去观赏一下我一骑绝尘的销量……"

半分钟后，小白难以置信地凑到屏幕前，说："个十百千万……天哪，简茸周边的销量怎么这么多？都快赶上我哥的了！他那群粉丝不是信誓旦旦说自己不可能买吗？"

袁谦说："那群粉丝还说就算他饿死都不会给他刷礼物，你现在打开平台的礼物榜看看，他在前十吧？"

小白感慨："男人都是骗子。"

袁谦道："还有上次队长和他互戴周边帽子去看比赛，那广告效果简直了。"

"哥！"小白回过头，大方道，"我送你一顶我的周边帽子吧？"

"不要，没地方放。"路柏沅看了眼小地图，道，"辅助和打野在右草丛，连着中单一块儿杀了。"

跟他在同一局游戏里的简茸说："好。"

小白撑着脑袋看向身边的人，说："你这销量……怎么也得请我吃十顿饭。"

简茸说："请。"

他应得有些敷衍。

路柏沅用瞎子摸眼一个预判 Q 命中刚交出闪现的敌方辅助，大招角度正好能将敌方辅助和草里的中野同时踹飞，这让简茸的亚索成功接上了一个爽翻天的大招。

"有 Road 这盲僧在，我玩亚索我也行。"

"好家伙，Soft 连夜把 Road 写进族谱！"

简茸很难得觉得自己直播间里的弹幕顺眼。

对面中野辅助没了，当然要顺势拿小龙。

这时，简茸看见自己身边的盲僧突然站着不动了。

简茸的视野固定在路柏沅这儿，说："怎么了？"

路柏沅的手指缓慢地舒展两下，重新握回鼠标："没，来了。"

这局游戏赢得很轻松，简茸看了一眼自己的输出数据，满意地关掉了战绩表。

他摘下一边耳机，回头问："队长，一起进队列吗？"

虽然不能双排，但他们分段高，同时进入排位队列的话，排到一局游戏的概率会很大。

路柏沅说："不了，你打吧。"

简茸顿了一下，然后抿唇转头，说："好。"

喷子通常都不擅长掩盖自己的情绪，简茸垂着眼皮，一声"好"听起来都不怎么高兴。

弹幕上都在刷"众所周知，亚索没有亲人也没有朋友""哈哈哈，人家不愿意跟你玩儿""路神第一次拒绝你，你好好想想上局犯了什么错误吧"。

当简茸打算翻脸不认人直接关直播时，路柏沅的声音从头顶落下："明天我再陪你进队列。"

路柏沅离开训练室后，简茸重新进入排位队列。

他掩饰般错开视频摄像头，看向小白的屏幕，扯起嘴角笑了一下。

弹幕安静两秒，然后爆发——

"喷子真好哄。"

"喷子真好哄。"

……

凌晨四点，其他人都睡了，简茸关掉电脑，回房间洗了个澡，刚倒在床上就睡了过去。

可能是越累越睡不好，平时能一觉睡到中午的人，天刚亮就被雨声吵醒了。

这几天简茸睡觉都开着窗，春雨混杂着泥土味钻进来。

他揉揉眼，起身想关窗，忽然听见门外的走廊有动静。

简茸看了一眼时间，早上七点半。

这个时间点，就是打扫阿姨都不会上三楼来。

简茸想起春节期间遭贼的事，顺手拿起衣架，放慢脚步去开门，然后跟副教练对上了目光。

对方正握着路柏沅的房间门把，见到他也是一愣："你醒么早？是我动静太大，吵着你了？"

简茸看了眼他手中的外套，又看了眼对面昏暗的房间："出什么事了？"

副教练咳了一声，说："没事……这不是外面下雨了气温有些低，丁哥让我给他们送件外套。"

一股不好的预感涌上来，简茸问："送去哪儿？"

"就送到他们那儿。"

简茸没了耐心，直接打断他："他们在哪儿？"

三十分钟后，简茸抱着路柏沅的外套在医院门口下了车。

清晨的医院依旧人满为患，副教练去找停车位，简茸循着副教练的话上了四楼，左转到了医院外科。

路柏沅就坐在外面的长椅上。

他戴着口罩，身上穿着单薄的常服，一双长腿随意屈着岔开，脑袋懒懒地往后仰，正抵在墙上闭眼休息。

简茸看到路柏沅右手腕上缠着的白纱布，脑子"嗡"的一声响，抱着衣服停在原地。

坐惯了舒适的电竞椅，狭窄坚硬的医院椅怎么坐都不舒服。

口罩戴着太闷，路柏沅缓缓睁眼，抓着口罩边缘很轻地拽了一下，看着天花板呼吸了两口新鲜空气。

蓦地，他感觉到有人在看自己，他保持着这个姿势，别过了头。

男生随便披了一件外套,由于穿得太急,衣领是歪的,睡觉压得太死,两撮蓝毛还翘在空中,虽然脸色已经难看了,但怀里的外套还是抱得紧紧的。他站在那儿,安静地看着自己。

路柏沅在心里骂了句脏话,抬直脑袋刚想起身,简茸先走过来了。

一晚上只睡了三个小时,简茸醒来的时候完全是蒙的,他拿着衣架去开门的时候都感觉自己在飘。副教练在车上絮絮叨叨说了一路,一直劝他回去睡觉,听得他脑仁直疼。

直到这一刻,看到路柏沅手腕上的纱布,简茸才真正清醒过来。

"穿外套。"他一开口,声音都是哑的,语气也很生硬。

路柏沅接过外套,抬手刚要穿上。

"慢点。"简茸皱着眉,问,"你的右手能抬吗?"

路柏沅说:"能。"

简茸看着他穿好外套,目光不自觉一直跟在路柏沅的右手上:"疼吗?"

路柏沅轻声道:"弄了麻醉药,不疼。"

简茸心疼地咬了一下牙,没说话。

他隐隐能猜到路柏沅的手有伤,还上网查过,但没查出来是什么伤病,那些骗点击的营销号满篇的"疑似""猜测",他一个都不信。

他安慰自己,只要路柏沅没退役,就说明不是什么严重的病。

路柏沅抬起左手捏了一下他的手指,问:"你吃早餐没?"

简茸没表情:"没有。"

路柏沅慵懒地问:"我带你去吃早餐?"

简茸看了眼旁边座位上空了的面包袋,说:"不吃,我不饿。"

路柏沅"嗯"了一声,说:"坐着说?我仰头有点儿累。"

简茸坐下后,拿出手机打开了《掌上英雄联盟》。

路柏沅别过头看他,问:"你查什么?"

只见简茸点进路柏沅的战绩表,滑动到最下面,然后道:"你有手伤,昨天还打了五个小时！"

路柏沅："……"

路柏沅道："没五个小时，中间休息了一阵。"

简茸确认了一下，说："你是说吃饭时间休息的那二十分钟？"

路柏沅安静了两秒，问："明天就是半决赛，如果是你，你会休息吗？"

简茸顿时沉默。

他不会。

打游戏最靠手感，比赛前几天休息等于找死。

简茸抿着唇，又说："你可以练少一点儿。"

"职业选手一天练五小时，还要少一点儿……"路柏沅笑了一下，说，"你给队长开的后门是不是太大了？"

简茸的心情依旧很差，只是脸上没再冷冰冰的了。

"医生怎么说？要休息多久？"他顿了顿，声音又低了一点儿，"能治好吗？"

路柏沅是肌肉劳损和腱鞘炎，做了个微创手术。

治疗时医生还说了很多不乐观的话，路柏沅没告诉他，只是简单道："三天。"

路柏沅说这话时，身边诊室的门被打开，丁哥从里面出来，一听就知道他们在聊什么："什么三天？医生让你休息一周！"说完，丁哥才发现路柏沅身边坐着的是谁。

他关门的动作一顿，瞪大眼，半晌才道："你怎么过来了？这……八点？你就醒了？"

"我开门动静太大，吵着他了。"姗姗来迟的副教练摸了一把后脑勺，说，"然后他听说小路受伤了，就非要跟着来，我一开始没肯，他就拿出手机要自己打车……"

"行了，下楼拿药回基地。"丁哥朝他们摆摆手，"现在还早，回去还赶得上睡一个回笼觉。"

简茸根本没睡意，上车后一会儿看窗外，一会儿看路柏沉的手。

"我已经跟赛方的人联系了，告诉他们明天半决赛我们上替补。"丁哥拿着手机敲敲摁摁，"上午十一点你给 Moon 打个电话，让他过来训练，下午我约了两场训练赛。"

副教练"啊"了一声，说："柏沉确定不能上了？"

丁哥道："废话，他的手现在没法动，这周都是残的。"

路柏沉感觉到简茸看了过来，皱眉道："没那么夸张。"

丁哥道："这是医生的原话好吗！"

"半决赛真让 Moon 打？"副教练有些犹豫，"他比赛经验少，去年的半决赛差点把他的心态打垮。"

"怎么，输了一次半决赛，以后半决赛就都不打了？"

副教练叹一口气，道："也不是，我这不是怕又输了吗。"

路柏沉说："不会输。"

简茸道："谁会输？"

两人异口同声，把副教练说得一怔。

"我相信我的队友。"路柏沉笑了一下，声音平静道，"他们能赢。"

他们刚回到基地门铃就响了。丁哥点开电子猫眼，看到门外的外卖员，疑惑道："谁点外卖了？"

路柏沉说："我。"

"你不是吃过早餐了吗？"

路柏沉看向简茸，说："点给他的。"

简茸原本打算上楼训练，刚走上两个台阶，听到这句话又回头，闷声往门外走，叫住打算去帮他拿外卖的副教练："不麻烦你……我自己去拿。"

其他人醒来后，看到 Moon 在训练室都挺蒙的，听说事情原委之后更蒙了。

大家蒙完之后，训练赛百分百专心投入。

Moon 和路柏沅不一样，路柏沅野核支援都能玩，Moon 的野核相对而言就比较弱。

不过他的支援能力进步了很多，开团也还行，打一些中层队伍绰绰有余。小白和 Pine 三级直接越塔强杀，一换二奠定了下路优势，袁谦则直接把别人上单压得出不来塔。

表现最明显的还是简茸。

他的打法原本就凶，今天更甚。

"我去。"把视野切到中路看了几眼的小白忍不住道，"人家就 A 一下小兵，也没有要补，你直接一个点燃挂在人家头上是什么意思？"

小白的话刚说完，简茸轻轻一扭，躲过了妮蔻的禁锢技能，然后操控男刀直接一套熟练的连招打出去，对方的血条瞬间消失，立刻丢闪现想逃，简茸跟闪速度快到惊人，最后一下平 A 按出去，收下了这个人头。

MFG-空空：哥，我做了什么对不起你的事吗？

MFG-空空：如果我有罪，法律会制裁我，而不是让你选出男刀来折磨我。

MFG-空空：话说今天路神怎么不在啊？

Pine 看了眼聊天框，对小白道："比你还不会说话的人找到了。"

"放屁。"小白缓解气氛道，"不管哪方面，我都是最厉害的！"

这场训练赛结束，刚输了四分之一决赛并面临着被换下首发风险的空空更自闭了。

晚上训练时，小白在选英雄的时候拍了拍简茸的肩，以一种老人的口吻道："你别担心，明天咱们好好打，胜算还是很大的，BO5 我们很有经验。"

简茸转过头，重复道："胜算很大？"

"是啊，我们以前跟战虎打 BO5 没输过。"

简茸说："明天也不会输。"

小白一愣。

"咱们肯定能赢！"身后的袁谦在排位中抽空举起拳头，"三比零快速了结他们！"

Moon 反复抿唇："我……我明天一定好好打，用全力打。"

"队长不在就输，那直接解散算了。"Pine 道，"庄亦白别挂机，去做视野。"

"知道了知道了，你自己身上不是有眼吗？非要我去做？也就我惯着你。"小白嘟嘟囔囔，"对，咱们一定赢，我一定要去季中赛捶爆 HT 的狗头！"

翌日，路柏沅还是换上了队服，跟他们一起前往赛场。

中午，战队官方就发了微博，告知粉丝，路柏沅因伤病需要休养一周，半决赛将由替补 Moon 出战。

这个微博一发，评论量直接爆炸，比赛还没开始，#Road 受伤缺席半决赛# 就率先登上了热搜。

几千条评论没一条乐观的，粉丝担忧黑子幸灾乐祸，前排顺带把 TTC 其余所有队员都嘲了一遍。

被嘲最严重的是 Moon，其次就是简茸。

Moon 粉丝少，被骂也没什么人帮他反驳，赞有几千个，回评数几乎为零。

骂简茸的那一层就不一样了。

周末，简茸的粉丝们放学的放学，下班的下班，闲在家里等比赛，战斗力实在惊人。他们跟黑子你一句我一句骂了半天，截至目前，那层楼最后的几条评论是——

"他出来打比赛的，一年赚这么多钱被骂几句怎么了？打得不好挨骂不正常吗？"

"嗯嗯嗯，Soft 常规赛拿了六场 MVP 还打得不好，是不是得把你的天灵盖打破才算打得好呀？"

"他赚的钱是俱乐部给的，跟你有什么关系？往自己脸上贴什么金。"

"我看了一下你的微博，好家伙，黄金三拿个三杀都要发截图炫耀，就你这狗屁水平还看得出别人打得好不好？我看你最近几页的战绩表，你还找了代练啊？游戏里被打哭找代练来顶，现实中自己对职业选手重拳出击，你等着吧，你的号今晚必被封。"

"我错了，不是代练，是朋友帮忙打的，别举报啊。我删评论还不行吗？你们别回复我了。"

……

简茸对网络上的争吵浑然不知。丁哥早有预备，盯着他们一个个删掉了这些手机软件。

他们到达比赛场馆时，比赛直播还没开始，休息室的电视机里在重播上场四分之一决赛结束后，战虎战队的赛后采访。

接受采访的是中单大牛，当主持人问他下星期就要迎战TTC，觉得自己能不能赢时，大牛自信地笑了一下。

"上一次如果Road不在，我们就赢了。"大牛耸耸肩道，"实际上，他们队里除了Road以外，其余人都很好处理。"

简茸之前就听过这个采访，这次再听没什么波动。他靠在沙发上，专心听丁哥的分析。

"今天要把大牛的卡牌ban（禁用）了，不然我们下路没法打。"丁哥看向Moon，"小龙一定要注意，他们打野很会偷龙，他们打团太厉害，一旦让他们拿到龙魂抱团，那我们翻盘概率几乎没有。"

丁哥絮絮叨叨说了一通，才停下来喝水休息。

"大牛哥现在怎么也会说这种话了？"小白两只手抵在脑后道。

Pine说："膨胀。"

"还好，这种话你们说得还少了？"袁谦笑了笑，看向路柏沅，"队长，你的手怎么样了？还疼不疼啊？"

路柏沅摇头，说道："我回去就能拆纱布。"

"不准拆。"丁哥立刻道，"医生说了，你这最少得绑三天。"

"绑着吧。"Pine说，"恢复得好一点儿，后面还要打决赛。"

小白立刻坐直身体，说："对！哥，你好好养着，然后带我去 H 国，我一定要当面骂那个狗屁 Rish！"

路柏沅一笑，道："行。那我在这儿躺着，等你们抬我进决赛。"

简茸的嘴唇动了动，最终还是什么都没说。

现在说什么都是空话，等他赢了比赛下来，多的是时间说。

丁哥见队员们都这么放松，松了一口气，直到他看到坐在最右侧的 Moon。

休息室里开着空调，Moon 却在冒汗，男生双手握着放在膝上，满脸紧张和慌乱。

丁哥皱了下眉，刚想上前安慰两句，工作人员忽然推门进来，让他们收拾一下准备上台。

Moon 来回做了几下深呼吸，伸手抹掉额上的汗。

"别紧张。"一道低沉的声音从他身后响起。

Moon 倏地回头，愣怔地看着路柏沅。

"他们打野不会玩野核，你野区不会有压力，如果队伍需要，在对面拿弱势打野时，你可以尝试打一把入侵，不用怕。"路柏沅道，"这不会是你最后一场半决赛，放轻松，好好打。"

Moon 看了他很久，然后重重地点头："好。"

简茸喝了一大口水。

听见大牛嘲讽都没反应的人，现在脸色已经冷了两分。

他在心里跟自己说，替补上场打这么重要的比赛，路柏沅身为队长安抚两句很正常，但是这个 Moon 明显对路柏沅有点不一样。

路柏沅只是说了两句话，Moon 就跟活过来了似的，脸也不僵了腿也不抖了。

"走吧。"丁哥整理了一下自己的西装，说，"上台了。"

简茸拿着水杯刚要起身，手臂忽然被身边的人拉住。

路柏沅身上有股淡淡的药味，是纱布里的味道。

路柏沅低下头，低声道："简神，带我躺赢这一把，成吗？"

休息室里空荡荡的，只有路柏沅靠在沙发上看比赛直播。

两支战队上场，镜头一一给选手特写，最后的特写是简茸。

简茸前额的头发湿了，一绺还贴在额头上。他落座之后，面无表情开始检查设备，打了这么多场比赛，这些流程他已经很熟了。

想到简茸在上场的前一分钟极限冲刺跑去厕所洗了把脸，路柏沅就忍不住想笑。

旁边有镜头在拍，他最终只是扬了几秒嘴角，很快又收回来。

今天，负责解说的依旧是那几位老面孔。解说这行对年龄的限制不严格，更新换代的速度堪称蜗牛，新解说天天被挑刺，遇到大型赛事都是上老解说。

"我戴着耳机都能猜到解说在说什么。"小白咳了一声，压出男低音模仿道，"Road 缺席半决赛对 TTC 来说算是一个重大打击，不过没关系，我相信 Moon 这次一定能出色发挥，为队伍贡献自己的力量。"

他话还没说完，脑袋就被本子敲了一下。

丁哥低声骂道："你上来就给我带队友节奏？游戏设备检查好没？"

"哎哟。"小白揉揉脑袋，说，"我这不是缓解气氛嘛。"

队友的声音塞满耳机，简茸低头检查键盘，脑子里还飘着路柏沅说的那句话。

路柏沅要自己带他赢。

简茸抬手使劲儿拍了一下自己的额头，力道之大，清脆一声"啪"传进队友耳麦里。

队友、场内以及看直播的所有观众："……"

小白一脸震惊，道："你干吗呢……压力再大也不必这样。"

简茸没理他，检查完自己的电脑，伸手把额前的头发往脑后撩了一下。

他只是单纯觉得刘海有些长，扎眼皮，但这一幕正好被投送到直播画面中，现场一些组队来的小女生看到这画面都愣了一下，随即小声尖叫。

解说甲说："Soft 是真帅啊，TTC 老板是不是看颜值挑选手的？"

解说乙说："你的意思是 Soft 只有颜值没有实力？"

"你……"解说甲把脏话憋回来，趁镜头不在自己这儿，皮笑肉不笑地对解说乙道，"你不要挑拨我和 Soft，我出事儿了你负责吗？"

解说员三言两语缓解气氛，原本担忧紧张的 TTC 粉丝们刚放松下来，直播画面一切——比赛进入了 Ban&Pick 环节。

这版本的强势英雄被逐一禁掉。

小白说："我哥不在他们就不禁盲僧了。咱们禁吗？"

"不禁，他们想拿就让他们拿，这英雄出了，我们战队没人怕。"丁哥看着本子说，"这局让简茸拿 counter 位。Pine 想打什么？"

counter 位，即最后一个选英雄的位置，可以看清敌方阵容再决定自己拿什么英雄。

"啊，他们中单锁了流浪？"袁谦一脸震惊，道，"我看错了吗？"

小白也愣了一下，说："这版本的流浪还有人玩？随便选个卡萨丁、沙皇都比这好吧。"

"大牛是老牌选手了，老牌选手就喜欢玩老牌英雄，再说他以前就是玩流浪出的名，拿它也正常。"丁哥冷静分析，"Pine 拿了 EZ，不然我们打风筝流（远距离攻击消耗敌人）吧？妖姬辛德拉都没了，简茸你拿个发条或者炸弹人？"

简茸说："流浪前期这么弱，为什么不拿个能压制它的？"

"那你想玩什么？"丁哥冷静地说，"你敢说男刀或者劫，我现在就打电话让拳头把这两个英雄删了。"

简茸没说话，只是预选了蛇女。

蛇女是一个风筝能力以及持续输出能力非常强的英雄，有减速有加速，大招能把目标范围内的敌人石化并眩晕两秒。

但这英雄的缺点也很明显——她没有位移技能,爆发能力也不高。

这跟简茸平时喜欢玩的英雄大相径庭。

丁哥一愣,刚想问"你会玩蛇女"?话到嘴边才想起来,简茸确实会。

入队前他查过,简茸的英雄池非常深。但是蛇女这玩意儿,他进队后自己就没见他再掏出来过。

"这是比赛,"丁哥确认道,"你有把握能玩好?"

简茸皱眉道:"你在问世界第一蛇女什么?"

丁哥:"……"

简茸锁下蛇女,双方阵容确定,丁哥跟对方教练握手下台。

至此,战虎拿出的阵容是:上单塞恩、打野盲僧、中单流浪、AD寒冰和辅助机器人。

TTC的阵容是:上单奥恩、打野千珏、中单蛇女、AD伊泽瑞尔和辅助牛头。

"从阵容来看,两边都不差。"解说甲"啧"了一声,"但……Soft的蛇女,你见过吗?"

解说乙摇头:"昨晚我看过他的战绩,二十页,一把蛇女都没有。"

解说丙很坦然:"我见过他之前那把劫后,他再拿什么英雄出来我都觉得正常。"

说话间,比赛正式开始,双方英雄进入召唤师峡谷。

简茸买完装备出门,两方明显都没有要打一级团的意思,只在野区碰了个面之后就各自回到了线上。

另一边,战虎中单大牛忽然"啧"了一声。

队友问:"怎么了?"

"没。"大牛点着鼠标,惊讶道,"Soft今天居然没朝我秀图标跳舞,我上次采访那么嘲讽他。"

队友:"……"

不止如此，观众们很快还发现了别的。

相较之前，这一局简茸打得格外细节和小心。

比如三级这一波——蛇女在三级是绝对的优势期，简茸瘟毒技能给上敌人之后，立刻用毒牙消耗，大牛转眼少了半管血。

这换作平时，简茸就是有十个闪现都该用完了！

但他消耗完之后，竟然转过身，扭着他的尾巴回去继续补兵，背影安详又宁静。

"@赛方 我要举报，台上这蓝毛是戴着人皮面具的代打，我怀疑Soft可能被TTC经理暗杀了。"

"@赛方 这孩子可能买了人头小的菠菜了，麻烦查一下，谢谢。"

"就这？这都不追？也太菜了吧？换上我已经单杀大牛了。"

"[分享网页链接：TTC青训生招募公告] 上面的Soft，您请。"

"这波怎么可能上啊？战虎打野就在旁边打F6呢，Soft要是真追了，那不管杀没杀掉大牛，自己都得死在那儿。"

跟他对线的大牛同样费解，忍不住问在自己周围潜伏许久的自家打野："是我演技不够好吗？"

"可能Road不在，他就没状态吧。"打野道，"走了，你和他慢慢和谐补兵吧。"

两人在中路和平发育到七级。

简茸从基地出来，道："小白。"

用牛头在下路勤勤恳恳顶撞敌人的小白应道："哎。"

简茸言简意赅："来打他。"

"好嘞！"

小白在敌方下路面前伪装回城，然后从视野盲区绕进野区，直奔敌方中路而去。

兵线进入大牛塔下的一瞬间，小白从后方绕出闪现到大牛身后，在他还没反应过来之前，就用技能把他推到了简茸面前，并贡献上一个点燃——几乎是同一时间，正在补兵的简茸迅速回头跟上自己的大招，晕住大牛并猛地一顿毒牙输出。

"First Blood（第一滴血）！"

两人的配合行云流水，没有一点儿多余的操作。

拿到一血，简茸继续晃着尾巴回去补兵，小白操控着牛头笨重的身躯，慢慢悠悠找了一个草丛回城。

休息室里，副教练一拍手道："漂亮！"

丁哥连连点头，对身边的人感慨："这几个月训练赛没白打……不过简茸今天怎么了，打得这么小心？难道他猜到对面打野前六级一直在蹲自己了？"

路柏沅看着电视中简茸兢兢业业补兵的模样，笑了一下没说话。

一血到手，补兵几乎没漏。简茸更新完装备再从基地里出来，打法又变了。

他开始把大牛压在塔下打，对面打野来了几次，都被蹲守在中路附近的Moon抓个正着，两人你来我往丢了几个技能，然后无事发生，各自离开。

简茸磨掉中路一塔后，不再跟畏畏缩缩的大牛互相对望，转头当着大牛的面往下路野区走。

"Soft去野区了，他们要开小龙。"大牛立刻反应过来，"打野过来，我骚扰，你抢试一试。"

队友愣了一下，道："不会吧？Moon十秒前还在上野区呢，下路也在线上，怎么开龙？Soft一个人打啊？"

走到半途的大牛一怔，惊觉不对，转身刚想走，突然听见耳机中传来闪现的声音，他还没反应过来，就被简茸一个大招晕在原地。

"TTC·Soft击杀了ZH·cattle。"

在上路和塞恩打太极安静发育的袁谦顿了一下，说："我就说少了点什么。"

Moon 一愣，说："什么？"

"你没发现吗？"袁谦道，"我们以前的比赛里，六级之前中路基本会传来击杀通报——要么小茸单杀对面，要么他被对面中野围殴致死。"

Moon："……"

拿了两个人头、五层塔皮和一血塔的简茸成为全场经济最高的人。

而简茸是一个非常知道怎么为自己扩大优势的选手。

简茸知道大牛不会再出来和自己打，开始跟着 Moon 去支援上下路，并跟强盗似的掠夺了所见之处的所有野怪。

蛇女出了增加血量的冰杖后，越塔简直无解，战虎上路被他抓死一次，袁谦这局玩肉开团拿头没用，把人头给了他。而战虎下路三人守塔，看到他也都要往后退。

"不行，再让 Soft 发育，那别想玩了。"大牛打开战绩，忍不住爆了句脏话，"他杀人书十六层了，必须杀他一次。"

杀人书是极其自信的人才会出的装备，完成击杀会获得四层荣耀并增加相应法术强度，被击杀一次则会损失十层荣耀——这装备在简茸这儿属于必出装。

TTC 很快拿完第三条小龙，战虎的眼位让他们看到，其他队友都回城了，只有简茸一个人回中路补兵。

"他们的人都回城了，都过来。"大牛冷静地指挥，"强杀，被他换一个也无所谓。"

简茸不知道前方欲来的暴风雨，但处于上帝视角的各位观众都看得非常清楚。

解说甲说："战虎这是铁了心要杀 Soft 啊！"

解说乙说："当然要杀啊，难道还等他杀人书堆满？不过死一次也没关系，看 Soft 这波怎么操作。他装备好，打得好的话，没准可以换对方两个——来了！"

从正在直播的简茸第一视角可以看见,他在回城的时候移动鼠标看了一下前方视野,可惜小白几分钟前插的眼刚消失,他只能看到一片黑暗。

弹幕上已经在刷——

"Soft 安息。"

"让你回家你不回家,让你别出杀人书你非出——"

"五个人直奔他而来,真壮观,死得值了好吗!"

只见战虎的打野盲僧赶在简茸回城的最后三秒位移加闪现,"哼"的一声,把回城中的蛇女踢进了紧急赶到的战虎其余四人中间!

解说甲说:"踢得漂亮!这么看来,Soft 是换不掉敌人了——啊?"

解说甲一句话死死卡在喉咙中。

只见简茸被踹出去的那一瞬间,在空中回头就是一个石化大招——战虎四人坐着流浪的传送直通车来的,顾不上站位,他这一大招直接眩晕到敌方四人!

紧跟着,他立刻闪现跟敌人拉开距离——就当大家以为他要逃跑的时候,蛇女转身往四人地上吐了一摊瘟毒。

面对中毒的敌人,蛇女的毒牙伤害将大幅提高!

眩晕的短短两秒里,简茸直接杀掉敌方辅助机器人,其余人也被他的大招和瘟毒消耗到只剩半血。

解说甲说:"换了一个,可以跑了——他还不跑!"

战虎四人从眩晕状态中出来,立刻交出自己的技能,但蛇女的瘟毒命中敌人会大幅增加自己的移动速度,简茸在输出的同时不断灵活走位——这走位直接把观众扭傻了。

战虎上单忍无可忍,交出开车大招往他脸上冲。

"噔"的一声,简茸按出免疫所有伤害及控制的金身,塞恩的大招直接扑了个空。寒冰紧跟着丢大招,被简茸一个净化直接解掉,并且简茸回头一口毒牙把寒冰咬死了。

"这他——"一向最镇定的解说乙差一点儿爆粗口,"他这是怎么打出来的?"

解说丙直接站起来了,说:"蛇女还在扭!还在扭!他的移速已经到达最高加成!流浪的技能根本碰不到他——这走E!这谁顶得住啊!"

"Double Kill(双杀)!"

"Triple Kill(三杀)!"

这下轮到战虎的人怕了,回头想跑,简茸提起尾巴就追。

"Quadra Kill(四杀)!"

"五杀,有没有?有没有?"解说甲声嘶力竭,"还追吗——追!大牛还想跑,但他怎么可能跑得过满移速的蛇女!"

蛇女挪动着尾巴,吐出最后一口致命毒液。

"Penta Kill(五杀)!"

观众看呆了。

解说们都快跳起来了。

屏幕右下角,男生一如既往地平静,重新按"B"键回城。

两秒后,现场观众的声音掀翻屋顶。

解说甲说:"这是什么反应速度?他为什么这么恐怖?"

解说乙说:"绝地1V5!Soft已经杀疯了!"

"牛!牛!太牛了!"解说丙已经喊破了音,"让我们恭喜Soft拿到他职业生涯第一次五杀!"

简茸按下回城键的那一刻,耳朵差点被震聋。

小白头皮发麻,道:"哇哇哇,啊啊啊啊啊,Nice!Nice!"

Pine道:"好。"

袁谦道:"啊啊啊,呜呜呜呜——"

Moon:"啊——啊——啊!"

在后面听战队语音的裁判还以为自己在听四只远古猿猴打游戏。

简茸不爱跟人打五排，以前秀的时候最多就弹幕吵一点儿，这次也是头一回听见有声的弹幕。

这让他买装备的动作顿了一下，然后道："再打一波可以拿大龙了。"

"你怎么这么厉害？"袁谦倒吸一口气，"这是我第一次看到有人在半决赛里一穿五！"

Moon听出他的意思，说："难道常规赛有过？"

"有啊，Master在常规赛也1V5过，不过他用的乐芙兰，那英雄比蛇女好秀多了。小茸，你太厉害了！"

小白道："我全身鸡皮疙瘩都起来了，不信你们让Pine来摸我的手臂，真的！"

"你想我被禁赛？"Pine的语气依旧平静。

第二十四章 赢下半决赛

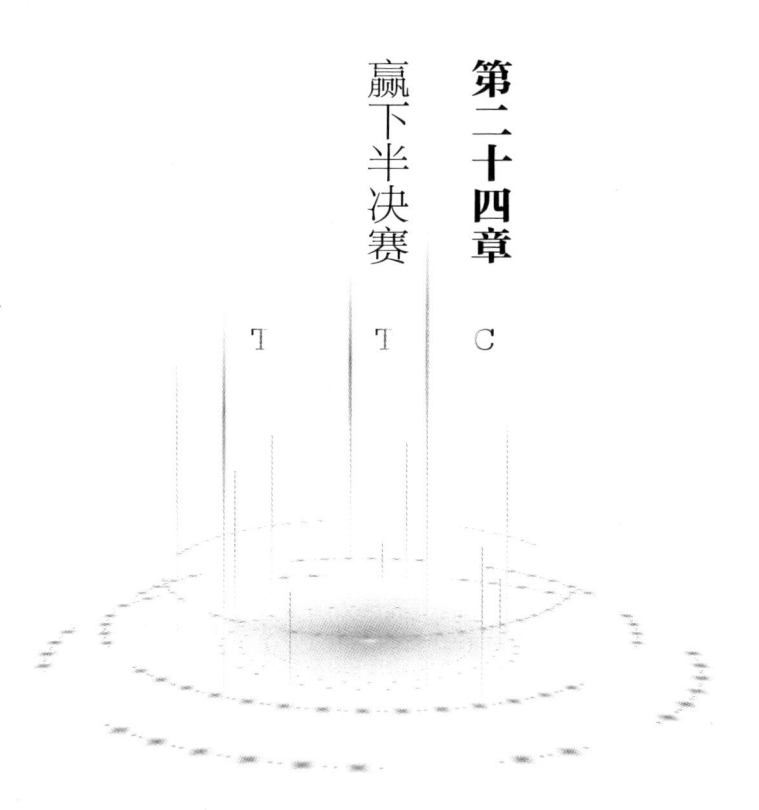

简茸其实心跳得很快,玩游戏玩的就是刺激。

战虎太想杀他了,导致这场五夹一漏洞很多,加上他今天手感奇好。

"逼团。"简茸道,"这波我无敌。"

在简茸打出五杀的那一刻,各大主播直播间、播放着游戏直播的商城广场、游戏群等都被"啊啊啊啊"淹没了,包括后台休息室。

"天哪,他这是怎么打出来的?这就是年轻人的反应速度吗?"副教练已经喊过一波了,现在嗓音不比三位解说员好多少,哑着声说,"就这一波,能直接封神了吧?"

丁哥做了好几个深呼吸,笑着说:"去掉'吧'。"

副教练在休息室里来回走了很久才冷静下来,然后第一个念头就是:"哥,咱们是不是只跟他签了一个赛季啊?"

丁哥"嗯"了一声。

"现在他的身价能直接上天。"副教练抽出纸擦了擦额头上的汗,"估计很多战队要抢他,那我们得早点跟他谈续约的事儿。"

"你急什么,春季赛都还没打完,再说——"丁哥掰了一个蜜柑塞嘴里,下意识往沙发上看了一眼。

副教练顺着他的视线看去,也看了看路柏沅:"再说啥?"

"再说咱有钱。怎么,富哥胸前那条金链子是白戴的?"丁哥咽下蜜柑,"而且这机会是战队给他的,你见过哪个战队敢直接把一个主播抬到首发位的?简茸不是那种忘恩负义的人。"

直到导播终于舍得把镜头从蛇女身上挪开之后,路柏沅紧攥的手才终于松开。

他很长地吐出一口气，低头笑了。

简茸很强，他一直知道。只要看几场简茸的直播，就能看出他的手速、反应速度和游戏技巧绝对是新一辈电竞选手中顶尖的。

他唯一的缺点就是打法，冲动自我，肆意随性，这让他看上去和职业赛场格格不入。

但这也是路柏沅最喜欢的一点。

从隔着门板都能听见的欢呼声和刷到卡屏的弹幕能看出来——职业赛场需要这样的选手。

第二十八分钟，TTC轻松地推掉了战虎的基地，获得了第一局比赛的胜利。

在现场观众的掌声和尖叫中，简茸第一个摘下耳机往后台走去。

刚进休息室，丁哥迎面就是一句："世界第一蛇女确实厉害。"

"回放！直播回放呢？"小白冲进来道，"我当时买装备呢，没看清！来个回放我再看看！"

"打完再看！"丁哥把刚准备往沙发走的简茸拽回来，"我们来商量下一局的打法。简茸，你后面肯定要被针对，拿个能保命的行不行？"

简茸扫了路柏沅一眼，停下脚步道："有选择吗？"

中场休息的时间很短，战术还没讨论完就有工作人员上来催上场。

丁哥起身道："走吧。"

简茸"嗯"了一声，忽然想到什么，拿起自己带下台的水杯，说："等会儿，我倒点水。"

"饮水机里的水没了。"副教练忙说，"给我吧，我跑去隔壁倒一杯，很快。"

"不用了。"一直在沙发上听他们讨论战术的路柏沅出声，他拿起自己的保温杯，道："咖啡，从基地带来的。你不嫌弃吧，简神？"

片刻后，LPL新晋简神拿着他队长的保温杯，跟着队友们一块儿朝赛场走去。

解说甲说："好，我们选手也是很快回到了赛场——不知道是不是蛇女效应，隔了十分钟再看Soft，好像又帅了几分。"

解说乙说："战虎几位队员的表情还是很轻松的，老选手就是不一样，不会因为一局游戏的胜负影响心态，挺好的。"

"Soft用的保温杯是TTC战队的新周边吧？款式挺好看，"解说丙微笑着帮忙宣传，"我听说这杯子上还印着选手们的签名。"

说到这儿，简茸正好拿起杯子，杯侧的签名露在镜头里，解说丙接着说完："看，这侧面印着一个……Road？"

三位解说员："……"

解说丙无辜道："这波节奏不是我带的啊！"

几秒后，他道："起码我不是故意的！"

Ban&Pick环节很快开始，对面第一个ban掉了简茸的蛇女。

"Respect。"小白乐了，"简神，这把玩什么？其实我觉得你还能秀，哟——你的男刀我还没在赛场上见过……"

丁哥再次提起本子给了他一下，说："有卡牌玩卡牌，没有就拿发条。"

最终卡牌被战虎ban掉，TTC有一选权，直接帮简茸锁了发条。

这局跟丁哥想的一样，战虎意识到跟简茸打游戏，要么打支援，要么你就得压着他。

但这局发条清兵线太快，大牛一离开中路就容易亏兵，所以就只能选择后者。

简茸又一次被敌方打野gank，残血回家，道："他们打野抓我三次了。"

Moon："我马上来。"

"别来。"

"啊？"

"对面卡萨丁，来了抓不死。"简茸看了眼小地图，发现自家下路打得很凶，这次又是压在敌人塔下，"你去其他优势路反蹲。别来中路，他们也抓不死我。"

这句话刚说完，敌方打野就赶到了下路。

这时候双方下路已经打起来了，情况对小白他们很不利，不过好在他们血量还算健康，走位也还行，躲了敌方辅助锤石的钩子后，眼见可以勉强逃脱，一支冰箭忽然朝 Pine 疾驰而来——敌方 AD 寒冰大招好了。

中了这支冰箭，按距离来看最少眩晕 1.5 秒。

1.5 秒，在三人包夹的情况下都够 Pine 死两回了。

左边是敌方的打野没法走位，位移技能和闪现还在 CD，Pine 的女警眼见就要交代在这儿了。

一道闪现声响起，小白操控着自己的日女冲到了 Pine 身后，为他挡下了这一箭。

解说甲说："Bye 帮忙挡了一下……虽然日女皮糙肉厚，但 Bye 现在等级还很低啊，估计也得交代在这儿。"

解说乙说："没办法，辅助死总比 AD 死好，Pine 这波如果死了，下路炸得更厉害。"

解说丙点头："是的，对面也交了四个召唤师技能，这波 Bye 死了的话，也不是很亏……嗯？"

解说丙话还没说完，只见一直闷头在逃命的 Pine 在他闪现 CD 好的那一刻，直接回头闪现穿过挡路的小兵，一张绳网果断地扔到了敌方寒冰的脸上。

同时，他因为后坐力往后退了两步，重新和敌人拉开距离。

被女警的绳网命中，女警下一击平砍将触发"爆头"效果——"砰"的一声，Pine 这一下暴击直接收下残血寒冰的人头。

解说甲说："漂亮！辅助换 AD，TTC 不亏血赚！Pine 这波操作也太细致了吧？"

"这闪现估计把战虎的人吓一跳……"解说乙失笑,"不是……TTC的人今天是怎么了?一个个都这么上头这么秀?"

看到寒冰倒地,已经被打死的小白终于可以安心买装备,还不忘掐着嗓音输送自己的彩虹屁:"P宝真帅!P宝牛气!P宝枪神!P宝muamuamua!"

恍惚间,简茸以为自己点了个打着"萌妹""哄睡"标签的女陪玩,差点拔掉自己的耳机。

Pine也被他说得顿了一下,道:"你不要恶心我,买真眼。"

"呜呜,我刚买了个布甲,没钱了。"小白犹豫了一下,说,"要不我撤回买眼吧。"

"不用了。"Pine硬邦邦打断他,"我买了,你闭嘴上线。"

袁谦看出简茸和Moon的无语,在游戏队伍聊天里打字。

TTC·Qian:这是小白上英雄麦克疯的绝招。

TTC·Bye:^3^。

简茸:"……"

TTC·Soft:减肥去当演员。

TTC·Bye:你在内涵谁胖?

TTC·Bye:呜呜呜,P宝,他嘲讽人家!

"打游戏。"Pine冷冰冰地打断他们的"和谐互动"说,"别烦我。"

这局战虎打得特别小心谨慎,尤其是大牛。

说心态没被影响那都是骗人的,半决赛被人一打五,这换神仙来都要自闭。

双方和平度过了一段时间,终于在第十七分钟爆发了团战。

战虎的打野偷先锋的时候被袁谦抓个正着,双方队员火速赶到现场。

简茸把自己的球给到袁谦的塞恩身上,塞恩一个大招直接肉身开冲,如同一列疾驰的火车,直接把敌方上野撞到了天上。

简茸和小白的大招紧跟而上，Pine 站在远处疯狂输出，一场乱斗之后，TTC 零换三赢下了这一场团战。

"别急，别追了，我们去拿峡谷和小龙。"袁谦道，"咱们稳扎稳打，别给战虎机会。"

简茸把自己的球收回怀里，转头回野区。

战虎是很会抓机会的队伍。

但是 TTC 这次明显没有打算给一丝机会，连 Soft 都不追残血了。

战虎所有人憋着一口气，硬生生把游戏拖到了第四十八分钟，大牛在语音里激励队友："等着，现在都是一波的事了，我们只要等他们一个失误就能翻——"

他的话没说完，一条击杀通报响起。

他们的 AD 在打自家野怪的时候被小白抓住并控在原地，然后被跟在小白身后的 Pine 杀掉了。

劣势后期，C 位被抓，战虎败局已定。

第四十九分五十二秒，TTC 推掉战虎的基地，拿下第二局比赛的胜利。

……

第三局，战虎掏出了他们熟练至极的战术——半图支援流。

卡牌被 ban，没关系，拿岩雀照样打支援，AD 寒冰、辅助慎、上单船长、打野梦魇……

而且战虎这局针对的不是下路，而是上路。袁谦被光顾得塔都没法出，加上和 Moon 配合不够，来了就是买一送一，导致前期敌方上单船长就被喂成了爸爸。

小白无语，道："他们 AD 玩了三把寒冰了，不腻啊？"

Moon 叹气道："战虎一贯是能赢就行。"

第三局因为上路通关太彻底，第三十四分钟，TTC 遗憾输掉比赛。

至此，比分来到 2:1。

第四局，袁谦终于受不了了。

"我抗压三局了。"

"我知道。"丁哥拍拍他的肩，问，"刀妹能不能玩？"

这话一出，大家都一愣。

每个职业选手都有自己的成名英雄。

谁能想到，现在每场都在抗压、肉身开团的袁谦，成名英雄是单挑对线无敌、打团能力超弱的刀妹。

袁谦也怔住了："拿刀妹？那谁开团？"

"我开。"小白立刻道，"我拿泰坦，Moon可以再拿个梦魇，随随便便能开。"

袁谦说道："我一年多没在比赛上拿过刀妹了。"

"你前几天排位不一直在玩吗？"丁哥问，"玩吗？玩就锁，不玩你继续抗压。"

袁谦沉默两秒，一咬牙，道："玩！不杀穿对面，我三天不吃饭！"

简茸这局锁了小鱼人。

解说甲见状，愣道："小鱼人……嗯……上次拿小鱼人打战虎的效果好像不是特别好啊。"

"可能他想前期打出优势吧，"解说乙道，"毕竟大牛这局拿到了他的发条，大牛发条挺强的，前期必须摁住才行……袁谦拿了刀妹？"

解说丙微笑道："说实话，现在TTC拿出什么英雄、打出什么团战，我都不会觉得惊讶了。"

这一局，双方的阵容意思很明显：快节奏打慢节奏，看谁能笑到最后。

这个问题很快就有了答案。

第七分钟，峡谷响起两道击杀播报——

TTC·Qian击杀了ZH·hubi。

TTC·Soft击杀了ZH·cattle。

TTC 上中双路在同一时间完成了对线单杀！

解说甲说："TTC 今天每个人的手感都很好啊！"

"这不是他们的正常水平吗？"解说乙一顿，道，"战虎的打野来抓谦哥了，但是 Soft 和 Moon 跟在他屁股后面。"

袁谦也知道自己快被抓了。

他看到队友正在奔向自己，打消逃跑的念头，继续在原地演。

敌方打野挖掘机破土而出，袁谦闪现拉开距离，硬生生在两个人技能下拉扯了六秒——

小鱼人大招从暗处而来，命中敌方上单，两秒之后，鲨鱼破空而出，直接让敌方上单原地去世。

让刀妹拿到前期优势，那谁也别玩了。

TTC 很快采用四一分推战术——中野下辅四人抱团推中路，袁谦一个人在下路带线推塔。

战虎上单去守塔，被袁谦单杀。

战虎野辅赶来支援，被袁谦杀掉一个辅助，然后残血钻进草丛消失不见了。

就这么磨啊磨，磨到第三十分钟，战虎中路小水晶还在，上下二路的小水晶全被袁谦偷掉了。

第三十四分钟，袁谦闪现大招留下战虎二人，简茸小鱼人直接跳到天上往里冲，在没有损失任何队友的情况下打出了一波团灭，宣告了这场比赛的胜利。

不过他们没有急着推战虎的基地。

大牛在赛后采访朝 TTC 开嘲讽的事，大家都还记得。

谁说 Road 不在你们就能赢？

TTC 里有谁是"好处理"的？

LOL 不是一个人的游戏，TTC 也从来不只靠一个人支撑。

Road 在，他们依赖他。

Road 不在，他们就扛起比赛，拿下胜利等他回来。

观众们在直播里看见，TTC 队员们纷纷跑到战虎泉水之外发起了"友好互动"，秀战队图标的、跳舞的、瞎丢技能的……

场面太过热闹，以至于某个小小身影格外突兀。

只见在无数友方小兵中，简茸操控的小鱼人非常兢兢业业地在推敌方水晶，小鱼人的鱼叉一下又一下地往水晶捅，就差在自己脑门上刻上"想赢"两个字。

"我瞎了吗？在乖乖推基地的是 Soft 吗？"

"Soft 你在干吗？你现在应该闪现冲到战虎基地，然后按金身，OK？"

"@赛方 他真不是本人！人皮面具代打！要我说几遍！"

"Soft 这是在 H 服冲分冲傻了？"

"没赢过？"

"铁分奴了。"

……

战虎基地最终被简茸推掉，TTC 以三比一的战绩成功赢下这场半决赛。

握手鞠躬结束，简茸刚回到后台，就看到路柏沅倚在后门旁的墙壁上等着他。

路柏沅身边还跟着一位摄影师，是他们战队的工作人员，负责拍素材然后剪辑成纪录片。

"哥！我们赢了！"小白激动道。

路柏沅点头道："嗯，打得不错。"

小白说："你看到我最后那波开团了吗？是不是贼厉害？谦哥真是宝刀未老！"

简茸一句话都插不进，旁边又有摄像机，于是他只能闷头跟在路柏沅身边,不爽地把嘴里的口香糖当作小白嚼。

小白说:"还有第二局,P宝那波闪现丢绳网爆头……"

爆个屁头。

我爆你头。

小白:"当然,我觉得我那把日女完全没有问题,有我在,他们还想碰到P宝?做梦。"

回到休息室,丁哥上来就一人给了一个大拥抱。

"牛啊。"丁哥扬了扬手中的手机,"多的我不说了,我已经订好餐厅了。虽然还不是总决赛,但这次情况特殊,每个人都打得很好,怎么也得庆祝一下……等做完MVP采访,我们直接过去,今晚不训练了,你们好好休息一晚上。"

赢了比赛太激动,沙发空荡荡的没人坐,大家全部围在门口站着。

路柏沅喝完咖啡怕简茸渴,又把水杯递过去:"我没加多少糖,会不会太苦?"

简茸低声道:"不苦,好喝。"

周围都是人,道贺的吹彩虹屁的都有。

很快就有工作人员来邀请这场比赛的MVP去做单人采访。

这次半决赛其实每个人都发挥得不错,几乎每个人都能剪出一个精彩操作,就连临危受命的Moon也没拖队伍后腿。

不过要说谁表现得最好,随便拉个青铜玩家都能明确地给出答案。

两分钟后,简茸出现在采访席。

主持人按惯例问了几个关于比赛的问题。

"这次你拿到了职业生涯中的第一次五杀,是不是非常激动呢?"

"嗯。"

丝毫听不出他有多激动。

主持人保持微笑:"这次你是为什么想要掏出蛇女呢?在我的印象中,

你好像没怎么玩过这英雄，难道是一直藏着的秘密武器吗？"

"不是。"简茸道，"蛇女前期依赖队友，不打出优势没法玩。我的号运气差，排位遇不到几个好人，比赛又一直在打版本英雄，所以没怎么玩。"

主持人："……"

"那你有什么话想对战虎说的吗？"

简茸往身后看了一眼，然后道："他们应该已经回基地了吧？我说了他们能听见吗？"

主持人："……"

主持人忍住笑，问出最后一个问题："这次半决赛 Road 没有上场，你的压力是不是比以往都要大？我们也都看到这几局你打得非常小心谨慎，最后一局也是一个人在努力地推基地。"

简茸反问："推基地不是很正常？"

主持人："……"

放别人身上是正常，但你自己什么样心里没点数吗？

"今天我打得是很小心，是训练结果，是教练拿着棍子在后面教出来的。"简茸停顿一秒，说，"不过今天我也确实很想赢。"

结束采访，简茸下台的时候，队友都已经在后门等着了，路柏沅的左肩背着他的外设包，正在低头回消息。

简茸刚要走过去，身后忽然传来一道脚步声，他还没反应过来就被人搂住了肩。

"小茸，今晚打得真漂亮！"

简茸倏地回头，这才想起石榴今晚也在现场，因为在训练没法出门，赠票还是他让丁哥帮忙送到石榴手上的。

"你拿出蛇女的时候，我身边坐的那几个粉丝还在说完了完了，给我乐得……"石榴拍拍他的肩，然后松开他，笑道，"我没记错的话，你当初就是拿蛇女打上的国服第一吧？"

"嗯。"简茸往队友那儿走,"你自己来的?"

石榴跟着他,摇头道:"没,你不是给了我两张票吗,我就带了一个兄弟来,不过他临时有事先走了。"

简茸点点头,走到路柏沅面前,先看了眼他的手,然后才道:"你把外设包给我吧,我自己背。"

路柏沅稳稳站着没动,扫了石榴一眼,明知故问:"朋友?"

石榴是老交际花了,立刻朝路柏沅伸手:"路神,咱们去年在总决赛现场见过,我当时跟小茸一块儿去的……啊,我忘了你握不了手。"

"我记起来了。没事,"路柏沅笑道,"能握手。"

路柏沅的手还缠着纱布,两人虚虚握了一下。

石榴后知后觉地问:"你们是不是有庆功宴什么的?是的话我就不去凑热闹了。"

"不是庆功宴。"袁谦乐呵呵道,"这才半决赛,有什么好举行庆功宴的,就是去吃顿饭。"

"行,你们去吧。"石榴握拳,"决赛加油!"

简茸回过头问:"那你晚饭怎么解决?"

石榴道:"没事儿,上海这么大,饿不着我。"

简茸皱眉,有些犹豫——以前他刚开直播的时候,石榴对他照顾不少,后来石榴来上海都是他接待的。现在他们几个月不见,聊两句就走,他总觉得不好。

路柏沅道:"一起去吃吧。"

简茸一愣,转头看向路柏沅。

石榴也没想到路柏沅会开口邀请自己:"啊?不方便吧?"

"没什么不方便的,"丁哥立刻道,"我订的是包厢,空着呢,一块儿去没事。"

石榴原本就是很外向的性格,既然战队经理都开口了,那他肯定就不会再推辞。

丁哥订的是一家知名饭店，在包厢里就能看江景。

"今天，我允许你们小酌两杯。"丁哥拿起酒杯比画，"就这么大的两杯啊，多了罚钱。小路，你手上还有伤口，你别喝酒。"

石榴拿起酒瓶想给简茸也倒点，简茸刚要拒绝，杯口就被人挡住了。因为手上缠着纱布，他只是虚掩着，没碰到杯子。

路柏沅说："他喝不了。"

石榴愣了愣，说："怎么会，他能喝的，我们以前一块儿吃夜宵的时候他都点酒。"

简茸一朝被蛇咬，十年怕井绳，想到上次在路柏沅面前喝酒闹的事，他说："我回去还要训练，不喝了。"

石榴刚放下酒，路柏沅问："你们经常一起吃夜宵？"

"我住上海的时候经常一块儿吃，"石榴道，"搬回老家直播后就没那么方便了。"

可能因为简茸没跟队友们提过关于自己的事，其他人都对这个话题挺感兴趣的。

小白正在把那些被删掉的软件重新下回来，说："你和他认识很久啦？"

"他刚开直播半年的时候，我们在网吧认识的，那会儿他才多大……"石榴感慨，"他也算是我看着长大的。"

简茸觉得这话听起来自己像一个小孩子，木着脸道："才几年，不算。"

石榴笑了，道："不算就不算吧。我还记得在网吧看到他的时候，他一边玩游戏一边打字骂人，都把我看呆了。"

袁谦道："你认识他的时候他就是这发型？"

"没，黑的。别说，他黑头发的时候看着特别显小，所以一开始直播间里的人都以为他是小学生。"

小白"嘿嘿"两声，道："前几天也有水友说我长得嫩，像小学生。"

Pine 说:"水友是说你的操作像小学生,没有'长得嫩'这三个字,你不要美化自己的记忆。"

男人喝了酒话就会变多,桌上一个话题一个话题地开始聊。

简茸吃饱喝足,低头掏手机去看今晚收到的未读消息。消息太多了,微信四十多条未读消息,都是那些加了好友但是没怎么说话的主播好友,来祝贺他打进总决赛。

路柏沅正在听石榴说他和简茸最开始双排直播时的事,余光一瞥,看到简茸手机微信上一排下来全是女生头像。

丁哥说喝两杯,最后还是有人喝多了。小白是挂在 Pine 身上回的基地,袁谦直接叫了滴滴,说要先送女朋友回家再回基地。

只有两个不碰酒的人最清醒。

简茸洗完澡出来,把浴巾顶在头上,拿着手机打开路柏沅的对话框,刚犹豫着敲出两个字,一个语音电话忽然接了进来。

简茸飞快接起电话:"怎么了?"

路柏沅问:"你在干什么?"

"我刚洗完澡。"

"我的洗发水用完了,"路柏沅道,"你的借我一下?"

简茸抱着自己的洗发水出发了。

当他到路柏沅房间的时候,对方正低着头在看 iPad。

iPad 屏幕大,简茸扫了一眼,觉得画面有些眼熟。

路柏沅接过洗发水,道:"谢了。"

简茸趁势看清了平板电脑上正在播放的是什么,他惊讶地睁大眼睛:"这视频……你从哪儿找出来的?"

是简茸的直播视频,里面的蛇女 ID 叫"国服第一爹",是简茸最早的 ID,后来这名字被官方和谐了。

这视频怎么说也得有三年历史,而他在直播平台最早的直播回放是去年二月份的视频。

"你的贴吧。"路柏沅把手机关上,"我在里面发了个帖子,有个粉丝把他整理的视频发给我了。"

从简茸直播的第四个月开始,那位铁粉每月都存了四五个简茸的直播录屏。

简茸还是一脸茫然,说:"你看这些干什么?"

路柏沅以前就找过简茸的视频,不过当时是为了看技术,近一年的视频已经够他看了。

现在他再往前找,是想看看简茸怎么一个人长大的。

简茸一开始沉默寡言,看到有弹幕会眼前一亮,发现是广告后又垂下眼皮自己生闷气。

他留黑发时确实很乖,遇到女生跟他打招呼,他会不自在地跟人家说"嗯"或"谢谢"。他每顿饭都是在电脑前吃的,包子、方便面、鸡蛋,什么寒碜吃什么。

后来他跟平台签约,还是没什么人气,但好歹有底薪了,他终于变得活跃了一点儿——具体表现在和 LOL 演员互喷中。

人气稍有起色后,简茸开始经常因为被自己水友举报而被封禁直播间五分钟。封完出来他继续对骂,骂完再进去,目前看到的视频最高纪录,他直播间曾经一天被封过十七次。

路柏沅好笑道:"我想看自己的队友以前长什么样。"

"不行。"简茸想到自己以前在直播间说过的脏话,转过身脱口道,"有什么好看的?我以前又不是什么好人。"

路柏沅笑了,道:"哪里不好?挺可爱的。"

"我一男的可爱什么……"简茸舔了一下唇,说,"反正你别看了,我当时真的不行,我经常跟队友吵架,说的话也难听,还参加过那些什么傻PK……"

路柏沆道："你现在就不跟队友吵架了？小白听到这话得气死。"

　　"那是他活该。"简茸揉了一下头发，含糊道，"我回去睡觉。"

　　"嗯。"路柏沆忍着笑道，"晚安。"

　　翌日，简茸打开直播看到弹幕才知道昨晚自己的名字上了微博热搜。

　　他昨天1V5的操作被某个电竞大V剪成片段，Savior、空空等很多职业选手都转了，配文无外乎就是"强""真顶"之类的，现在转发量已经有三万多条。

　　路柏沆也转了，配文是简单一句"我中单"。

　　简茸看得心里满涨，关了手机又是一张拽得不行的脸。

　　他对弹幕道："多的话别说，刷厉害就完事了。"

　　"那波战虎是有失误，但这跟我很强有什么冲突吗？"

　　"脚本？是，我是开脚本了，我何止开脚本，LPL……全赛区……LOL这个游戏都是我开的。"

　　弹幕密密麻麻，难得的都在夸，简茸能看到哪条就回哪条。

　　突然，一条格格不入的弹幕滑过——

　　"啊啊啊，我二十秒前刷到微博，博主爆料说Road有对象了，是真的吗？"

　　这条弹幕刚发出来，后面立刻跟了很多——

　　"你胡说八道什么？我不相信！"

　　"怎么可能啊？虽然Road这个年纪谈恋爱很正常，但他每天都在训练，这段时间还有挺严重的手伤，复健的时间都得挤吧，哪来的工夫谈恋爱？"

　　"我老公只是一场比赛没有上，那些营销号麻烦不要带节奏哦。"

　　"啊啊啊，那我是不是还有机会？我还买了总决赛的票，想着混进后台强吻老公。"

　　"我不信。"

　　简茸想起来这是路柏沆在电梯里随口扯谎说微信有人管的事，看到那条说要强吻的弹幕，担心路柏沅被骚扰，简茸干脆道："是真的。"

在弹幕里无数个问号中，简茸道："他是有对象了。"

简茸打开游戏，过了两秒，又补充一句："他对象脾气不好，刚才说要强吻的那个，你小心点。"

医生来了基地，检查完之后说路柏沅恢复良好，明天可以恢复训练，过几天的总决赛也没问题，前提是一定要注意训练量。

换了干净的纱布，路柏沅进训练室的时候，小白正边玩游戏边对简茸进行拷问。

"你怎么知道我哥对象脾气不好？"

"你知道他对象是谁？"

"你这个行为有点过分哈，就算嫂子脾气真不好，你也不能在直播里说啊，我看你到时候是喝不到新嫂子的爱心汤了。"

训练室的门大敞着，没人发现路柏沅进来了。

简茸看着弹幕上的"哈哈哈"和各种问句，咬牙切齿地说："没有爱心汤。"

"万一呢？"

"没万一。"

"不是吧，你真认识啊？"小白顿了一下，说，"不会也没事，悠悠姐跟谦哥在一起之前啥也不会，最后还不是为爱下厨。"

简茸翻了一个白眼，刚想说什么，就听见一道椅脚划过地面的噪音，他回头一看，路柏沅一只手拖着椅子，坐到了他身边靠后的位置。

路柏沅体贴地说："你练你的，不用管我。"

网友听见路柏沅的声音，弹幕立刻开始刷屏，让简茸开摄像头。

简茸原本就不想开摄像头，路柏沅在就更不会开了，省得这群人看到路柏沅手上的纱布又乱起节奏。

简茸平时坐姿就不规范，椅子总比别人靠后，他往前挪了挪自己的椅子：

"你看得见吗？坐过来点。"

路柏沅笑了一下，坐得近了点。

他看着弹幕，问："你刚才说什么了？"

"我说出去了，"简茸感慨着一个谎要用一百个谎去圆，道，"你有对象的事。"

路柏沅配合道："不是我自己先说出去的？"

这个无中生有的话题最后是被闻讯提刀而来的丁哥截住的，他紧急叫停简茸的直播，让两人下楼一块儿看比赛直播。

今天是另一场半决赛，PUD对战本赛季称得上是"小黑马"的战队KUG。

获胜的队伍就将成为他们的对手，跟他们一块儿站上春季赛总决赛的赛场。

傍晚六点半，TTC基地的客厅茶几布满菜，一队队员包括两名替补都坐到了电视机前，等着看这场关键性比赛。

袁谦扒了一口饭，说："你们觉得谁会赢？"

"PUD。"小白不假思索，"反正我打KUG的时候没觉得多难。"

KUG作为两年前刚加入LPL的新战队，能挺进半决赛确实了不起。

但他们还是有运气成分在的，险赢MFG后分了个好组，强队几乎都在另一边。

小白回头问："哥，你觉得呢？"

路柏沅刚要说什么，手机铃声忽然响起。

他看了一眼来电显示，眼底闪过一丝惊诧，只丢下句"接电话"便起身朝阳台走去。

客厅的人又闹腾地聊了一阵，直播源终于开启，熟悉的解说员面孔出现在屏幕上。

简茸一抬头就听见解说甲仔细听着耳麦里的内容，整个人停滞了大概三秒。

"啊……那个，有个消息我得和大家说一下。"解说甲舔了舔唇，"刚才收到通知，因为 XIU 伤病复发，今晚的比赛 PUD 会派出他们的替补打野。"

袁谦咀嚼的动作一顿，道："我去。"

"天哪。"一直在玩手机的盒子突然抬头，说，"我刷到一条微博，说是有救护车停在赛场后门。"

"救护车？"小白一脸震惊，道，"XIU 不是手伤吗？不……不至于这么夸张吧？"

"何止。"丁哥叹了一口气，说，"XIU 是我知道的老职业选手中伤病最严重的，一身都是毛病……你去哪儿？"

简茸头也不回，说："我吃饱了，去吹吹风。"

简茸还没走到阳台，就闻到了一股烟味。

路柏沅倚在栏杆上，嘴里叼着烟，正低头在看微信中的某个群聊。

他垂着眼皮，目光冷淡，烟都烧出一截白灰了也没顾得上抖。

路柏沅听见动静，回头取下烟，刚要开口。

简茸就抬起手放到他肩膀上，安慰一般生疏地拍了两下。

简茸低声问："怎么了？"

路柏沅很少向别人表达自己的情绪，包括以前刚进 LPL 的时候，面对一些没有人品和道德的职业选手，他很多时候连个眼神都不会给，等在比赛里打炸他们，多的废话一句不会说。

再深一层的情绪他就更少表现出来了。

他看着简茸，良久才开了口："XIU 好像没法打比赛了。"

XIU 这次是腰伤复发。

他坐在休息室等待比赛开始的时候，突然觉得腰很疼，然后就站不起来了。

腰伤是最难处理的，连随队医生都不敢乱碰，XIU 虽然一直说着不用管他，坐一会儿就好，但教练还是果断地叫了救护车。

XIU 最后躺在担架上，被抬上救护车，手上还在给路柏沅打电话，笑着说他们俩是难兄难弟，今年都不配打半决赛。

他们那个老选手群聊得很热闹，跟 TTC 打半决赛那晚一样。

XIU 的语音一条接一条发，直到后面被推去做检查才安静了。

LPL 里，和路柏沅认识时间最长的就是 XIU，虽然他们不在一个战队，平时联系也不多，但两人关系没淡过。包括群里这些已经退役了的老选手，都还是谁有难大家一块儿帮的好兄弟。

简茸靠在栏杆上，说："他之前伤病不是也很重吗？都坚持下来了，这次……"

路柏沅说："他们战队管理层很早就想换新人。"

简茸顿了一下，说："那个替补打野？"

"嗯。"

简茸跟那名替补打野在排位中遇到过。

PUD 签选手的标准就是强，那名打野是 LPL 近年来风头最盛的新人打野，之前有场比赛他用瞎子一秀二，还被一些电竞粉戏称"Road 二代"。

当然，那名打野的粉丝是很抗拒这个名号的。

身为 Road 的粉丝，简茸也不喜欢这个名号。

简茸很理智地分析了一下，虽然 XIU 的打法比那名替补稳，游戏后期作用大，但操作似乎没有新人强。

于是他想了想，说："没事，XIU 有人气，退役后直播也还可以赚钱。"

路柏沅："……"

简茸说："还能开淘宝卖零食，不过现在卖零食好像不是很景气，石榴开过，现在已经倒闭了。"

路柏沅打断他："简神。"

简茸还是不习惯别人这么叫自己，两秒后才说："什么？"

路柏沅忍住笑，道："你如果实在想不到什么安慰人的话，可以不用勉强自己。"

简茸沉默了，扭回脑袋不说话了。

手机微信还在响，路柏沅拿出来看了一眼，随手点开 XIU 刚发的几条语音——

"完了，兄弟，看手的医生也来了，还给我安排了个全身检查。"

"刚刚几个医生围着我，后面跟着一大帮实习的，看得我以为我下一秒就要进 ICU。"

"我觉得我赶不上季中赛了，算了，咱们下赛季再战吧。"

他话里行间丝毫没提退役二字。

路柏沅回了一句："你别操心，你们本来就打不了季中赛，好好养着。"

"你想过退役吗？"安静很久，简茸忽然问了一句。

路柏沅拿着手机转头，两人对视了几秒。

路柏沅说："没有。"

老一辈的明星选手似乎都这样，急流勇退从来不在他们的选择中。

当他们加入职业赛场的时候，电竞这一块还是一片荒地。正式选手月薪两千都算高的，很多专业团队都在网吧训练，甚至还有坐公交车去打比赛的战队——在那个年代，出去随便打份工都比当电竞职业选手强。

能加入团队并坚持下来，靠的都是热爱和梦想。

路柏沅经历过抽不起烟的日子，被队友背叛过，也熬过很多个因为伤病疼痛难眠的夜晚，但他从没想过退役。

之前他觉得自己还想打，还能秀，如今在这些前提下又多了一层原因。

简茸揉了一下脸，很轻地"啧"了一声。

路柏沅道："怎么了？"

"你们夺冠那年，我给丁哥投过简历，过了，他还发短信让我去试训。"简茸抿唇，"我如果那时候去了……能跟你多当几年队友。"

"你这么自信？"路柏沅道，"那时候参加试训的人很多，你来了也不一定进首发。"

简茸的脏话刚到嘴边,头发被人揉了几下。

"不过风水轮流转。"路柏沅笑了一下,说,"现在是我想要跟你多打几年。"

简茸微怔。

夜风舒服地吹在脸上,简茸看着黑夜沉默良久,才道:"我努努力。"

"什么?"

"努力训练,多 carry 几场,尽量缩短比赛时长。"

比赛时长短一分钟,路柏沅的手腕就能多休息一分钟。

作用可能微乎其微,但除此之外,简茸暂时没想到什么其他的好办法。

里面传来小白和袁谦的呼声,听着像哪位选手秀了什么操作。

简茸丝毫不觉得自己刚才说的话有多狂,他站直身体,道:"进去看比赛吧。"

简茸刚转过身,忽然想起什么,皱眉问:"你哪儿来的烟?"

"丁哥放在餐桌上,我顺手拿的。"

简茸:"……"

第二场四分之一半决赛,PUD 以三比二的战绩险胜 KUG,正式晋级春季赛总决赛,成为 TTC 下一场比赛的对手。

不过由于首发打野的意外缺席,比赛结束后,大家的关注点就完全转移到另一边。

简茸看完比赛回训练室,一刷"XIU 手伤缺席半决赛"热搜下的评论,全是一些他不爱看的——

"传奇落幕……Road 和 XIU 都伤病缠身,感觉 LPL 本土打野快要陨落了。"

"LPL 今年流年不利啊,两大打野全倒了。PUD 还算有先见之明,买了个新秀打野,TTC 就只剩那个垃圾小替补了……我听说 Road 私下会打压替补，所以有点名气的都不愿意加入 TTC，现在看来只能说活该咯。"

简茸靠在椅子上等游戏排队，见到这条评论直接点开快捷回复——我也听说你脑子不好，现在看来只能说活该咯。

"内幕消息，我表姐是 TTC 的工作人员，他说 Road 这个月就会宣布退役，现在 TTC 已经在开始准备退役事宜了！"

简茸懒洋洋地回复——那你表姐挺牛。

简茸排进游戏房间，放下手机刚要选英雄，丁哥的电话就打进来了。

可能是犯过的事儿多了，简茸隐隐有种不好的预感，接电话前先切回去看了一眼微博界面——

TTC·Soft 回复翘摇：那你表姐挺牛。

简茸："……"

前天他转发周边广告，忘记切号了。

短短两分钟，下面飘出无数评论——

"一个春季赛过去了，Soft 还是冲冠一怒为 Road。"

"呜呜，傻宝贝别舔了。"

简茸接起电话，说："我如果说我不是故意的，你信吗？"

丁哥刚想说我信你个鬼，低头一看手机——

TTC·Road 回复 TTC·Soft：练完了？

怎么的，他们还要在别人微博下互动是吗？

丁哥气急攻心，挂了电话去骂那个深夜去医院解绷带上药还不忘玩手机回队友评论的狗打野去了。

今年春季赛总决赛举办地点在重庆，比赛前一日，TTC 众人收拾行李从浦东机场出发。

为了避免被庄亦白嘲笑，在去机场的路上，简茸满脑子都在想一会儿要怎么值机才显得自己不是第一次坐飞机。

不过显然他想多了，值机的事经理来办，他只要上交身份证就好。

刚上飞机，小白就回过头道："我听说 XIU 这次总决赛上不了。"

为了杀对手一个措手不及，很多战队的首发队员名单都赶在最后一刻才交。

"我觉得也是。"袁谦嘀咕，"前几天他刚被抬上救护车，那阵势，没十天半个月我估计都好不了。"

小白看向路柏沆，说："哥，XIU 跟你透露什么没？"

"嗯。"路柏沆慵懒地说，"他一直在给我放烟幕弹，说前三局他打，后两局替补打。"

简茸嗤笑一声，问："你回了什么？"

"我问他能下床了没。"

虽然他说话很没良心，但公务舱登时传出一阵笑声。

来重庆之前，小白在训练赛的队伍语音里把他所知道、查到的重庆美食念了八千八百八十八遍。

到了重庆之后，丁哥赶鸭似的把人赶进战队安排的大巴车，拖着大家伙去了海底捞。

这次一块儿来重庆的还有工作人员，包括副经理、副教练和生活助理等，加起来正好坐满一个包厢。

"不是……吃海底捞也就算了，"袁谦毫无食欲，看着面前的锅，"这？清汤和菌菇汤？"

TTC 五人唯一最和谐的地方就是吃食，全部无辣不欢，每次外卖一眼望过去红彤彤的，特别喜庆。

丁哥面不改色地下单："上次半决赛前一天，你们吃了麻辣牛蛙，Kan 比赛前一小时还在喊肚子疼，还没吃到教训？"

袁谦支着下巴，说："废话，人家那会儿马上要打假赛了紧张，能不肚子疼？"

原本无精打采的一桌人听到这话都忍不住自嘲笑出声，中间还伴随着好几句脏话。时间是最好的良药，当初再怎么接受不了、难受犯恶心，事情过了也就当作笑话一则。

简茸没笑。他之前不在，所以没法跟经历过的人一起感慨然后笑两声，也幸好他不在，不然他现在应该已经因为殴打 Kan 被永久禁赛了。

路柏沅同样如此。XIU 自己受伤也不想对手好过，从下飞机就开始对路柏沅进行精神骚扰，一条条"老朋友，好久没见你玩 EZ 打野了，真怀念""我觉得你们中单男刀玩得很不错，决赛有想法吗"发过来，路柏沅翻完未读后，直接给他设置了一个免打扰。

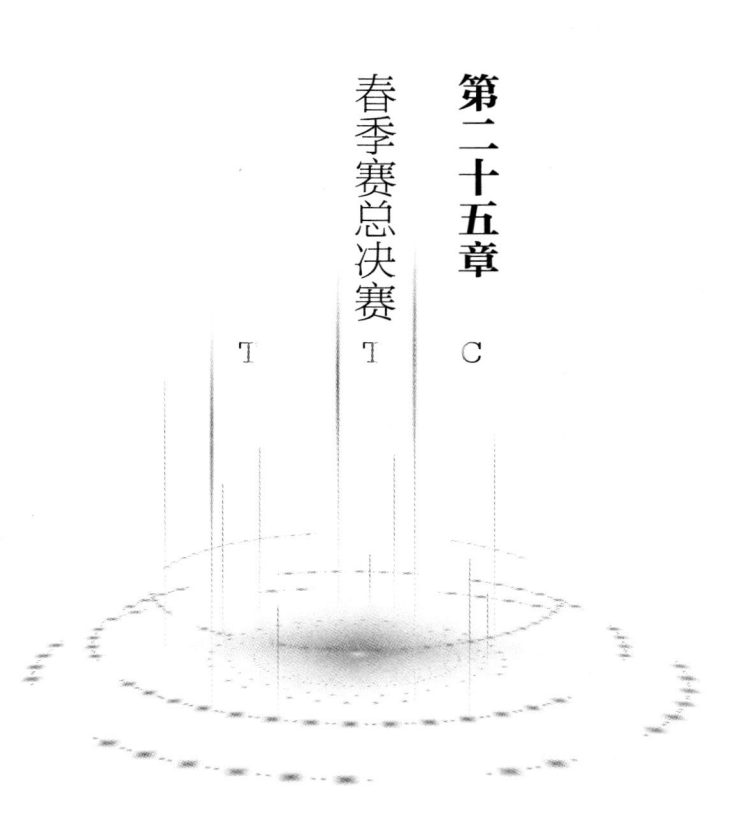

第二十五章 春季赛总决赛

今晚这顿饭大家吃得还算和谐。丁哥看着无精打采的队员们，心里甚是满意。

别家战队打总决赛前一晚，选手紧张得上厕所的频率直接翻倍，还失眠多梦，第二天上镜，一排过去全是肾虚脸。

他们队员就不会，大比赛经验多了，心态在职业选手里都是顶尖的。

而他们的新队员……

丁哥转头望去，正好看到简茸跟做贼似的拽了一下路柏沅的衣服，然后拿起自己藏在椅子某一角的辣椒调料，从桌下偷偷递给路柏沅。

丁哥：".……"

别说春季赛总决赛，就是明天开打世界总决赛，他们新队员的眉毛恐怕都不会往上挑一下。

然而这安静的美好并没持续多久。

身为一个饭量小容易饱的健康小胖子，小白跟往常一样边咬着牙签等其他人吃完，边打开手机找事情打发时间。

他摸着小肚子想去直播间看有没有职业选手在直播，刚随手点开某个直播软件，就看到平台上方明晃晃挂着横幅广告——

"欢迎H国赛区超强战舰HT战队全员入驻磨磨直播！今晚八点，所有选手直播正式开启！"

小白在心里骂一声，随手一点，直接被传送进了HT战队AD——Rish的直播间里。

好巧不巧，Rish正在放简茸半决赛蛇女1V5的精彩片段。

因为没找到想看的直播，小白还没来得及戴耳机，一段光听语气就觉得阴阳怪气的 H 国语言从手机里传出来。

Rish："……Soft……"

在座各位没几个人听得懂他说的话，但全桌人都看了过来。

路柏沅眼底一沉，放下筷子，拿起湿巾擦了擦手。

"你在看谁的直播？我怎么听见简茸的 ID 了？"袁谦探了下脑袋，看清手机左下角的视频窗口后脱口道，"HT 的人怎么来我们这边开直播了？"

丁哥喝了口汤，说："在磨磨直播吧？我听说过，据传还是 HT 主动联系的。他们一开始联系的是星空 TV，星空 TV 老板知道他们的黑历史，想都没想就拒绝了，然后才去找的磨磨。"

"磨磨老板怎么想的？"袁谦惊讶道，"谁都知道 HT 内部歧视 LPL，导致他们在国内一直没什么粉丝。"

"不需要粉丝。"路柏沅道，"慕强或好奇的人多得是，再说就算是去骂他们的人也是观众，有流量就行，直播平台不靠打赏赚钱。"

丁哥点头，道："而且说实话，国内有很多 Master 的粉丝，那些人大多原本就讨厌 LPL。"

简茸吃完路柏沅刚给他涮的牛肚，才转过头问："那人说我什么了？"

简茸不是玻璃心，路柏沅没打算瞒他。

"'连 Soft 这种蛇女都能五杀，LPL 今年好像变得更差劲更糟糕了，看来往这边输送再多外援也没用啊。大家以后还是多多支持我们 HT 吧，电竞不分国界，我们的选手能在你们那边打电竞，你们也可以喜欢我们国家的电竞战队'……"路柏沅嗓音低沉，一字不漏地翻译出来，"大概是这意思。"

丁哥："……"

职业翻译都没您翻译得自然。

你想看中单进 Rish 直播间发疯"怼脸"对线直说，何必在这儿对我苦苦折磨。

丁哥放下筷子，已经做好拉住简茸的准备。

谁想简茸听完只是无所谓地丢了一句"有病"，用公筷夹起牛肚继续往锅里放。

反倒是小白瞪大眼睛，说："哇，这 Rish 是什么脑瘫？他算哪根葱啊，每次对线被我打成屎还好意思让 LPL 粉丝去粉他？臭躺赢狗，多大的脸啊！"

"就是，去年要不是 Kan……还不知道谁是冠军呢。"袁谦皱着眉，啧了一声，说，"晦气。"

"上次在排位里他不也被简茸杀成狗……"小白说到一半，用手肘撞了撞身边的人，满脸疑惑，"你听清我哥翻译的话没？"

简茸说："听清了。"

"那你怎么没反应？"

"我这几个月的处分吃太多，最近一个要等到下礼拜才消除。"简茸理智地说，"再被罚一次就要禁赛了。"

小白："……"

Rish 这一招果然管用，他因为嘴贱在国内一直没什么粉丝，但靠着嘲讽 LPL 各位选手，直播人气噌噌上涨。骂他的居多，房管在心里边骂 Rish 边帮他封人，心里别提多憋屈——当然还有一些没底线的黑子在下面捧他的臭脚，顺着他的话骂 LPL 选手。

总之，直播间里乌烟瘴气，不堪入目。

为了不影响队友们的心情，丁哥让小白关了直播，带着众人回了酒店。

翌日，春季赛总决赛正式打响。

很多观众都还沉浸在 Rish 昨晚的言论中无法抽身，比赛直播源刚刚开启，弹幕就洋洋洒洒飘过一大片——

"HT 战队什么时候死？"

"磨磨直播为了流量给 HT 战队送钱，磨磨直播明天就倒闭！"

"我以前一直是 Soft 黑，昨晚看了 Rish 的直播后，突然觉得 Soft 其实看着也挺顺眼的。"

"祈祷今天是 TTC 赢比赛，我希望 Soft 能去 H 国把 Rish 真·按地暴揍。"

"得了吧，Soft 进了 LPL 后就变怂了，昨晚 Rish 都嘲讽成什么样了，我不信他不知道，也没见他开麦骂人啊。"

"PUD 必胜，Savior 宝宝带着 XIU 哥的期望冲呀！"

"也不知道这次是谁代表 LPL 去打季中赛，万一输给 HT，那就等着被骂死。"

讨论间，直播画面忽然一切，一段录像插播进来——PUD 战队的上单 98k 出现在界面中，他穿着 PUD 的队服坐在赛场上，身后是空荡荡的比赛场馆。

赛前垃圾话环节开始。

赛前垃圾话是 LPL 重大比赛之前的特殊环节。在这个环节里，你可以对你即将迎战的对手进行嘲讽，只要没有脏话、不涉及人身攻击，其余什么都可以说，是为了给比赛增加趣味性的环节。

当然，这不是让两人面对面吵架，而是不同镜头下的你问我答，以切换镜头的形式呈现给观众。

很多选手就是因为在垃圾话环节嘲讽对手太过，输了比赛之后被群嘲到退役。

录像是在比赛日当天录制的，新鲜热乎。第一组出场的是双方的上路。

98k 神态轻松，道："我没什么好说的……Qian 还在练我的狗熊吗？"

镜头一切。

袁谦保持微笑，道："版本改了，狗熊废了，98k 今天马上也要熄火了。"

紧跟着是两位 AD。

PUD 的 AD——KK 道："希望他打团战的时候不要总是第一个死，这样真的很无趣。"

镜头一切。

Pine 说:"等你敢跟我打对线的时候再来说大话。"

辅助组。

PUD 的辅助敦敦说:"Bye 上王者了吗?上了?他抱的谁的大腿啊……我没有看不起他的意思,不过他以前一个人单排的时候最高段位好像只有钻一,说实话,我挺心疼他的。"

镜头一切。

小白一下就被戳中痛处,说:"那是我不想上!而且王者哪有钻石好玩。还有,你们这场能不能不召唤 Savior 了?有本事让他在中路跟我们中单对线啊!"

敦敦对小白的暴怒视若无睹:"再说 Pine 每次团战刚开始都被集火秒掉,这其实跟辅助的能力有很大的关系吧?"

小白伸手做了暂停的动作,说:"Stop,塔下挂机二人组请不要随意挑拨我和我家 P 宝的关系,我们很相爱。"

打野组。

Road 坐姿随意,看起来像对这个环节没半点兴趣:"今天要上场的打野叫什么?"

"开始录了吗?"临时顶替 XIU 出场的替补打野紧张道,"路神好……我叫驼驼,希望路神可以记住我,毕竟以后我们会经常在赛场相见。"

镜头转换。

Road 散漫一笑,说:"在你野区见吧。"

最后,两名年轻稚嫩的中单出现在视频中。

Savior 着急地舔唇,说:"等等,我想想说什么……啊?开始啦?那……今晚我会努力让 Soft 消失在我们的滚雪球战术中的。"

下一个镜头,蓝毛不屑地挑眉,说:"让我对 Savior 说垃圾话?他哭了谁负责?"

Savior:"……"

简茸靠在椅上，说："不过我确实有件事要跟他说——先教我几句 H 国的垃圾话，我下下个礼拜去 H 国时要用。"

说完，观众只见他拿出自己的手机，照着备忘簿念：

"废物 AD 站起来狗叫。"

"HT 这种渣滓战队能代表 H 国出战，H 国其余每个战队都有责任。"

"我尊重每一位遵守规则加入 LPL 并认真敬业的外援，也唾弃每一个歧视 LPL 却还要觍着脸来中国开直播赚钱的垃圾。"

直播源虽然开了，但直播还没有正式开始，前面播放的几个视频是为了热场子和测试直播源的。

这导致经常会出现几个视频反复播放的情况。

"别放广告了，再放一遍垃圾话录像，我还要听。"

"女朋友发短信来说，她爸妈今晚不在家，我让她要么早点睡觉，要么找点儿事干，别来打扰我循环垃圾话环节，兄弟们，我做得对吗？"

"广告环节观看人数是以往好多倍……建议今天的广告商都给 Soft 打钱。"

"来了来了！第四次重播来了，兄弟们！"

"还重播！"休息室里，副教练忧心忡忡，"这个导播是 PUD 粉吧？想多重播几次给联盟那边拱火？万一等会儿打着打着禁赛通知下来了……"

这个环节是选手单独录制的。当时大家都忙着在后台给选手化妆、准备比赛事宜，加上时间紧急录完就拿去剪了，所以除了录制工作人员和录制的选手本人以外，没人知道他们在垃圾话里说了什么。

简茸这番话，他们跟弹幕里刷问号的水友们一样，也是头一回听。

丁哥在沙发上稳坐如山。

风浪见得多了，"队员骂人"这种程度的事在他心里已经被排到了最末。

"没事。"丁哥往嘴里塞了一块西瓜，"这些都是经过审核的，要真不能说，负责人都不敢把这段剪进去。"

Rish昨晚那番言论都被骂上热搜了，稍微关注一点儿电竞圈的人都能看见。

LPL管理层自然也看了。

HT战队以前对LPL的冷嘲热讽都在外网上，没法管，但现在那群人都"怼"自家脸上欺负了，LPL那群管理能忍？真当LPL没有脾气？

这事儿要放在几年前，两个赛区的选手估计都激情对线八百轮了。

但现在不一样，LPL已经商业化，谁都不想砸自己招牌，不想损害战队商业价值，更不想因为这事吃处分。

丁哥叹气，心想：垃圾话最后这段说得真好，如果这出头鸟不是他们家中单就更好了。

"垃圾话还能这么说啊？"小白愣愣道，"我学到了。"

话还没说完，他的脑门就被丁哥弹了一下，说："二十好几的人了，还在叛逆期？就喜欢跟差生学？"

"差生"听见批评，眼皮都不抬，闭嘴嚼路柏沅刚递给他的口香糖。

路柏沅听见这段垃圾话，倒也不是很惊讶。

垃圾话第四次重播结束后，直播终于切进解说席。

路柏沅转头问："昨晚你不是忍住了？"

简茸吹了个泡泡，自己用牙戳破又拢回嘴里，没什么语气地说："我睡了一觉，越想越气。"

此刻，在别人看来，简茸就是一个不好惹脾气差的戾气少年。

工作人员过来提醒他们再过十分钟上台。

丁哥确认队员身体状况都正常后，摆摆手，示意大家上台。

总决赛的赛场比以往的场地都要大，简茸走上台时差点被灯光刺瞎。

在这种状态下，除了队友的背影和台上的设备，其余他什么也看不见。

但观众的呼声很清晰，两个战队的粉丝今晚很和谐，安排好了上一秒我喊，下一秒你喊。

在整齐划一的"PUD加油""TTC必胜"下,一道尖锐的女声从前排脱颖而出——

"Soft加油!去H国埋Rish!"

就在全场哄笑之时,惊奇的一幕发生了。

赛场的大荧幕上以及直播界面中,刚拿着水杯落座,正跟往常一样低头调试设备,还没来得及戴耳机的小蓝毛突然抬手,朝对着自己的镜头比了个拇指。

虽然他什么话也没说,眼睛甚至都没看向镜头,但所有人仿佛都从这个姿势里听见了他的回复——

埋。

这个动作也被身边的队友收入眼底。

丁哥听见现场浪潮般的尖叫声,不禁感慨:"有的人天生就适合吃电竞这碗饭,不论是技术还是性格。"

把简茸这号人物往台上一放,比赛还没开始,观赏性就已经无限提高。

小白羡慕死了,在队伍语音里问:"你能撤回刚刚那个动作吗?这波让我来骚。"

"我突然想起一件事,"袁谦"哋"了一声,说,"简茸,你在垃圾话里面说的那些话,Savior真教你了?"

简茸说:"没。"

Pine道:"Savior可能没听懂几个字。"

小白道:"哈哈哈哈,我觉得也是,然后下去找队友给他翻译再被吓死。"

袁谦也笑道:"不过你想学这些话怎么不问队长啊?"

简茸刚想说自己只想骂人并不是真心想学,就听见路柏沅道:"可能他觉得我教得不好。"

袁谦问:"你都没教过,他怎么知道不好?他这几天学几句,以后去H国总用得上。"

路柏沅一笑，跟上来确认设备的裁判示意自己 OK 了。

爽过那个劲头，小白突然想到了什么，说："等等，那万一我们季中赛输给 HT 怎么办？让富哥改造一个地下基地，咱们住到地缝里去？"

现在才反应过来？

丁哥白眼都快翻出场馆了，说："你们能不能清醒点？你们现在打春季赛总决赛，能不能去 H 国还不一定呢！"

袁谦坐直身子，转动手腕放松了一下，说："今天一定要拿下比赛，不然我下半辈子都不敢开直播了。"

小白说："还开直播？直播退役可以。"

Pine 冷静分析："这次我们全首发，他们首发打野不在，再输是可以退役回去种田了。"

简茸道："放心，我自己说的话，输了我自己负责。"

丁哥好奇地问："你怎么负责？"

"我发条长微博骂他们。"简茸一脸镇定道，"这样他们就都来骂我了。"

丁哥："……"

对线奇才。

袁谦先是笑，然后说："别说什么自己负责这种屁话……都是一个队的，有事肯定一起扛。"

"是啊，有难同当，有福我自己享。"小白嘀嘀咕咕，"再说我早就看 Rish 不顺眼了，打完比赛我去偷一件豆腐的队服，到了 H 国用它来蒙 Rish 的脸，直接堵厕所揍一顿！"

Pine 冷冷道："语音设备已经开了。"

小白说："对不起，监听哥哥，这一段你要是放在英雄麦克疯我必死，你积善德行好事捞小弟一把。"

"噔"的一声，他们进入了 Ban&Pick 界面，春季赛总决赛第一局比赛正式宣布开始。

路柏沅收起嘴边的笑，说："收了。今天好好打，随便赢。"

一个赛季下来，两个队伍对彼此那些普通套路都很熟悉了，在禁用环节基本没浪费什么时间。

最初三个禁用席，乐芙兰、厄斐琉斯和盲僧被 PUD 摁在禁用区，丁哥也直接禁掉了对方擅长的发条、狗熊和鳄鱼。

这一局 PUD 选择蓝方，并且拥有第一个选人权。

PUD 第一个拿的是打野英雄，男枪。

"我就知道。"丁哥眯起眼，站在路柏沅身后说，"驼驼的英雄池和你差不多，而且他很喜欢玩野核。"

"估计又是我哥的小粉丝。"小白笑道，"毕竟是 Road 二代。"

简茸冷冷道："他没二代。"

丁哥征求路柏沅的意见："你想玩什么？"

路柏沅说："XIU 赛前给我发了短信。"

简茸不满地拧了下眉，说："他还在骚扰你？说什么了？"

路柏沅笑了一下，说："他说……要么我输掉，要么帮他告诉这位一直想顶替他首发位置的打野，LPL 有多残酷。"

解说甲说："好，我们两个队伍的支持率已经出来了！TTC 战队的支持率是百分之八十二？"

通常同赛区的两个强队相遇，高支持率的队伍都会保持在百分之六十至百分之七十的支持率。

解说乙说："正常，毕竟 Soft 垃圾话环节一顿操作猛如虎。接下来让我们看看 TTC 二楼会拿什么位置——豹女！打野位！TTC 居然也掏出了一个野核英雄？"

"很意外吗？Road 不就是玩暴力打野出身？在我印象里，这赛季还没人敢拿野核英雄跟 Road 对冲呢。"解说丙笑了一下，说，"Road 的意思是——让我教教这位 LPL 新人野核应该怎么玩。"

TTC 接下来相继锁下了辅助锤石、AD 大嘴。

解说甲纳闷道:"TTC 这阵容我有点看不懂,是要打三 C 吗?那谦哥压力会不会太大了?"

三 C 阵容又称三核心阵容,特点是团战输出非常给力,一条路发育起来都足够打足伤害。

不过缺点也非常明显——前排少,控制少,脆皮英雄过多,容易给对手送机会。

袁谦掏出塞恩之后,解说们几乎确定了 TTC 要打三 C 阵容,并且开始分析战局。

"其实我觉得面对 PUD 拿出三核阵容不是很好打,毕竟 PUD 本身运营很强,虽然 XIU 不在,但 98k 的上辅在团战中作用也非常大。"

"是的,而且 98k 这局拿的是奥恩,如果发育得好,后期他一直顶在前排,TTC 会非常难受。"

"Savior 拿的辛德拉控制也非常足,就看 Soft 会拿什么英雄了,说实话我很怕他掏出个亚索。"

解说的声音戛然而止。

只见 TTC 的五楼出现了一个微笑着的小女巫脸蛋。

TTC 的中单英雄终于出现——仙灵女巫璐璐。

璐璐,辅助英雄。四个英雄技能中有三个分别是给队友加血加盾加速度的,奶妈属性十足,人物形象矮小可爱,常年占据女性玩家心头好 Top3。

当然,她的盾技能放在敌人身上可以造成伤害,加速技能放在敌人身上能沉默,Q 技能穿刺飞弹的伤害也不低——这让她同时可以当作保护型中单来使,赛场中偶尔出现,一般都是拿来保 AD、保上单、保打野的。

这英雄打中单的宗旨就是混、尿,等着后期养老。

有盾有加速有大招,只要你够小心,敌人没法 gank、单杀你。

但同时,你也很难给对线的对手造成超过指甲缝的威胁。

讲道理，这么个奶妈中单英雄出现在赛场上不奇怪，隔壁战虎的大牛就经常拿出来溜达，但——

解说甲说："Soft 拿了个奶妈璐璐？"

解说乙说："等等，我比较好奇他知道这英雄有盾吗？"

"我觉得他是不知道的。"解说丙推了推眼镜，冷静分析，"他和 Pine 双排时玩过璐璐，四十七分钟只给过 Pine 三个护盾……不过没关系，我相信就在今晚，暴力型璐璐即将出现在众人的视野中。请诸位女性玩家搬好小板凳，迎来你们璐璐女儿的全新强力打法。"

暴力型璐璐当然是不存在的。

比赛开始，前五分钟，Soft 的璐璐专心致志补兵，小心翼翼走位躲辛德拉的技能，中路平平静静，无事发生。

解说甲说："啊，我好不习惯。"

解说乙说："我觉得导播也不太习惯，经常切过来让我们看他们俩补兵。"

解说丙依旧固执，说："不，肯定没那么简单，我相信 Soft 体内的暴力因子马上就要鼓噪起来了。"

他的话还没说完，就见 Soft 清完兵后准备回城，回城动画刚进行两秒就被 Soft 自己取消掉，紧跟着，可爱璐璐轻轻一扬自己手上的魔法棒——给路过并满血的 Road 一套加速 + 盾的"关心满满套餐"。

璐璐给了这两个技能之后，继续原地回城，经过的豹女在原地停留一瞬，手一抬，给正在回城的璐璐加了一口无用的奶，然后隐没进自家野区里。

直播间弹幕先是飘过整屏幕的"？"，然后——

"是双向（我笃定）。"

"导播怪懂的，看小地图下路四个人都打到头像重叠到一块儿了，他都能切到中路给我们看这个。"

"赛前垃圾话说得像今晚就启程去 H 国暴揍 HT，上了赛场一把奶妈璐璐与 Road 缠缠绵绵绕指柔。"

三位解说员也一脸蒙。

解说甲说:"啊,这……这……这可能是 Soft 感应到我们的对话,想用行动告诉我们,他是会给队友加盾的。"

解说乙连连点头,说:"对。而且玩璐璐怎么了,手长技能强对线的时候也挺有意思的,你们看 Soft 玩得多开心啊!"

解说乙说出这句话的同时,直播右下角的小蓝毛在前往自己中路的途中百无聊赖地切换视角,看了一眼战况激烈热火朝天的下路四人,眼里流露出一丝难得的羡慕。

他再切回自己角色的视角后,终于还是没有忍住,在全国观看直播的一亿多人面前毫不遮掩地张大嘴——打了一个巨大的哈欠。

一半的观众在这一瞬间仿佛看到了高中上课期间不耐烦的自己。

另一半的观众被他感染,忍不住也打了个哈欠。

奶妈这个职业是有它的可玩性,适合那些救济苍生、心怀天下、舍己为人、有母性光辉的玩家们——只是不包含简茸。

简茸会玩璐璐,是因为小白的招牌英雄锤石被放出来了,他在队伍语音里表达了自己那颗百分之二百想玩的心,被丁哥以"不好保护 AD"拒绝了。

Pine 这局拿的大嘴是一个没有位移、极其需要队友照顾的英雄。

于是小白口不择言,大胆表示只要简茸拿个保护型英雄,譬如璐璐卡尔玛之类的,那这局绝对稳了。

简茸礼貌询问他是不是活腻了,想去天上和 Rish 肩并肩。

丁哥再三思虑后,居然觉得小白的话有点道理,然后技巧性地问了一下路柏沉觉得中单璐璐怎么样。

路柏沉语气平静道:"都行,三 C、保护都能打,随便玩什么……璐璐和豹女是不是有个同系列的皮肤?"

总之,简茸最后还是妥协拿了璐璐。

TTC 最热闹的一条路熄了火,导致这局比赛直到第十三分钟都还没爆发交战。

"好消息，好消息！"小白在语音里跟演小品似的，"他们下路二人组双招全无，白爷的手指已摁在闪现上，无敌必中夺命钩也已准备就绪，来了就是赚就是捡——前提是你们要给我P宝留个人头，不然我们下路不好打，谢谢谢谢。"

简茸冷嗤一声，那句"我去有屁用，去了给你加盾吗"已经到了嘴边。

路柏沅吃掉刚刷新的三狼，说："璐璐，来。"

简茸咽下骂人的话，清掉面前的兵，给自己套了一层加速，小女巫两只手握着魔法棒，双脚离地朝豹女那头飞去。

他们去了下路。路柏沅的豹女在上个赛季也是十有八九在ban位里的英雄，只是这个赛季豹女被削了一刀导致没什么队伍用，但这一刀显然没有影响到路柏沅。

其实严格来说，是对方打野男枪先赶到下路的，不过对方还没碰到小白他们一根头发，路柏沅的标枪就像一颗子弹从草丛里飞了出来，以技能极限距离打在了敌方打野身上——"籔"的一声，男枪直接被打掉三分之一的血量。

路柏沅身上带着简茸给的加速，从草丛冲了出来，用大招变身成豹子直扑男枪，简茸紧跟在他的身后，先是把男枪变羊沉默，限制他的输出，再用Q技能打上减速，男枪直接被路柏沅摁死在地。

"First Blood！"

小白一个钩子精准命中敌方辅助，嘴里叫着："Woooow——血条消失术！"

"别鬼叫，"Pine道，"灯笼。"

下路二人组立刻跟上队友的节奏，杀了对面的打野，路柏沅也没打算走，言简意赅地在语音里吩咐："越塔，杀下路。"

小白作为在场最肉的辅助，肯定是用自己的肉身去扛下敌方防御塔伤害的，他也早就做惯了这类为队友付出的事。他想着这局有璐璐在，自己怎也不可能死，可几秒后——

"盾！盾盾盾！简茸，我要没了啊！"

在他最后一丝血量要被防御塔磨光的前半秒，简茸才不慌不忙地给他加上一层盾。

小白好不容易带着一丝血从防御塔下逃脱，对面 AD 见回天乏术，立刻想强行换走一个，首当其冲的就是只有几十血量的小白。

卡莉斯塔在临死之前丢出一个闪现并朝小白丢出一根长矛——

小白尖叫："这狗想换我！简茸，大招大招！大招给我！啊啊啊，我要没了！"

简茸皱眉道："你别叫了，我的耳朵要炸了。"

就在矛即将戳到小白身上的那一刻，简茸才不急不缓地给小白丢出大招回血变大，勉强救下小白的狗命。

路柏沆化成人形，朝敌方丢出一截标枪，然后回头离开，在他身后，"噗"的一声，敌方 AD 应声而倒。

简茸故意拖到最后才给的这两个极限护盾和大招差点把小白送走。

"不就让你玩一局璐璐中单吗……"小白躲到草里回城，哀怨地回头，正好看到简茸给路柏沆丢加速技能，心里更委屈了，"P宝，我也想要加速。"

Pine 正在回城逛游戏商店，说："我哪儿来的加速？"

小白说："我看到你治疗两秒前 CD 好了。"

Pine 说："你想着吧。"

简茸逗了小白一波，心情好多了，举着魔法棒一晃一晃地回中路，继续补兵发育。

而路柏沆则直接钻进了敌方野区。

解说甲惊叹："Road 太自信了，标枪丢出去直接自信回头。"

解说乙道："讲道理，我要是从开局到现在只丢空过一次标枪，我比他还自信……没想到 Road 在缺席一次半决赛之后，手感反而越来越好了啊。"

解说丙已经接受了 Soft 这局走温情路线的现实。眼见路柏沅的豹女钻进野区，他一脸怜惜地看向 PUD 的替补打野，说："男枪刷野本来就没豹女快，现在又被反蹲死一波，下半野区岂不是基本没了……不过没事，遇到的话，1V1，男枪也不是没得打，能躲一下路神的技能就好了。"

最后那句话里安慰的语气非常明显，毕竟谁都知道，当路柏沅掏出野核英雄并在前期 gank 过程中打出优势的情况下，那么恭喜对面的打野——你的野区没了。

果然，男枪复活出来后只能对着自己的下半野区高歌一首《空空如也》。

此时他已经落后路柏沅一级，打蓝 buff（增益）时已经战战兢兢到要把野怪拖到能拖的最偏角度。

他招呼队友："Savior，来拿蓝吧。"

Savior 说："来惹（了）。"

98k 补兵的动作一顿，说："你不要跟那些网友学这些语气词。"

Savior 乖巧地应道："好的，哥。"

Savior 这局对线期玩得很快乐。

跟 Soft 对线可以和谐地补兵，没有硝烟没有纷扰，这是他做梦都梦不到的事情。他在这一局里找到了前所未有的平静，哪怕他现在正在打的是总决赛。

他的快乐终结在自家蓝 buff 被后方草里藏匿许久的路柏沅一标枪偷走的那一刻。

"他一直在我后面？"驼驼大惊失色，"不可能吧？那他刚才怎么没偷袭我？"

98k 立刻想赶过去帮队友，却被袁谦一个技能拦住了。98k 脱不了身，皱眉道："快走，他想杀两个！"

Savior 反应很快，立刻丢出技能想眩晕路柏沅，路柏沅向左走位躲开，同时丢出标枪，驼驼下意识丢出了自己的移动技能。

"簌"的一声，标枪戳在驼驼身上，半管血直接消失——路柏沅预判了他的走位。

路柏沅散漫一笑，男枪他太熟了，这个地形能走位的范围就那么一点儿，他闭着眼都知道驼驼要往哪儿走。

"没关系，"Savior 很冷静，用蹩脚的中文说，"我在，不慌，我们把他换掉。"

驼驼知道自己没闪现，这波不可能逃掉，于是他打出自己的所有伤害，配合 Savior 的技能，在临死之前把路柏沅磨至残血。

屏幕骤灰，驼驼松一口气，心想这波他和路柏沅一换一不亏血赚，杀了路柏沅有多余的赏金，接下来自己的野区应该会安全一点儿。

驼驼想到一半，突然听见一道闪现声。简茸及时赶到，给路柏沅补上护盾并沉默 Savior。豹女化成豹子，直扑 Savior 脸上，一个爪击收下了 Savior 的人头，拿到双杀。

他们乘胜追击，杀掉敌方中野后直奔上路。

袁谦看到他们俩来了，毫不犹豫丢出大招冲锋，一阵猛如虎的操作成功把 98k 撞到天上。

路柏沅扑到 98k 身上时血量不健康，简茸想也不想把自己大招丢给路柏沅，往 98k 身上丢沉默和减速，三个人非常干脆地拿下 98k 的人头并推掉上路防御塔。

解说甲说："一塔到手！TTC 这局的节奏是不是太好了？"

解说乙说："是的。路神玩野核的节奏不用说，我没想到的是 Soft 居然一直在给盾，要知道盾的技能给到敌人身上是可以造成伤害的，但他还是选择给路神无限续杯。当然这是非常正确的选择，因为路神现在伤害非常爆炸，多存活一秒都是给对手压力！"

解说丙说："我是觉得 Road 和 Soft 如今的配合非常好，一看就知道私底下经常双排练默契。"

这一局，PUD 的野核战术非常失败。男枪不仅没帮助到其他路，就连自己的发育都成了大问题，四周没有视野的情况下，他都不敢去吃自家的野怪，生怕打着打着豹女从旁边跳出来。

PUD 最值得信赖的上单 98k 这局玩的奥恩，不是 carry 型英雄，前中期又被路柏沅和简茸同时光顾，发育并没有比袁谦好多少；Pine 和小白拿的锤石大嘴组合，原本就是威胁性很强的英雄，前期被路柏沅帮了一波之后，很轻松地压着对面打；而 Savior 因为杀不掉璐璐，也没在简茸这儿占到便宜。

第一波团战在第二十三分钟终于爆发，路柏沅的标枪远程把敌方二人消耗至半血后，袁谦直接开启大招冲向人群，虽然没有撞到人，但成功逼出了对方两个闪现。

"冲冲冲，兄弟们！"袁谦激动地大喊，"中辅没闪现！都被我骗出来了！"

路柏沅说："漂亮。"

路柏沅趁机切换成豹子形态，闪现冲进人群中敌方 AD 的身上，一套超高伤害的撕咬直接秒杀！

AD 是杀掉了，但路柏沅也冲进了敌方四人中，对方很快反应过来，无数个大招朝路柏沅砸来。"砰"的一声，简茸给路柏沅加上大招把他保了下来，剩下的盾和加速给到了身后的 Pine 身上。

简茸的加速不仅能增加移动速度，还能增加攻击速度。

小白闪现钩住 Savior 并把自己送到了 Savior 脸上，减速给全，并给 Pine 递了一个灯笼。

"P 宝去吧！"小白道，"咬死他们！"

Pine 踩着小白的灯笼冲进战场，配合简茸给的攻速加成和自己的技能，大嘴一张，唰唰唰，张嘴就是一顿乱吐。

"Triple Kill！"

"Nice！啪啪啪！"小白嘴动鼓掌，阴阳怪气道，"二十三分钟，恭喜我方 ADC 成功拿到中单护盾一次！"

简茸问："在比赛里卖队友违规吗？"

"表演痕迹轻一点儿的话，"路柏沅解答，"不会。"

小白说："监听大哥在吗？这段话麻烦帮我录下来，我打完这场总决赛就要让我们中单因为霸凌队友身败名裂！"

简茸说："无所谓，我本来就没什么名声，你随便说。"

小白说："那我哥纵容你欺负我也是一种罪！"

简茸说："你想跟我打一架直说，总决赛结束直接去厕所。"

小白说："对不起。"

监听大哥："……"

这个队伍如果去打世界赛真的没问题吗？

PUD 原本就是劣势，这一场团战结束直接奠定了他们的败局。男枪原本就是前期英雄，非常吃装备，一旦劣势就是一个废物。

第二十五分钟，第二波团战在大龙打响。准确情况是小白想去给大龙做个视野，却被对面误会他们膨胀了要开大龙，五个人直接朝小白杀来，小白转头跑了两秒，突然回头丢出钩子钩中敌方 AD，并冲到人群中放大招，减速留住三个人。

我跑了，我装的。

小白身后浩浩荡荡冲来他的队友们，连打带揍给 PUD 吃了一波团灭，直接拿下大龙并推掉了 PUD 的高地。

第二十八分钟，TTC 抱团冲基地。98k 想力挽狂澜，大招成功击飞 Pine，队友却因为伤害不够没法跟上。Savior 闪现想尝试丢大招秒人，谁知刚冲上去就被简茸一个变羊沉默宣布死刑，几秒后就被袁谦击杀。

第二十九分钟，TTC 击杀 PUD 三个 C 位并推掉了对方的基地，拿下了第一局的胜利。

两队选手下场休息准备第二局比赛，镜头给到 TTC 的队员时，每个人脸上都是很自然放松的神情。

解说甲说:"恭喜 TTC 拿下第一局比赛的胜利。我怎么觉得 TTC 每个人今晚都显得特别轻松呢?"

解说乙说:"是吧,没有打战虎时那么沉重和压抑。"

解说丙说:"那是当然,那会儿 Road 没上场啊,就像今天的 PUD……说来这段时间我看到很多说老将实力、反应退步的言论,实际上,一个战队中有经验丰富的老将也很重要……还有就是,真的真的不能和 Road 拼野核,真搞不过,反而是 XIU 这种稳扎稳打后期发力的打野比较容易对付 Road。"

众人回到后台后,丁哥先是敷衍地夸了一句"打得不错",然后立刻开始聊下一局的战术。

他们五个人甚至没时间去沙发休息一会儿,为了听清楚丁哥的话,他们挨在一块儿站得很近,几乎都是肩抵着肩。

简茸耷拉眼皮听着,像强打着精神,最后还是没忍住,打了今晚第二个哈欠。

有人说打哈欠也是会传染的,小白跟着也打了一个,然后袁谦也不受控制地张嘴。

丁哥说:"怎么,我给你们捎几个枕头上去?"

简茸其实也不是困,他就是补了几十分钟的兵,到结束都只有一个人头,实在打不起精神,不亢奋,哪怕今晚是总决赛。

他揉揉脸,道:"有红牛吗?"

丁哥说:"没有,我让人去买……不过这一局肯定来不及了,你坚持一下,这局他们有 counter 位,不用你打发育了,放心。"

简茸点点头,站直身体道:"我去洗把脸。"

中场休息时间不长,很快十位选手就重新上场。短暂的等待后,游戏进入第二局 Ban&Pick 环节。

PUD那边显然也发现了自己的失误,这一局不再想着跟路柏沅拼野核,掏出了一个偏坦克型的、开团和分割战场能力都很强的酒桶来打野。

"驼驼怎么不拿他的莉莉娅?"丁哥在队员身后踱步,"我查过他rank战绩,最近莉莉娅玩得还挺多的。"

袁谦说:"那英雄也偏野核,他上局不太行,估计被队长打得有点怵。"

"也是,这些新人选手心理压力其实都挺弱的,驼驼以前打得再好这也是他第一回上决赛。"丁哥说完,余光瞥见自家中单,说,"当然也不是所有新选手都这样,还有个打总决赛都能打困的……简茸,你好点没有?精神点了?"

简茸的语气一如往常:"我没问题了。"

丁哥照例征询路柏沅的意见:"你想拿什么打野?要不拿把莉莉娅试试?我看你前几天排位一直在玩,战绩也漂亮。"

莉莉娅这英雄刚出来的时候其实不受LPL欢迎,所有人的判定都是这英雄不适合上比赛。

可莉莉娅还是很快流行起来了,具体原因是这英雄深受H国选手的喜爱,比赛胜率也特别高,于是LPL的选手也把她捡了起来。

但莉莉娅在LPL中的表现并不突出,胜率甚至没达到百分之三十。

路柏沅说:"我不拿莉莉娅。"

胜率不高,说明他们还没钻研透适合莉莉娅这个打野英雄的战术体系,他也没怎么用莉莉娅跟队友练过配合,没必要强拿。

路柏沅最终拿了千珏,他看了眼锁定招牌英雄鳄鱼的98k,道:"这局我主抓上,你们自己小心。"

简茸和丁哥商量了几句之后,锁了自己原本就想拿出来的英雄。

解说甲说:"Soft拿了卡牌,从阵容来看,TTC是想打前中期……不过Savior这局也拿到了他擅长的大后期英雄发条,现在就看Soft前期能不能配合队友打出支援了。"

第二局比赛一开始，简茸跟上局一样，想和Savior和谐补兵。

卡牌的特点是支援能力强，大招可以在半张地图中任意传送，缺点是对线很弱，在没有大招之前只能发育。

但当他拿出这样的对线弱势英雄，Savior也不会傻傻地跟他耗，补兵过程中不断上前用技能磨简茸的血量。

简茸不动如山，任你技能丢我脸上耗我血，我回头蓝牌补小兵，回蓝美滋滋。

解说甲说："Savior又往Soft脸上丢球，这波Soft能忍？好，他忍了。"

解说乙说："我还以为他在上局憋坏了，这局会打得相对激进一点儿。"

解说丙说："卡牌本身对线就弱，他这个打法是完全正确的。不过现在他有大招，接下来就看他能不能打出支援。"

解说丙话音刚落，上路打起来了。

98k拿到了自己的招牌英雄鳄鱼，加上上一局的失利，想表现的心不比简茸弱多少。所以他一开始的打法就非常凶猛，经常一言不合就上来打一套。

袁谦这局拿的依旧是打团英雄船长，这个英雄有个解除自身控制的吃橘子技能，倒也没那么难受。

袁谦看到自家队长正在往上路靠，立刻开始演，装作站位失误诱导鳄鱼上前，98k被绕后而来的路柏沅直接堵在了中间。

这种夹击换作别人可能没几秒就交代了，但98k到底还是操作好，拖了几秒拖到了自家打野赶来。

解说甲说："上路现在变成了2V2战场！说实话，这波说不准哪边能赢，98k操作很好，但他的血量已经被磨得很残，同时袁谦蓝量很低，好像放不出几个技能了，这么看，我觉得还是PUD——"

解说甲话未说完，就见PUD每个人的脑门上都出现了一只眼睛——是卡牌的大招。

解说乙说："Soft开大了！他刚跟Savior打完，血量不到三百蓝量，只够要一个技能，鳄鱼随便一套操作都能要他的命，而且 Savior 就在旁边，这他也敢飞？"

解说丙说："他有什么不敢的？"

Savior 在队伍语音里及时告诉队友简茸的状态，98k 马上改变主意："驼，杀 Soft，他这波死了中路直接崩盘。"

驼驼说："收到！"

卡牌选择的传送地点就在上路战场中，在简茸落地的那一刹那，98k 抓准时机，一套技能打出去。

"噔！"

卡牌的人物形象骤然凝滞变金，成为无法受到任何伤害的对象，98k 这一套打了个寂寞。

解说甲说："落地秒表！Soft 骗走了 98k 所有技能！98k 这一口血量没能回上，直接被路神点死！驼驼血量尚佳，现在明显还是想换掉 Soft……"

卡牌的 W 技能是切牌，一共有三种颜色的牌，其中黄牌可以眩晕敌人，gank、杀人一般都会用到这张牌。

而切牌顺序则是红、黄、蓝牌，看似很好切，实则不然——它切出来的第一张牌是随机的。

这个技能非常考验玩家的反应速度，经常会有一些卡牌玩家千里迢迢飞下路，然后切出一张回蓝的蓝牌……这跟下来给敌人讲相声是一个性质。

说话间，简茸的金身时间结束，只见他立刻按出 W 技能，头上冒出一张蓝牌——就在大家都还没反应过来时，"唰唰"两声，他的牌迅速被切换成黄牌，并甩在用位移冲上来的酒桶脸上，直接让他原地罚站。

直到驼驼死亡的消息弹出，解说们才腾出时间去惊叹这一波操作。

这波袁谦拿了一个人头，后面的对线就会舒服很多。

他满意地回城，笑眯眯地夸赞："牛啊，小茸，不愧是单身了二十年的手速。"

简茸："……"

Pine 看到自己的补兵压了对面十多刀，心情颇好地纠正："十八年。"

袁谦道："差不多差不多，十八年和二十年也就差了两年。"

相较 TTC 这头的轻松愉快，PUD 那边就沉重得多了。

驼驼小声道："我的问题，我来晚了，不然能杀袁谦的。"

"的确是你的问题。"98k 说的话是责备字句，但语气却一如往常的平静，"我说了 Road 会来抓我，但你还是执着于那两个石头人，下次不要再犯了。"

驼驼心里一窒，说："好。"

"没关系。"Savior 安慰他，"哥就是指出你的问题，没有生你的气，下面好好打。"

简茸在上路也拿了一个人头，这让他支援起来更加轻松。

在他第二次被小白一个钩子抢掉人头后，简茸操纵的卡牌在原地停留了一秒。

这短暂的停留让小白心慌了，说："怎么了？我这个兢兢业业舍己为人的可怜小辅助不配拿到一个人头吗？我没钱谁给你们做真眼，没装备谁为你们遮风挡雨……"

简茸说："这几年你都怎么忍他的？"

小白："？"

Pine 说："合约期满就换战队换辅助。"

"不可能。"小白一口否决，"你敢背叛我，我会趴在你身上，盘住你的腰，把你摁死在 TTC 的基地里。"

Pine 漏了一个炮车，登时觉得加入他们的交流的自己就是一个傻瓜。

第二十六章

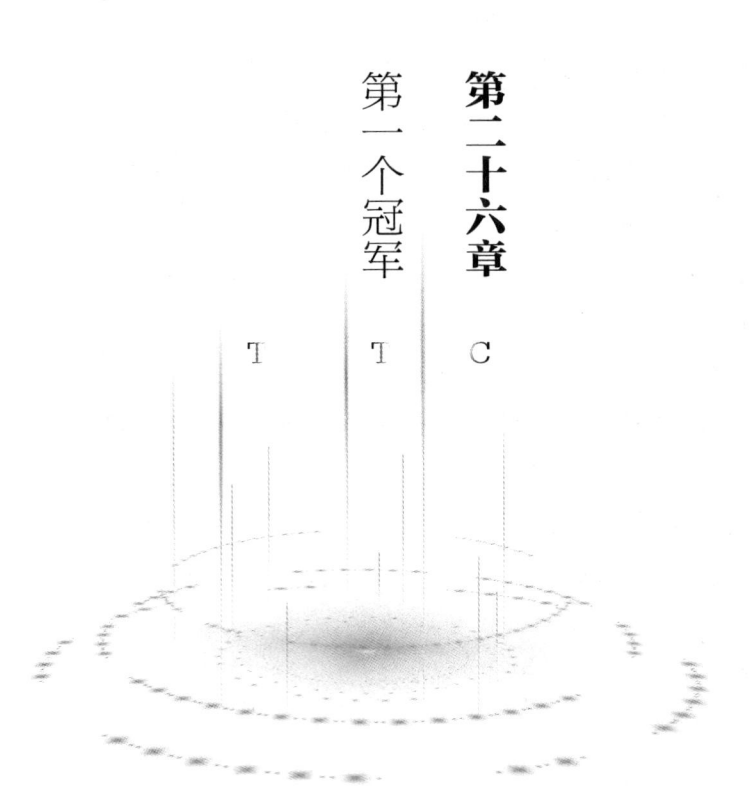

第一个冠军

PUD因为前期各路发育都不好，到了中期一直在避战发育，但TTC并不会任由他们拖着，依靠着小龙逼团两波，打出了一点儿小优势。

到了第二十七分钟，发条优势期到来，Savior一波闪现大招秒掉Pine和简茸，帮助队伍艰难打赢一波团战，不过优势依旧在TTC那头。

第三十分钟，简茸开大招，配合袁谦秒掉来野区做眼的辅助敦敦，路柏沉看着正在下路补兵的Savior，果断招呼队友开大龙。

PUD两名队员赶过来想抢龙，但想在路柏沉手下抢龙，实在太天真了一点儿。TTC轻松拿下大龙，并把下龙坑想抢龙的酒桶免费送回了基地。

第三十三分钟，TTC中路逼团，推掉敌方小水晶，并打了一波一换三的胜利团战。

第三十六分钟，PUD赶去阻止TTC拿龙魂。两队在小龙坑附近来回打了近一分钟的团战，袁谦找准时机，给敌人吃了一整个大招，成功拿下三杀并直逼敌方基地。

第三十八分钟，TTC顶着发条的压力推掉了PUD的基地。

至此，双方比分来到2:0，TTC率先拿到本场总决赛的赛点。

连续拿下两场比赛，TTC的压力减到了最小。

丁哥已经轻松很多，接下来三局中只要再赢一局就能结束本次比赛，他对他的队员们很有信心。

"保持之前两局的手感就好了，PUD下局应该会用全力打，你们每条路自己小心一点儿。"丁哥交代完，适当性地给队员们鼓励，"总决赛要是拿下了，大家回去先放两天假好好休息休息。"

小白惊呼："才两天？"

"下个月就要去 H 国打季中赛，你还想休息几天？两天都给多了！"丁哥继续道，"然后富哥之前也说过，拿了冠军，一人送一辆车……他现在在美国看比赛呢，刚给我打电话，说是已经联系好车厂了，剩下的你们自己看着办吧。"

这句话无疑给了队员们最大的鼓励。在前往赛场的路上，小白已经开始考虑自己的车里要放什么味道的车载香水才显得高级。

简茸的肩膀忽然被碰了碰，他转过头。

路柏沅低声问："你在想车？"

"没，我在想下局比赛的事。"简茸坦诚道，"没驾照，想那个没用。"

路柏沅说："你打完季中赛去考。"

"看吧……有时间的话，还得挑驾校，烦。"

"为什么要报驾校？"

简茸一怔，道："不报驾校怎么学开车？"

路柏沅看了一眼在他们旁边晃悠的摄像头，道："我教你。"

简茸："……"

"我认识专业的教练，然后我陪你去路上练，你什么时候想学都行，教练车我这边安排。"路柏沅轻声道，"而且我不骂学员，要不要？"

简茸想也没想道："要。"

路柏沅"嗯"了一声："那学费……"

简茸立刻问："多少钱？"

路柏沅好笑地瞥了他一眼。

"我不收你的钱了。"路柏沅道，"打完比赛你给我送两天洗发水，行不行？"

简茸上台之后，拧开杯子喝了一大口水。

游戏进入 Ban&Pick 界面，简茸抓了一把头发，认真坐好。

如同丁哥所说，第三局比赛 PUD 重整旗鼓，拿出了他们这段时间练得最多的团战阵容。

袁谦看了眼对面选的英雄："莫甘娜？他们不是已经拿了一个辅助洛吗……难道是中单莫甘娜？"

莫甘娜准确来说是一个控制够足的辅助英雄，甚至还有个法术护盾，不仅能抵挡一些法术伤害，还能在指定时间里免疫敌人的任何控制技能。

这英雄也能用来打中单，不过跟简茸第一局的璐璐一样，是一个又肉又养老，只能等团战的英雄。

丁哥在他们身后晃悠："估计是他们新练的东西。"

小白感慨："为了队伍，Savior 真的是什么都愿意玩啊。"

简茸冷笑一声。

"不过他还是比不上我们的中单，咱们中单堂堂绝世猛男，却愿意为我哥、为队伍玩奶妈璐璐，这种感人事迹以后必须收录到我们的夺冠纪录片里，这一段篇幅最少给十分钟，还得配上旁白才够。"小白张口就来了一大段彩虹屁，"搜福特牛气！"

全队人都笑起来。

路柏沅看着对面相继拿出来的塞恩、女枪和莉莉娅，笑意未收："你们做好准备吧，他们这局团战阵容很强。"

解说甲说："驼驼拿了莉莉娅，他这个赛季没怎么上场，大家可能不知道，莉莉娅是驼驼这几个月排位里玩得最多的英雄，不过第一局他的野核发挥不佳，我还以为今天看不到他玩这个了。"

解说乙摇头："我只想说一局比赛真的说明不了什么。你看 Soft 第一次遇上战虎时，小鱼人被压制成什么样了，但他第二次遇上战虎照样敢拿出小鱼人。讲道理，小鱼人并不是这版本能抬上赛场的英雄，Soft 这就是典型的不争馒头争口气，我非常喜欢他这种风格的选手。"

解说丙赞同地点头，镜头切到面无表情冷静补兵的简茸，他笑道："说来 Soft 也是本赛季才加入 LPL 的，一上来就直接打进总决赛……有 Road 年轻时那味儿了。而且，我发现不论比赛是赢还是输，至少在表面上，他都非常冷静。"

解说甲保持微笑，道："那当然。Soft 可是能一人跟几万弹幕'友好交流'的人才，人家直播的时候什么场面没见过？"

简茸不知道解说员正在讨论自己，他一进游戏，就看到 Savior 在聊天频道里说话。

PUD·Savior：T-T。

简茸挑眉："比赛能打字互动？"

"不骂人就行。"路柏沆道，"有选手第一视角录屏，内容比赛结束后其他人都能看见。"

TTC·Soft：莫甘娜？

PUD·Savior：和谐补兵，哥。

"他的心态真好，输了两局还能笑。"小白感慨，"换作是我，我恐怕都在想基地搬到地下后我要住哪间房了。"

"不，那是你没看过 Savior 的直播。"袁谦补着兵，说，"他之前被 H 国人网暴的时候，都是边抹眼泪边打出这种符号表情的。"

简茸："……"

小白："那他现在不会在我们对面哭吧？"

Savior 当然没哭。

他虽然在某方面承受能力比较弱，但在赛场上，他已经是一个很成熟的职业选手了。

他在 H 国打过的比赛不比 Pine 少，深知在比赛没有结束之前，一切负面情绪都没有意义。

这局比赛 PUD 准备得非常充分——跟 H 国战队打训练赛的钱不是白

花的。

前期 PUD 不断避战，简茸用的辛德拉，六级时眼见就要单杀 Savior，驼驼在关键时刻出现把人救下，救完就走，甚至没有想过反打，稳得离谱。

其他两路也是安静如鸡。

"98k 在跟我和谐补兵……"袁谦面色复杂，"我忽然有点明白第一局比赛时 Savior 的心情了。"

"他们下路也是，拿出洛这么强势的控制辅助都不出来跟我们打。"小白皱眉，"这是铁了心往中后期拖啊，感觉我们走在他们的节奏里了。"

说话间，莉莉娅被路柏沅单杀。

路柏沅拿到人头，顺便吃掉旁边的河蟹，淡定回城："找机会，别急。团战我们也能打。"

第一波 5V5 团战终于爆发，PUD 的团战优势发挥出来——队伍这么多个控制在，只要有一个命中，那谁也别想跑。

Savior 的莫甘娜率先禁锢住去插眼的小白，辅助洛立刻跟进接控，两下控制抓住了想上来给小白丢治疗的 Pine，TTC 其余人迅速赶到，Savior 抓住时机闪现进人群里放大，成功晕住 TTC 三人，98k 姗姗来迟，开大招进场，小白直到屏幕变灰都没能从眩晕状态中出来。

最后，TTC 下路二人组以及简茸都被对面 AD 女枪的大招强力弹幕收下人头。

第二波团战，驼驼的莉莉娅率先牺牲。

但他在牺牲之前用自己的大招晕到了 TTC 四个人，队友紧跟而上，打出一波一换四，直接把 TTC 压至大劣势，PUD 其余四人立刻趁机拿大龙。

这种阵容团战本来就不好打，处于劣势状态下就更难了。

最后一波，简茸闪现想找机会秒掉敌方 AD，Savior 在下一刻立刻跟闪现，并给自家 AD 套了一个魔法盾，成功抵挡住了简茸的眩晕技能，对面 AD 立刻闪现逃走。

这个闪现让简茸身陷敌营，最终倒在人群中。

没了中单，TTC 就更加没法抵抗了，PUD 打出一波团灭之后，拆掉了 TTC 基地，拿下第三局比赛的胜利，把比分艰难扳到了 1:2。

回到休息室，简茸第一句话就是："最后一波我的。"

"跟你没关系。"丁哥冷静分析，"那时候团战已经打不过了，不找机会只能等死，你那波机会抓得很好，他们 AD 都没反应过来。只是莫甘娜在，没办法。"

"而且 PUD 又不是什么弱队，虽然他们的首发打野不在，但想零封他们还是难。没事，我们机会很大，现在该慌的是 PUD。"

简茸没说话，坐在沙发上盯着地板沉思。

他觉得每次失误都没有借口，如果他手速再快一点儿，在 Savior 的护盾之前给上技能，或许那一波结果会不一样。

简茸的脸蛋被人碰了碰。路柏沅站在他身边，先是用手背贴了一下他的脸，然后手腕翻转，露出手心里的糖。

路柏沅问："输一场就难受了？"

"没有。"简茸拿过糖，撕开丢进嘴里，糖果把他的脸颊撑起来，"下一局，我要让他们 AD 把上局该死的次数补回来。"

第一局的糟糕状态过去，简茸现在手心都在发热。

再一次上场，现场的气氛比之前更热烈——PUD 扳回一局，终于让他们萎靡已久的粉丝亢奋起来。

PUD 这局明显还是想走上一局的老路，一上来就禁掉了三个打野英雄——盲僧和男枪、豹女这两个野核。

小白忍不住爆了一句脏话："这是不把我们其他路放眼里？"

袁谦道："上局他们打野前期的节奏差点被队长打乱，这局的禁用名单肯定会针对他……可能他们觉得只要我们打野做不了事，他们就能顺利拖到打团战了吧。"

丁哥第一反应就是去看简茸的电脑屏幕。

果然，简茸沉着脸在滑动英雄界面，找到他想找的英雄之后停了下来。

丁哥多的话一句不说，伸手按了一下他的肩，劈头直接问："你拿了能不能C？"

简茸一顿，然后咬碎嘴里的糖，道："这局不C，我下赛季续约不收钱。"

"别这样。"袁谦立刻道，"你年纪还小，不知道攒老婆本的重要性。"

"我不可能输。"简茸道。

解说甲说："PUD的意思很明显，他们就是要打团战。TTC这边固定的禁用名单是98k的狗熊和版本之子维鲁斯，剩下最后一个ban位我建议给莫甘娜，这英雄的魔法盾太烦了——果然ban了莫甘娜。但这也没办法限制PUD这套团战体系啊，没有莫甘娜，Savior拿出发条照样能打……嗯？"

解说甲正在激情分析，导播镜头突然给到双方打野。

曾经有人在某贴吧开过这样的玩笑，说跟TTC打比赛的打野选手们都好惨，野区打不过Road就算了，每次镜头同时给到他们时，那简直是公开处刑。

此时此刻，平时比赛中总是没什么表情的男人突然笑了一下。

这让旁边正值青春期满脸痘痕还戴着厚重眼镜的驼驼就显得特别可怜。

"路神真帅。"解说甲咳了一声，说，"好，接下来就让我们看看TTC一选会拿什么英雄——乐芙兰！Soft的乐芙兰拿出来了！"

解说乙道："我猜到了，毕竟Soft的乐芙兰确实玩得很好。但是在这种对方强行拖后期的情况下，这手乐芙兰真的合适吗？"

简茸很快用行动告诉所有人，自己这手乐芙兰合不合适。

比赛刚进行到七分钟，就在导播把镜头给到上路看两个人小打小闹时，一道击杀播报响起——

Soft对线单杀Savior！

击杀镜头回放，大家看到了一个在一塔和二塔中间回城的发条。发条刚被乐芙兰消耗一波，血量只剩一半，就在他即将回城的前两秒，一个身影从身侧的草丛窜了出来。

前一瞬间仿佛还在补兵的乐芙兰突然一个 W 位移直接砸到发条脸上，然后熟练地一套点燃 QRE 直接把发条带走，手速快比解说的嘴都快。

"等会儿，"解说甲一脸震惊，道，"Savior 回城之前把小兵清完了，这个地方根本没有视野啊？Soft 怎么会知道他在这里？而且是看都没看，一个自信的 W 技能直接踩在了 Savior 脸上。"

这一幕也被因为下路打不起架而摸鱼观战队友的小白看在眼里："牛，你怎么知道 Savior 在那里？"

简茸言简意赅："队长给我看过视频。"

没有谁的成功是随随便便就能得到的，路柏沅的平板电脑里有很多很多比赛视频，平时队员们在看综艺下饭时，路柏沅看的永远是录像。

小白一愣，道："哥，你这是单独开小灶啊！"

"没开。"路柏沅简单解释，"我看 PUD 视频的时候他在旁边，我顺便跟他提了一句。"

小白皱眉道："什么时候的事啊，我当时不在？"

简茸道："关你什么事？来中路给我插个眼。"

小白愣住了，说："这是你求人办事的态度吗？"

"你不插真眼我怎么去下路 gank？"简茸问，"不用去了？"

"来了，哥，我给您插两个，一个真眼一个假眼，Savior 但凡有点别的想法你就直接在野区给我摁死他！"

简茸很快就去了一次下路，帮队友把对面的闪现治疗全逼出来后才走。

不过对于 PUD 这种塔下挂机的下路组合来说，没有召唤师技能并不是很重要。

第二十分钟，路柏沅野区单杀驼驼，至此，场上只爆发了两个人头。

解说甲说："哑，怎么说……虽然 TTC 现在是优势，但就这点经济领先在团战中其实作用一般，毕竟别人走团战控制流，只要一个队友被对面控制到，那基本也就凉了。"

解说乙说："没错，我能看到 TTC 的队员们正在试图找机会，现在就看一会儿小龙团战两个战队会怎么处理。"

解说乙刚说完不久，两队的第一波团战终于打响。

两队分别在小龙坑一上一下拉扯牵制，突然，敌方 AD 寒冰从下方猛地朝 Pine 射出大招冰箭。

这一箭如果能晕住 Pine，那 98k 会立刻开大招冲进人群撞散队形并找机会秒掉 Pine。

可惜，"哐"的一声，旁边正在找时机的小白操控着他的布隆跳到 Pine 身上，并举起了自己的盾牌，帮 Pine 挡下这一波控制。

解说们还没来得及夸奖，就听见一道女音播报——简茸击杀掉了对面的寒冰。

"什么东西？"解说甲抓着自己的耳麦，说，"寒冰的站位——他可是站在 PUD 阵型中间啊！Soft 怎么进去杀人的？"

PUD 的团战伤害本来就有些欠缺，AD 死后果断不再停留，四个人齐齐往后撤。

却见袁谦的船长一挥手，他的大招子弹砰砰砸在 PUD 人的脸上，给他们造成伤害并大幅减速。路柏沆操控着千珏紧跟而上，用致残技能彻底扼杀 Savior 想逃跑的那颗心。

这一波团战，PUD 被追死了三个人，而 TTC 毫发未伤，甚至回到案发地点吃了一条小龙。

方才一切发生得太快，团战结束后，导播立刻给了击杀回放，大家终于看清简茸是怎么秒掉敌方 AD 的了。

他一个人绕到了 PUD 左侧的坡上，然后往下插了一个眼。PUD 辅助甚至都还没反应过来这眼是从哪儿来的，简茸就已经看清对面的阵形，并在下一秒毫不犹豫地点爆裂果实，把自己炸到坡下，再 W 位移冲到寒冰脸上，漂亮单杀后直接闪现逃走……

三位解说员默契地沉默了两秒。

前不久还在问"这手乐芙兰真的合适吗？"的解说乙悠悠地说了一句："Soft 的乐芙兰，永远的神。"

PUD 彻底陷入劣势。

阵容原因导致对线没打过，现在连团战都赢不了，PUD 就只剩最后一条路走——拖后期，全神装，找机会。

PUD 到底还有功底在，TTC 不论怎么打都没法团灭他们，Savior 的发条永远都挺立在塔下，兵线清得特别快，再加上他们的阵容原本就是多控制……这导致 TTC 虽然是优势，但始终推不掉中路的高地塔。

接连清掉 PUD 上下路二塔后，TTC 队员回家补给，只剩下路柏沅在独自吃 PUD 家里的野怪。

这时候，PUD 这边有了一个惊人的举措——他们五个人齐齐朝大龙摸了过去。

解说甲说："PUD 要偷大龙！"

解说乙愣住了，说："是的，哎，我觉得……我觉得这波有机会啊！小白刚点的视野已经全部灭掉了，没来得及补，现在 TTC 除了路神以外都回家了——"

解说丙说："动龙了！"

已经是中后期，PUD 打龙速度不算慢。

解说员和观众们屏息看着 PUD 五名成员在打龙，而 TTC 的队员们才刚刚从家里出来。

大龙血量不断往下掉，百分之七十血量、百分之五十血量、百分之三十……

就在解说甲那句"成了"就要溢出口时，正在回城的路柏沅突然取消了回城动作，然后转身往大龙坑走去。

千珏的占卜之球照亮大龙区，PUD偷龙被发现了，但是大龙血量太低，根本坚持不到TTC其余队员到达。

占卜之球很快被PUD的人打掉，大龙区域再次熄灭。

解说甲说："这……路神难道是想抢大龙吗？"

解说乙说："怎么抢？没有视野，不清楚大龙血量，跳早或跳晚都是死。"

话音刚落，路柏沅点击爆裂果实，冲下龙坑，只听见一声"嗷"的巨龙咆哮——

TTC·Road抢到了纳什男爵！

大龙咆哮后的下一秒，全场尖叫！

直播间的弹幕数量激增，直接卡到线路爆炸。

解说员的声音接近嘶哑："路神牛！"

TTC的队伍语音同样炸裂。

路柏沅的大招为他拖到了时间，队友们尖叫着赶到现场，PUD因为打龙状态本来就不好，这下就等于被瓮中捉鳖、关门打狗。

一波大龙打开了局面，PUD被残忍团灭，TTC的五个人冲向PUD的基地水晶。

在PUD水晶爆炸的那一刹那，不知道是谁先用力捶了键盘一下。

尖叫声此起彼伏。

袁谦的脑子嗡的一响，他一把扯掉自己的耳机，转头想去拥抱小白。

小白死死抱着Pine的脖子："P宝啊！"

袁谦吸吸鼻子，又满腔激动地回头想抱刚为他们抢下大龙的队长。

简茸把路柏沅抱得很紧。

他们几乎完全贴在一起，简茸不知道这样会不会勒痛路柏沅的脖子，但他实在忍不住，只觉得自己浑身的血液都在沸腾叫嚣，把路柏沅的衣服都攥出了皱痕。

战队的工作人员激动地冲上台，无数道熟悉的声音在身后响起，外面"砰"的一声响，金色的雨洒满赛场。

简茸一开始觉得只是春季赛，分量不算重，就算夺冠也没什么大不了。

但此时此刻，他激动得说不出话来。

也不知道过了多久，他才对路柏沅说："我们赢了。"声音有些抖。

他被人反抱住。

"嗯。"路柏沅说，"我们的第一个冠军。"

袁谦吸吸鼻子，在旁边等队友的拥抱。

他左看右看，两边都没松开的意思。他在房间里无措地踱步一会儿，刚冒出"是不是抱太久了啊"的想法，就被从台下冲上来的丁哥抱住了。

比赛结束后，镜头永远属于胜者，这一幕被摄像机全方位捕捉了。

直播间弹幕短暂地刷了一会儿"TTC 牛"，然后就被这一幕带歪了——

"路神这波抢龙看得我直接怀孕啊！"

"Savior 哭了，好可怜啊！别哭，PUD，我们明年再来！然后恭喜 TTC！"

"Soft 真的要去 H 国埋 Rish 了。"

"抱了一分二十秒了哈，差不多得了。"

"干吗呢？干吗呢？小白你想勒死 Pine 吗？"

"谦哥不是队里唯一有女朋友的人生赢家吗？为什么现在看起来比单身狗还惨啊？哈哈哈。"

最后是丁哥拍了拍他们的肩让他们去捧杯，简茸才松开路柏沅。

简茸的脸蛋因为激动而涨红，眼睛发亮，在去舞台中央的途中舔了好几次嘴唇。

他们五人围着奖杯而立，在席下无数尖叫呐喊和主持人的声音中一起捧起奖杯。

后来怎么下台的，怎么跟其他队友拥抱，怎么把外设塞进包里……简茸的印象都不深了。他觉得自己有那么一段时间是飘着的，直到他坐到赛后的采访席上，才被面前的闪光灯拽回神。

他们五人并排坐着，像NBA、世界杯的赛后记者招待会那样正式。

"今年春季赛阵仗怎么这么大？"袁谦惊讶道，"这是去年S赛才有的牌面啊。"

"别问，问就是LPL一年比一年有商业价值。"丁哥朝记者们微笑，低声道，"行了，马上开始了。"

虽然阵仗大，但问题来来去去也就那么几个，大多是比赛方面的问题，偶尔掺杂几个私人问题。

TTC的队员大都是老油条了，连Pine都已经打过两次S赛，回答问题游刃有余，再加上本质是一群宅男，跟记者面对面聊天远没有对着电脑开直播那么自在，所以大家话都比较少，包括小白，也是中规中矩答了问题就结束了。

到了路柏沅这儿，记者问："你身为前辈，觉得PUD那名新打野驼驼的表现怎么样？"

路柏沅言简意赅："不错。"

"比起你的老对手XIU呢？"

"差点。"路柏沅道，"不过如果他再天天发消息烦我不干正事，可能过不了多久就会被新人顶替吧。"

记者没忍住，扑哧笑了一声，又被她憋回来："好……那最后一个问题，粉丝其实都对你的恋情非常感兴趣，趁着今天高兴，你是不是能给大家透露一点儿？"

路柏沅挑了一下眉。

丁哥强颜欢笑道："希望大家可以多问一点儿关于比赛的问题。"

轮到简茸接受采访，他两只手随意交握搭在小腹前，按丁哥之前教的说，没什么错漏。

到了最后，记者问："你和队友们即将代表 LPL 征战今年的季中赛，也是你第一次参加大型国际赛事，会觉得紧张吗？"

简茸说："不会。"

"你有没有比较惧怕的战队或者选手呢？比如 HT 战队目前被称为世界第一中单的 Master。"

"没有。虽然我不知道这个世界第一中单是谁评的……"简茸打断她，看向镜头的目光很镇定，"但那个人很快就会改变自己的看法。"

流程复杂，比赛结束的一个半小时后，TTC 才得以坐上回酒店的车。

虽然打了四场比赛，今天起得也还算早，但夺了冠后没人觉得累，亢奋得恨不得车子掉头回场馆再来一场 BO5。

庆功宴的地点是某家大酒店的包厢，富哥在半决赛结束那天就订下了。按照他当时的话来说，今晚要是赢了，是夺冠庆功宴；输了，就是亚军庆功宴。

大家回酒店洗了个澡，就出发去了饭店。

为了不犯食困，除了有低血糖历史的简茸吃了几块面包，其余人今天都没怎么吃，所以一上菜大家便辣椒拌酒埋头狂吃。

"你们说说这都是什么事，"袁谦举着自己的手机，被辣椒辣得脸蛋涨红，"热搜第一 TTC 夺冠，第二 Soft 和 Road 拥抱，第八 Bye 和 Pine 拥抱，第九袁谦没人抱……"

小白的重点一抓一个准："我和 Pine 的热搜凭什么在我哥他们下面？"

路柏沅看向丁哥，说："我们战队是微博热搜包年用户？"

"这就是 LPL 现在的热度。"丁哥喝一口白酒，已经有点微醺，"所以你们看看，看看我眼角的皱纹……有点良心吧，别一天天给我搞事。"

禁酒令暂时被取消，当晚的气氛太好，就连简茸都忍不住喝了两杯。

路柏沅刚想让他少喝点，小白就抢在路柏沅前头道："你别喝了，上次喝成什么样自己心里没点数吗？今天你可是春季赛冠军，跟上次那样疯疯癫癫被扛出去多难看啊。"

自杀式反向劝酒，路柏沅算是见识到了。

聚餐结束之后，简茸虽然没醉，但也差不多了，连走路都摇摇晃晃眯着眼，看不清人。不过小白更夸张一点儿，他现在的情况就跟夺冠那一刻一样，从出饭店到回酒店，都拽着 Pine 的脖子不放。

这也就算了，他嘴里还念念叨叨："我从小学就喝着啤酒打训练，我的酒量顶呱呱……我怕过谁！上次是谁喝两杯白的就尿遁去了？有本事再碰两杯。"

简茸靠在路柏沅身上，眼睛一眯："来啊。"

然后小白就真的一路跟到了他们的房间。

小白醉了不清醒，动作大，Pine 怕伤着他，只能跟在他身后扶着。

两间卧室门是开着的，小白下意识往某一间相对干净的屋子走，躺到床上后才觉得不对，对外面大喊："这个房间……嗝，是谁在住啊？"

路柏沅没理他，扶着简茸的腰，对跟进来的 Pine 说："等他睡着了再带回去。"

Pine 看了一眼对面卧室地上的两个行李箱，几秒后才收回视线，说："嗯，他醉了睡很快，我在这儿等他。"

简茸本来就睡眠不够，酒劲上来后头痛欲裂，被路柏沅放上床后就直接闭了眼，迷迷糊糊中感觉有人笨手笨脚地帮他擦了脸蛋和手。

丁哥订的早上十一点回上海的机票，所有人翌日九点就被丁哥的电话 call 醒了。

简茸觉得自己眼皮上挂着秤砣，连刷牙都闭着眼。

刷完牙之后，他又原地睡了几秒，直到被牙膏沫辣得受不了了才弯腰漱口。

他一抬头，就看到路柏沅倚在旁边站着，满脸好笑地看着自己。

简茸拿着刚洗干净的牙刷，说："我马上好。"

"嗯，我去收拾行李。"

简茸下楼把房卡交给工作人员退房，跟着路柏沅上了队车，一上车就看到小白满脸憔悴地靠在椅子上。

拼酒的人第二天都没什么好下场。

车子往机场开，简茸没了睡意，撑着眼皮盯着窗外看风景。

"一会儿到了机场，口罩什么的都戴上。"丁哥打破沉默，"有几家媒体约了我，都是官方性质的推不掉，不过我给你们挪到下星期了，这几天你们好好休息好好玩……当然，也别玩太过火。"

袁谦回应："知道了。"

丁哥回头看了一眼，瞧见一脸精神的小白，他讶异地挑了下眉，说："你的头还疼不疼？"

小白强行挽尊："不疼，昨晚我也没喝多少。"

"得了吧，都喝成死猪了，还非要闹着跟简茸他们睡一间房，"丁哥道，"也就 Pine 管你。"

小白："……"

一瓶酸奶被递过来，是他平时最喜欢喝的牌子。

小白转过头说："哪儿来的？"

Pine 没看他，只是道："上车之前我去便利店买的。"

小白盯着 Pine 的下颚线看了几秒，忍住问对方怎么看待这件事的想法，低头咬上吸管喝了一口。

Pine 说："拿着。"

"不。"小白咽下酸奶，说，"早餐我吃得有点撑。我就喝一口，剩下的你喝吧。"

丁哥忽然想起什么，又扭过头说："虽然我问这话有点多余……小路，明天你生日还是不开直播吗？"

简茸原本支着下巴在看窗外的城市，闻言脑袋一抬，然后怔怔地转过头去。

路柏沅正靠在椅子上补眠，眼都没睁，说："不开。"

丁哥咕哝了一句"知道了"。

丁哥刚收回视线，路柏沅的衣服就被拽了一下。

简茸再三确定明天的日期后，怔怔道："明天四月二十九号。"

路柏沅说："嗯？"

简茸一脸茫然，道："你的生日不是五月八号吗？"

路柏沅挑了一下眉，说："你哪儿听来的？"

"百度。"

路柏沅点点头，然后道："错的。"

简茸："……"

路柏沅生日从来不开直播，简茸以前也不会去关注什么生日周边的活动，所以他要想知道路柏沅的生日，唯一能想到的途径就是上网查资料。

没想到还是错的。

简茸的计划完全被打乱，昨天在一亿多人观看的采访中满脸淡定的人此时显得有些惊慌失措。

路柏沅看到简茸的表情，伸手拍了拍他的脑袋，忍住笑安慰道："我不过那些。"

路柏沅的确不过生日，只是丁哥每年都会买一个蛋糕回来，在没训练赛的生日里，路柏沅也会请大家出去下个馆子。

可简茸没有被安慰到，自知道明天就是路柏沅的生日后，他就一直低着脑袋在玩手机，微信消息嗡嗡直振，直到上了飞机，语音广播让乘客关手机，他才舍得把手机调到飞行模式揣兜里。

大家都没休息好，在飞机上睡了一觉，回到基地继续睡。

路柏沅没什么睡意，他简单收拾了一下行李，换了身常服后就去敲简茸的房门。

路柏沅敲了两下没人应，还以为他睡了。

"小茸出去啦。"阿姨正打算去阳台晾衣服，看见这一幕，出声提醒。

路柏沅挑眉道："什么时候？"

"他一回来就出去了，我让他把衣服换下来给我洗，他还不肯，"阿姨笑了笑，说，"说和朋友约好了，赶时间。"

路柏沅点点头，道："好，我知道了。"

刚打完一场大比赛，休息日就这么两天，换谁都不乐意再碰电脑。

路柏沅随手给简茸发了一条消息，然后从客厅抽屉里翻出都快起灰的 Switch，连上电视，打起了单机游戏。

一直到其他队友都睡醒，精神抖擞地在沙发上玩手游唠嗑，路柏沅才收到回复。

R：你去哪儿了？

艹耳：我找个朋友。

艹耳：之前手机没电了。

"队长……队长？"

路柏沅刚打出两个字，就被袁谦打断，他抬起头说："嗯。"

"我们今晚要出去玩，吃顿饭，然后去酒吧，你一块儿吗？"袁谦笑嘻嘻地说，"跟我女朋友，她带几个她的小姐妹，我还约了大牛哥他们……你要不一起来？"

袁谦继续道："对了，要不要叫上简茸啊？他的年纪会不会太小？说到这儿，他怎么还没回来？"

小白说："十八岁还小？哥，你第一次去酒吧的时候有十八岁吗？"

袁谦老实说："没。那我打个电话问问他。"

Pine 打断他："不用问了。"

他举起自己的手机晃了一下，上面是一条刚刷出来的微博："他在宁波。"

路柏沅回了简茸一句"好"，然后才去找 Pine 说的那条微博。

他们都没关注石榴，但简茸刚给那条微博点过赞，所以这微博也出现在了他们的首页。

星空 TV 石榴：Soft 厉害 [太开心][合照] 感谢冠军请我吃甜点。

微博的定位居然在宁波。

照片中，路柏沅等了一下午的人就坐在石榴对面，他身上甚至还穿着队服，戴着路柏沅的周边帽子。餐桌上甜品琳琅满目，一个蛋糕上有爱心有星星，看着都甜腻。

微博下面有两百多条评论，前排几条石榴都有回复。

"我怀念你俩之前一起双排的日子，那段时间我每天看直播都觉得好开心啊。"

星空TV石榴回复：我也特别怀念，哈哈。

"什么时候我才能看到你们一起玩游戏？"

星空TV石榴回复：我刚问了小茸，他说回去一有空就安排上！

"我还以为Soft打职业赛后就不跟你联系了。"

星空TV石榴回复：怎么可能！我俩经常聊天的，别乱说啊。

……

"他刚打完总决赛回来，一下飞机觉不睡队服也不换，直接跑到宁波去了？"袁谦一脸惊讶，开玩笑道，"那他们俩的关系够铁啊。"

路柏沅放下手机，靠在沙发上，拿起手柄继续玩游戏。

袁谦说："那队长……"

"我不去了。"路柏沅道，"你们玩吧。"

众人离开后，基地只剩下路柏沅。

路柏沅又做了两个任务，就觉得没意思，把电视关了。手机上有很多条推送，都是关于他们战队的新闻，路柏沅在回房间的途中随意翻了两眼，进屋后直接摁灭屏幕丢到了床上。

他从抽屉里找出平板电脑，继续播放之前没看完的比赛直播回放。

石榴之前说得没错，他确实在简茸初期直播的时候帮了很多忙。简茸的直播回放中隔几个视频就有和石榴双排的片段，石榴还在直播里帮简茸打广告，简茸当时性格比现在要内敛一点儿，会揉揉鼻子，然后对石榴说谢谢。

路柏沅沉默地看着，偶尔听到他们因为一场团灭激动尖叫时，眉毛会很轻地皱一下，很快又恢复原样。

直到平板电脑跳出低电量提示，路柏沅才从这些视频中回过神，抬眼一看，时间已经接近十二点。

他的手机不知什么时候碰到了静音，上面有很多消息，路柏沅全部看了一遍，没有简茸的。

他很重地吐出一口气，把平板电脑接上充电器充电。

然后他听到了敲门声，很轻，而且就两声，像怕自己在睡觉，之后就不敲了，但他看见门缝下的黑影，人也没走。

路柏沅想起前两分钟才在微信群里发蹦迪视频的小白，扔开手机下床去开门。

简茸穿着队服站在门外，帽子被他摘了拎手里，头发几乎被压了一天，乱得像刚跟庄亦白打了一架。

简茸见到他，眼睛一亮。

"我以为你睡了。"

"差不多。"路柏沅看了眼他的头发，说，"你怎么回来的？高铁不是没班次吗？"

"坐车，我去的时候也没高铁，五一放假人有点多。"简茸顿了一下，说，"你怎么知道我去外地了？"

过了几秒，他又问："你怎么知道没高铁？"

因为路柏沅原本打算去宁波找人，然后发现五一假期连个二等座都没有了。

"我看到石榴的微博了。"路柏沅只答了一个问题，"你去宁波做什么了？"

简茸猛地想起要紧事，他看了一眼手机，十二点过了几分钟。

简茸把自己手上的袋子递了过去。

路柏沅光顾着看他头发了，才发现他手上还拿着几样东西。

包装袋上面是某个奢侈品牌子,路柏沅接过来,说:"你就为了买这个?"

"算是吧,石榴前几天去国外玩,我让他帮我买的。"简茸解释,"本来我想着他过几天来上海顺便帮我带过来……但我弄错日子了。"

所以他一回基地就立刻出了门,买不到高铁票,只能坐车来回,到了那儿后还匆匆请石榴喝了下午茶算是感谢。

路柏沅的喉结滚了滚,说:"你怎么不告诉我,我开车送你去。"

简茸笑了一下,说:"送礼物之前不都要保密吗?"

路柏沅低低"嗯"了一声,说:"开车过去要多久?"

"三个多小时吧。"简茸说,"司机说本来用不了这么久,但五一假期,高速上车挺多的。"

昨天简茸刚在压力中打完四场比赛,还跟小白喝了一场赌气酒,今早困得刷牙都睁不开眼,然后坐来回近七个小时的车去拿买好的礼物……

路柏沅不露痕迹地做了个深呼吸,一动不动地看着简茸。

没错过路柏沅的生日,简茸一口气松下来,整个人放松了很多。

他倚在门框边,道:"你打开看看喜不喜欢,我……没怎么给人送过礼物。"

路柏沅问:"你没给石榴送过礼物?"

不知道他怎么突然提石榴,简茸愣了一下,说:"送过,直播间的礼物算吗?"

路柏沅笑了一下,没打开袋子:"如果我说不喜欢,你怎么办?"

简茸脸色顿垮,崩成一个不太好惹的单眼皮,伸出手说:"那就还我……"

路柏沅好笑地往后一躲,拆开礼盒,里头是一条腰带。

路柏沅问:"多少钱买的?"

简茸声音沙哑:"几万。"

"这么舍得。"

"本来我想买更贵的,"简茸做了一个吞咽动作,"比赛没打完,我没奖金，以前的存款又存了定期，没钱了。"

路柏沅摩挲着手里的腰带，扬起唇道："我很喜欢。"

简茸听见这句话，松了一口气，奔波了一天的疲倦也彻底消失了："你喜欢就好。那我回去洗澡了，你早点休息。"

简茸第二天是被基地门铃声吵醒的。

他又等了一会儿，确定没人下楼开门之后，满脸烦躁地随便套上一件衣服，顶着一头乱发下楼开门。

门外的女人穿着得体大方，拎着一个品牌袋子和几个保温桶，见到他笑得很温柔。

她道："小茸你好，还记得我吧？我是柏沅妈妈。我打扰到你休息了吗？"

简茸："……阿姨好。"

简茸脑子一团乱，半响才摇头，伸手帮忙接过女人手中的袋子，说："没打扰，我醒着的……您请进。"

"谢谢。"路妈看他头发凌乱，满脸疲惫，笑了笑没拆穿他，"柏沅这孩子真是的，我给他打了几个电话都没接。"

简茸出来的时候看了一眼，路柏沅的房门开着，房间空无一人："他不在，可能出门了。"

路妈点点头，随着他朝里面走："我一大早就让阿姨煲了补汤，你们这段时间辛苦了，一会儿你多喝点。"

简茸把保温桶放到厨房，然后给路妈倒了一杯水。

他原本就不擅长跟长辈交流，现在更是不知道说什么。

路妈问："你们刚赢了比赛，战队没有安排什么庆功活动吗？"

现在随便抓一个直播间水友或者队友站到边上，都会被简茸这副小学生上课回答问题的模样惊到。

他说："安排了，前天吃了庆功宴，昨晚也出去玩了一趟。"路妈点头，平时很端庄大方的人此刻也忍不住拐弯抹角地打听："柏沅的女朋友也跟你们一块儿去了吗？"

简茸一怔，道："什么？"

"你别怕，他跟我说了的，他有对象的事。"路妈微笑道，"你应该也见过吧？"

简茸："……"

简茸一时有些茫然无措，不知道该怎么帮路柏沅圆这件事。

"啊，你不想说也没关系，我一会儿再问他就好了。"路妈见他一脸为难，忙道，"你饿了吗？刚睡醒什么也没吃吧？要不现在去喝两口汤垫一垫胃。"

简茸回过神，说："不用，我……"

"嘀"的一声，基地大门被人推开。

路柏沅穿着运动服，戴着口罩帽子从门外回来，浑身汗涔涔的，手里还拿着一个黑色小塑料袋。

路柏沅见到自己的母亲，挑了下眉，说："妈，你怎么过来了？不提前说一声。"

"你还说呢，我给你发了消息，你没回我。"路妈道，"你去哪儿了？一身汗。"

路柏沅摘了口罩走过来："晨跑，我忘了带手机。"

"在这儿。"简茸站起身，拿出手机放进路柏沅的口袋，然后道，"那我先上楼。"

"等等。"路柏沅把黑色塑料袋递给他，"早餐，你拿上去吃。"

路妈这才发现什么："柏沅，你这帽子印的还是小茸的名字呢。"

她又笑着说："是吧？我那天看比赛，小茸好像是这个名字。"

"嗯，这是他的周边。"路柏沅若无其事地继续说，"够吃吗？不够我再给你订一份。"

"够了！"简茸飞快截断他，用在赛场上五杀的手速把袋子系了一个死结，"阿姨，我上去了，你们慢慢聊。"

第二十七章 Road 生日直播

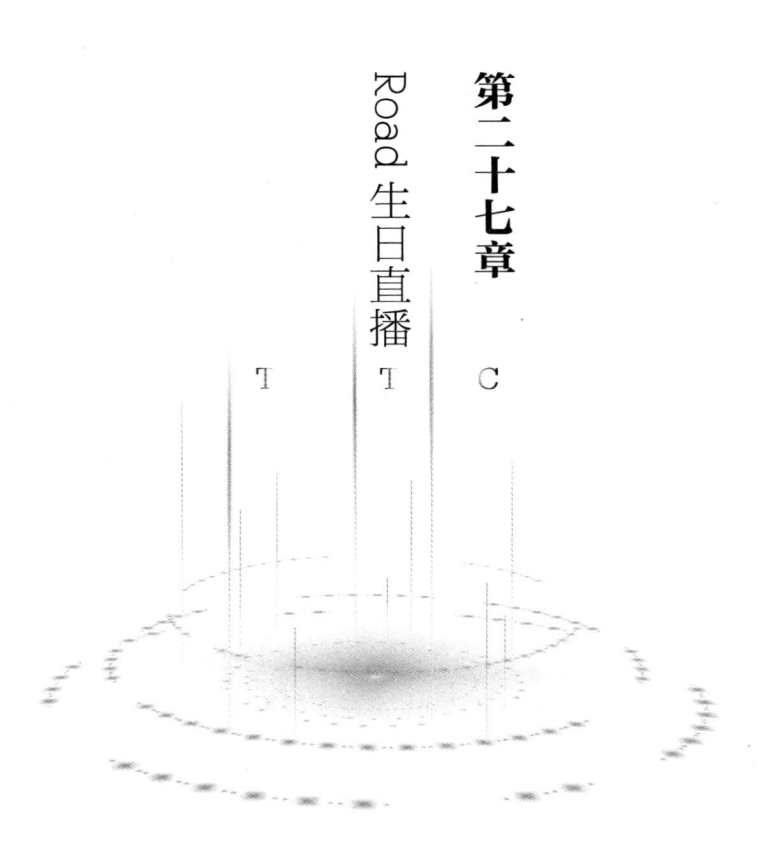

简茸上了楼，路妈收回视线道："你也真是的，一大早手机不在身边，我吵着他睡觉了。"

"没事，他脾气好。"路柏沅又问，"你怎么过来了？"

"我给你送礼物，还有汤。汤炖了很久，喝了特别补，我带了很多，一会儿等你队友醒了让他们也喝点，尤其是小茸，我看他还是瘦。"

路柏沅点头说："他现在胖点了，只是穿衣服看不出来。"

路妈道："反正男生还是要壮点好。"

阿姨今天放假，丁哥怕这群冠军宿醉头疼没饭吃，骂骂咧咧地打包了他们平时最喜欢吃的馆子的菜回了基地。

他一进基地就闻到了烟草味，于是他循着味道一直找到阳台，隐约看见路柏沅半边身子。

丁哥连吃的都顾不上放，熟稔地打开付款码冲过去："你刚拿了冠军就飘了是吗？你现在抽烟连阳台门都不关，一点儿不遮掩，是不是有点不尊重我？"

丁哥走近看到路柏沅身边的女人，剩下的话全咽回肚子里。

在他心目中一直是贵妇形象的路妈此时靠在墙边，嘴里咬着一支烟，一双美眸眯着看向远方，几秒之后才缓缓回头："这儿不能抽烟吗？抱歉，他也没和我说。"

丁哥安静几秒，把手机丢进口袋，体贴地握上门把，说："当然可以，您随便抽，不够我这儿还有。我把门关上，方便你们聊。"

两扇门合紧，阳台重新回归沉默。

实际上，在丁哥来之前，这对母子也没有聊太多的话。

路妈跟他对视许久，然后问他有没有烟，他上楼拿了一包下来，两人就来了阳台。

恍惚间，两人都觉得自己回到了几年前。路柏沅说自己要打电竞，而路妈当时连"电竞"是什么都不知道，用手机查了一下，第一条就是某个贴吧里的网络"人上人"言论："只有不爱学习和懒惰宅男才会选择把游戏当作职业，为了显得专业，还说自己是打电竞的。"

看得路妈当场连抽两包烟。

路柏沅用手机发消息，问简茸吃早餐了吗。

简茸回了两个微笑的表情过来。

路柏沅笑着关掉手机，看身边的人还想点第三支烟，道："您别抽了，一会儿又上瘾了。"

"嗯，最后一支。"路妈吐出一口烟圈，"你抽空还是常回家看一看，还有你的手……你爸知道你又进医院了，自己在客厅下了一晚上的棋，头发又白了不少。总之你自己心里要有点数。"

路柏沅在心里骂了那些乱拍照片夸大事实的媒体几句，道："我知道了。"

她想起什么，柳眉轻皱："对了，刚刚那个小男生……小茸成年了吗？"

"刚过十八岁生日。"

路妈挑眉道："十八岁是不是也太小了？"

"不小，正好。"路柏沅道，"我这年纪，在这行已经算是老顽童了。"

路妈："……"

路柏沅拿起手机看了一眼消息，是丁哥在群里催他们吃饭："您留下来吃午饭？"

"不吃了，你爸在家等我。"路妈摁灭烟，半晌才道，"我带来的汤，你给小茸多盛点，那孩子太瘦了。"

今天不训练，大家都懒得下楼，饭菜就在三楼的小客厅吃。

这个客厅比一楼的小得多，几个人往那儿一坐就差不多满了，面前墙上挂着幕布，看着还挺温馨的。

只是——

"哥，吃饭呢，你给我们放个'HT春季赛精彩击杀剪辑'是什么意思啊？"小白捧着碗，一脸疑惑。

"休息归休息，功课不能落下。"丁哥道，"知己知彼，百战百胜。"

小白："……"

简茸捧着自己的鲍汁饭，心不在焉地看着幕布，吃了一口又装作不经意地转头，穿过栏杆往一楼看。

袁谦打了一个大大的哈欠，给女友发语音说自己醒了，抬头问："小茸，你站着干吗？嫌窄？过来坐，我再给你腾点位置。"

"不用。"简茸收回目光，"我不坐。"

"别啊，我看这玩意儿本来就难受，你站我旁边我压力大，感觉你马上就要下拳头揍我，"小白出声道，"来，坐。"

简茸的拳头确实有点忍不住。

是他自己不想坐吗？

路柏沅拎着汤上楼时，大家吃得差不多了。

丁哥刚训完人，抬头问："阿姨回去了？"

路柏沅看了眼在沙发旁"罚站"吃饭的简茸，很快收回目光："嗯。"

丁哥点点头，说："你来得正好，蛋糕我买回来了，现在切了吧，晚上你们一个个都不知道能不能从床上起来。"

对于电竞选手来说，休息等于睡觉。大家每天在电脑前坐着已经够累了，昨晚那一场狂欢也算是用尽了他们所有的精力。

更何况他们明天复训，下周就要去H国。

路柏沅看着生日蛋糕上的奖牌，漫不经心地问："又是S11全球总决赛的奖牌？"

"哪能啊，那个不是安排给简茸了吗？"丁哥微笑道，"这是今年的最佳选手奖牌。"

路柏沅说："哦。"

切了蛋糕喝了汤，其余人就回屋睡觉了，丁哥找简茸要了身份证去抓紧办签证的事，基地热闹不过一小时，又恢复令人安心的平静。

汤熬得入味，简茸一口气喝了三小碗，躺在沙发上时还忍不住打了个饱嗝。

他的手机没电了，正在充，现在正拿着路柏沅的手机在逛微博。

"撑了？"路柏沅在他旁边问。

简茸"嗯"一声，懒洋洋地说："你盛太多汤了。"

他本来没想喝那么多汤，谁知碗一空路柏沅就给他盛汤，不喝光又觉得浪费。

突然，简茸闻到一股淡淡的烟草味，鼻尖动了动，说："你抽烟了？"

路柏沅说："我妈抽的。"

简茸一愣，转头道："阿姨还抽烟？"

"以前她是一个烟棍，现在好点了。"

路柏沅因为身上的烟味决定洗个澡。

简茸也没什么兴致继续刷微博，于是他在得到路柏沅的同意后，打开了路柏沅的游戏本。

简茸担心趴着玩游戏影响操作，没开H服，而是上了自己的国服小号想"炸鱼"。

他刚上号没两秒，一个ID为"新赛季我一定加油"的人给他发送了组队邀请。

简茸不论大小号都不加陌生人，能进他好友列表的都是朋友。他想不出这ID是谁，干脆点了同意。

简茸刚进游戏房间，熟悉的声音就在耳机中响起："我试着邀请一下吧，

Soft 不一定愿意跟我一起，他喜欢单排。我？我也喜欢单排，但和 Soft 或者 XIU 哥排我也喜欢……啊，Soft 进来了。"

简茸看了眼日期："你们战队拿了亚军不休息？"

Savior："……"

Savior 因为网暴事件这次假期没打算回国，基地唯一愿意带他出去玩的哥哥此时还躺在床上没法动弹，所以他干脆开直播训练，混一混平台直播时长。

Savior 问："你怎么不玩大号？"

"我躺着不好操作，炸两把鱼就睡觉了。"简茸懒声问，"你开不开？"

平时训练打多了，昨天一天没打游戏简茸总觉得不自在，所以他难得选了一次补位，想着玩两把辅助催眠一下，结果补位到了打野。

他进入游戏一看，跟他打对线的还是战虎的打野。

简茸玩得最烂的就是打野，打钻石局还能勉强应付，跟职业选手打就有些不够用了。

路柏沅洗澡出来时，正好看到他被对面中野二人在敌方蓝 buff 处围殴致死。

路柏沅看他臭着脸买装备，好笑地问："这么敬业？"

"我睡不着就打两把。"简茸皱着眉，"这家伙联合队友抓我三次了，一定是故意的。"

路柏沅很轻地笑了一声，随口道："你撒个娇，我给你当代打。"

游戏里出现两道金光，刚赶到中路 gank 的简茸和 Savior 同时点了闪现技能。

对面中单吓得屁滚尿流，还以为自己周围来了十万个敌人，也跟着丢出闪现，然后在公屏发了个问号。

Savior 还处于"我听错了吗""一定是的""看来我的中文好像还是不够好"的茫然震惊状态中，耳机里再次响起所有电竞玩家都非常熟悉的声音："对了，我昨天帮你洗了衣服……"

声音戛然而止。

来 gank 的简茸站在中路久久未动，并在两秒之前退出了队伍语音。

Savior 像不小心戳破了家长秘密的小孩儿，慌乱无措地咬着自己的下唇，眼睁睁看着自己直播间的人数噌噌暴增。

一群如狼似虎的网友顶着"Soft 亲爹""Soft 缺德，夺冠不开直播""Road 全网唯一网恋对象""Road 未公开老婆"等 ID 杀进来，弹幕多得 Savior 这个菜鸟无法招架。

两秒后，一个 Savior 为了感谢观众礼物而自动设定的语音播报响了起来，机械女声无情地念道："感谢'理智炒 CP，拒绝代打，衣服在哪儿，让我看看'的一个流星。"

简茸愣了，连屏幕上的游戏角色被敌方中野围殴致死都没有反应。

简茸做事总是冲动不计后果，就像当初他看到路柏沅努力 C 队友，Kan 则在努力送之后，直接肉身开团在直播里嘲讽 Kan 打假赛。

他能不知道这么说会挨粉丝骂吗？

但他不在意，你骂你的，我嘲讽我的。

唯独在路柏沅身边，简茸很难得地怂了。

简茸看着在游戏里给自己打问号的队友，懊恼地想，好好躺着不好吗，非手贱去玩什么游戏。

路柏沅看到他慌乱关掉队伍语音，挑了下眉，说："你在双排？"

"嗯。"简茸用力揉了下脸，半晌后才挤出后半句，"和 Savior……他好像在直播。"

旁边没了声音。

简茸舔了舔唇，说："我没来得及跟你说。"

后半截话被简茸咽了回去，他的后颈被路柏沅捏了两下："弹挂机警告了。"

在《英雄联盟》里，长时间站着不动会有挂机警告，警告后还在挂机会被封号。

但简茸现在哪顾得上这些。他刚想说什么，就见路柏沅坐过来，催他："进去，让个位置给我，我给你代打。"

简茸头脑混乱，往旁边移动。

简茸这局拿的是盲僧，还是钻石局，所以哪怕对面是战虎的打野且前期有一点点劣势，路柏沅上手操作后仍旧可以帮队友创造各种机会。

当路柏沅在关键团战抢下大龙并直奔敌方基地的时候，对面战虎的打野终于开始请求互动了——

[所有人]zhd：路神，是你吗？

[所有人]被单杀就别互动：嗯。

随着这个字打出，路柏沅推掉对面的基地，赢下了这局排位赛。

他问："还玩吗？"

简茸说："不玩了。"

路柏沅在对话框跟Savior简单说了一声，然后退掉了队伍。

路柏沅关掉电脑，转头看到简茸正拿着手机创建微博小号，挑眉道："你创小号干什么？我有。"

简茸摇头道："不用你的。"

这个小号是用来跟骂路柏沅的人吵架的。

简茸把自己的年龄填成二十八岁，免得吵架的时候被人攻击是小学生。

他其实还有一个小号，但那个小号在他和路柏沅的超话里点赞转发过，为了不被黑子抓小辫子，他决定重新创一个。

简茸创好号，带着跟黑子大战三天三夜的准备杀进TTC超话，谁知一条微博都还没看清，就被旁边的人勾脖子带了过去。

路柏沅支着脑袋看着他，道："你现在的表情跟打总决赛的时候差不多。"

简茸不知道自己现在是什么表情，闻言下意识抿了一下嘴唇。

路柏沅问:"你不想让人知道我们关系好?"

"不是。"简茸应得很快,他沉默两秒,抬手揉了一下脸,坦诚道,"我不想你被骂。"

"小朋友,我打了六年比赛,你觉得我还会怕被骂?"

现在电竞圈已经算很和谐了,在 LOL 比赛刚起步的时候,直播行业也才刚刚冒头,有些选手的直播间连房管都没有,直播时的弹幕简直惨不忍睹。比赛也上不了体育馆场地,选手和观众席就几步的距离,比赛没打好,摘了耳机就能听见现场观众的嘲讽和谩骂。

"好吧。"简茸眨了两下眼,想起身,路柏沅问:"你去哪儿?"

简茸木着脸说:"喝汤。"

路柏沅轻笑一声,说:"不至于……你先把我这账结了。"

简茸一顿,道:"什么账?"

"你说呢?"路柏沅好笑道,"实话说,我最穷的时候有人找我代打,一个分段三千我都没接,刚才头一回做生意,分给您上了 MVP 也拿了,你总不能赖了吧?"

简茸的嘴角抽了一下,沉默了很久,才道:"一个分段三千?你好贵。"

晚上八点至十二点是网络流量最大的时间点。

两部手机在床头叮叮咚咚响了好久才有人理。

"TTC 猛男健身俱乐部"里,唰唰跳出几条消息,内容仿佛在打哑谜——

P 宝的小辅助:。

pe:?

袁谦:?

袁谦:你们看视频了吗?

P 宝的小辅助:现在我正在 23 刷。

P 宝的小辅助:可恶!这大好的流量居然便宜了 Savior!

R:庄亦白你闲的?

等到布偶猫的头像跳出来，简茸才反应过来自己用的是路柏沅的手机。

他的画风太明显，蹦几个字都能被轻易认出。

P宝的小辅助：你还用我哥的手机？

P宝的小辅助：尊重对方，不翻手机，你不知道吗？

R：你管我？

pe：你的备注为什么还没改？

袁谦：……

袁谦：丁哥怎么不说话？

pe：他早睡了，说今天要养生。

P宝的小辅助：我和P宝已经过了那劲儿了。

P宝的小辅助：现实往往比网络刺激得多。

袁谦：所以视频是啥情况？

P宝的小辅助：这事很复杂，我私聊跟你说吧，谦哥。

路柏沅用简茸的手机在玩《斗地主》，余光扫过去，正好看见简茸正咬牙切齿地在打字。

R：你就在这里说。

路柏沅忍住笑，觉得要不是简茸现在还没缓过劲儿来，能提把刀去小白身边看他打字。

P宝的小辅助：是你让我在这儿说的啊！

袁谦：。

简茸想砍人，奈何身体条件不允许，又实在想不到什么话能治。

路柏沅看着他把手机砸进枕头里，好笑地问："不聊了？"

简茸半边脸埋在枕头里，闷声说："不聊，睡觉。"

翌日清晨，TTC基地里传出一阵想隐忍却又实在忍不住的咆哮——

"七百三十三天，足足七百三十三天……七百三十三天里，我的手机没关过一次机。只有昨天，为了安排你们的签证我跑前跑后，累到回家把充电器插进手机壳里了没发现,关机了一天,就一天!"

"好家伙,睡醒一百三十三个未接来电,微博两千多条私信提醒,我这辈子收到的私信加起来都没两千条。我睁眼一看,牛,热心群众举报我方打野给人代打。"

"我当时就笑了,谁雇得起我方打野去代打?再说了,我寻思这种是要吃禁赛的事儿没哪个傻缺会干,我没想到……没想到……"

路柏沅摇头,嗓音里带着刚睡醒的倦意:"那不会,违规的事儿我从来不做。"

简茸:"……"

丁哥:"……"

眼见丁哥快要站不住了,小白赶紧出声安慰:"哥,你挺住,你还要给简茸跑签证呢。"

丁哥:"……"

丁哥更想砍人了。

"哥,你冷静点,"袁谦咬着苹果开口,"其实这事也没那么严重。"

客厅陷入一阵短暂的沉默。

"真没那么严重,"袁谦道,"你想啊,就两句话而已,说明得了什么?小白以前还叫过 Pine 老公呢,也没见出什么事,就一句洗衣服有什么?"

丁哥皱眉道:"能一样吗?小白什么德行网友们都有数,就算哪天他流出小视频,那群网友估计都觉得是演戏。"

"关我和 P 宝什么事儿?"小白立刻表示不满,"我俩是纯粹干净的搭档。"

Pine 看了一眼手里刚撕开的酸奶,自己仰头一口喝了。

简茸咬着牛奶吸管,冷冷地看他。

"可是……我答应了金主,今天让小路开直播。"丁哥戴上痛苦面具,"他都一个多月没开直播了,我寻思今天中午正好有两小时自由训练时间,直播也不耽误事儿……"

路柏沅道："那就播。"

所有人都一愣。

小白立刻劝道："不是……哥，就今天这日子，就是给你那儿安五十个房管都不一定管用啊。"

路柏沅挑眉道："我有选择的余地？"

这就是问题所在了。

"没有。"丁哥笑中带泪，"星空TV官博昨天就把宣传发出去了，还搞了个置顶，星空TV最大的宣传位也给你挂了一天。"

所以路柏沅还是得直播。

但丁哥不死心，在经过一番深思熟虑之后，他启用了资本家大招，雇了一群弹幕水军。

堂堂LPL第一明星选手，开直播还要找水军，这找谁说理去。

路柏沅嫌热，开播前去换了一件短袖，进休息室正好看到心不在焉打游戏的简茸漏了个大炮车。

"别压线了，对面打野马上来了。"简茸的头发被路柏沅揉了一下，路柏沅的声音落下来，"你一会儿真不跟我双排？"

简茸"哦"了一声，乖乖操控英雄往塔下走，无情拒绝："不了……丁哥让我们今天别双排，他也挺不容易的。"

说是这么说，但在路柏沅开播的前一分钟，简茸还是去路柏沅直播间蹲着了。

当然，他开的小号。

简茸刚进直播间就从弹幕画风里找到了丁哥雇的水军：

"好期待路神的直播啊！"

"期待期待，我等好久了。"

"快点吧，我已经望眼欲穿了。"

"我觉得这个直播很不错。"

简茸:"……"

好歹也是LPL第一豪门战队,就不能找专业一点儿的水军吗?

简茸正在心里吐槽,下一秒,直播开启,路柏沅的电脑桌面出现在视频当中。

同一时刻,直播间的弹幕犹如火山喷发,字一个一个重叠在一起,形成了极其震撼的弹幕效果——

"今天的衣服洗了吗?"

"今天的衣服洗了吗?"

"我觉得这个直播很不错。"

"今天的衣服洗了吗?"

"今天的衣服洗了吗?"

"今天的衣服洗了吗?"

简茸这会儿正在打团战,因为一个走位失误吃了对面的控制,没两秒屏幕就暗了。

他深吸一口气,在屏幕上打字:我的。

队里的辅助立刻回复:没没没,我的,我刚去路神直播间发弹幕了,没来得及给你丢坩埚(辅助装备,解除控制)。

简茸:"……"

因为是中后期,死亡时间几十秒,简茸盯着那些成千上万连着刷了快一分钟的相同弹幕,终于忍不住拿出手机也发了条弹幕:

游客849248:期待,路神能快点开游戏吗?

他刚发出去的弹幕马上就淹没在茫茫弹幕海中。

简茸磨牙,又打字——

游客849248:能不能发点有营养的弹幕?你们这样让我们这些想好好看直播的看什么?

这回有个人理他了，还是通过直播间私聊回复的消息。

Soft 亲爹悄悄对你说：你别管我们发什么弹幕，也别管路神播什么内容，爱看看，不看滚。

简茸："？"

简茸点开这水友头像想封人，没找到选项，才想起这不是他的直播间，他开的也不是有路柏沅直播间房管权限的大号。

他在心里告诫自己不能上大号，不能破防，手上给路柏沅发了一条微信消息。

艹耳：直播间可以开全屏禁言，右键评论区，最底下的选项，还能在后台设置禁言时间。

艹耳：你要是觉得烦，就直接把他们封了。

路柏沅也没想到这群人这么能刷弹幕，他拿起手机看了一眼消息，回了个"好"，然后放下手机道："你们再刷，今天直播间就得全屏禁言了。"

玩弹幕的以为路柏沅是怕被封直播间，果然消停了一点儿。

"怎么连洗衣服都不能说了？这是直播间违规词？谁设定的？那人难道不洗衣服吗？"

"求求了，开一下视频吧！"

"路神还会开全屏禁言？怎么我印象中路神连封人的事都没干过。"

路柏沅道："我刚学会。"

"是哪个房管教坏路神的？"

"你想多了吧，房管跟路神说不上话的，我估计是那个人教的。"

"哪个人？"

"就那个啊，我可不敢细说，你自己意会吧，我只能提醒你两点，短发，染发。"

"不会自己洗衣服的那个。"

路柏沅听见身后传来一道水杯重重撞击电脑桌的声音，忍笑道："今天打国服吧。"

游戏更新完毕，路柏沅刚登录服务器，丁哥就发消息来让他开视频，毕竟是战队夺冠后队员第一次开直播，平台下了血本宣传的，不开视频说不过去。

路柏沅倒无所谓，他的鼠标移到视频软件的图标上，刚要按下，又突然把鼠标挪开。

路柏沅回过头，喊了一声："简神。"

刚进入新一局游戏的简茸没能看到路柏沅这一操作，这称呼让他过了两秒才反应过来："干什么？"

"丁哥让我开视频，"路柏沅语气如常，"我不太会，你帮我弄弄？"

游戏还在选英雄界面，退出没什么影响，只会扣退出者三分。

简茸想也不想就把这局游戏退了，起身去帮路柏沅调视频。

简茸走到电脑前时，看到路柏沅弹幕满屏都是问号。

他没多想，帮路柏沅打开视频软件，两人同时出现在视频界面里。

围观群众顿时疯了——

"好好好！恭喜！"

"你五杀不开直播，夺冠也不开直播，什么意思？休息两天播不动？"

"我现在合理怀疑 Soft 上次去寺庙是求姻缘去了。"

"是哪个寺庙来着？我也要去拜！"

"宝贝，我给你微博发了一条私信，是我精心计算并挑出来的淘宝好物，垫上那个你和 Road 能差不多高。"

"有心了。我看了他们队伍夺冠后离场的视频，身高上确实是高攀了。"

字字戳心。

简茸还是破防了。

"调好了。"简茸像傻瓜似的拎着自己的衣领，站直身体问，"我能进你直播间挂着吗？"

路柏沅挑眉道："随你。"

简茸回到自己座位上，毫不避讳地用大号登进路柏沅的直播间。

"你有空来挂直播间没空开直播？你就算开着不说话也好啊。"

"我怎么有种不太好的预感？"

"Soft，你会变成今天这样都是我的错，平时我忙碌在外没空顾你，我刚刚把洗衣服教程发在你微博了，你有空多看看，以后就别麻烦路神了。"

"他有房管权限！开号进来封人的！我的大号又没了！"

"我就知道这权限狗没安什么好心！"

"大家快逃！"

路柏沅看着杀疯了的简茸，动动鼠标把他的直播号升成了高级房管。

高级房管其实也就比普通房管多了一个能改直播间名字的权限，操作比较麻烦，得切换到后台才能设置，一个直播间只能有一个。

路柏沅的意思很明显，就是让他随意封。

简茸虽然封得多，但封的大都是名字里挂着"Soft"ID的号，或者是有简茸直播间牌子的号。

简茸是老权限狗了，封踢对他和他的水友而言就是一种互动方式，水友们早已习惯，没因为这事闹出什么别的纷争，路柏沅直播间弹幕的画风逐渐正常。

路柏沅进入单排队列，等待期间饶有兴致地看简茸封人，偶尔也回答几个水友问题。

"什么时候去 H 国……签证没问题的话，应该是下周。"

"跟 XIU 绝交了没？暂时没有，他昨天想找我代购东西，我没理他。"

"是不是真代打了？"路柏沅念完这个问题，懒洋洋地笑一声，"他不方便玩，我帮着打一局，也没收钱……不算代打吧？"

"昨天生日收到什么礼物？这也要问？"

"叮"的一声，简茸不小心吃掉了 AD 的一个大炮车。

这位 H 服 AD 玩家立刻定在原地，在简茸的游戏人物身上打了无数个问号。

路柏沅道："皮带。"

"叮"，简茸又不小心吃掉了 AD 刚准备吃的小兵。

简茸最近搞 H 服演员的事迹在高分段太出名，AD 以为他是在故意搞自己，直接闪现治疗技能全交，送人头回基地挂机了，然后在泉水边愤怒开麦，骂 LPL 和 Soft。

好巧不巧，这局上中辅全是中国玩家。

上路：Soft 演你了？没事，这局怎么安排他，你直说。

中路则跟对方激情对骂。

简茸："……"

丁哥此时正在办公室拟定出行 H 国要带的工作人员，突然接到了副经理的电话，说他们中野行为极其嚣张。

丁哥闭了闭眼，语气轻缓："你别管了，我早把直播关了。"

你们爱咋咋的，我反正也不想活了。

今天有训练赛，所以路柏沅的直播没到三小时就关了。

但这不影响他这场直播回放被无数人下载，并经过剪辑、合成，把他和简茸的对话、以及他回答的问题全剪到了一起，然后上传分享给互联网上的兄弟姐妹们，不多时就被顶上了热搜。

丁哥对此没有采取什么措施，他们本身也只是一个电竞战队，眼下他还有更重要的事要做。

下午他一共约了三场训练赛，打完时天色已晚，路灯初映。

今晚外卖由路柏沅请客，外卖员的电话刚好打进来，路柏沅说了一声就下楼去取了。丁哥怕他的手拿不了重物，就跟着路柏沅一块儿下了楼。

小白起身伸了个大大的懒腰，说："不行了不行了，饿得我钩子都不会放了。"

简茸把战绩表关了，道："你以为这样就能为你一整局只中过两次的钩子开脱？"

对于自己最后这局的无数"憨批"操作，小白一点儿不害臊，道："我哥说过，输游戏不能怪队友。"

当晚大家就着季中赛入围赛下饭。

《英雄联盟》季中冠军赛虽然是每个赛区的春季赛冠军都能参与的赛事，但并不是每个赛区的冠军都能直接进入小组赛。

十二个赛区，十二个春季赛冠军，只有六个冠军战队可以打正赛。

而这六个名额中有四个名额是确定的：中国大陆赛区LPL、H国赛区、欧洲赛区LEC、北美赛区LCS。

这四个赛区因为在去年的S赛中表现出色，所以拥有直接进入季中赛小组赛的资格。

最后剩下的两个名额，就需要其余八支"外卡战队"通过打入围赛的方式去争取了。

外卡战队是指那些LOL竞技体系还不成熟的赛区队伍，这些队伍所属赛区整体实力不强，所以冠军的含金量也就不那么高，譬如越南赛区VCS、日本赛区LJL、土耳其赛区TCL等等。

简单来说就是：菜的先打。

为了打入围赛，这几支战队提前到了H国，现在入围赛已经进行到了第二场：日本打土耳其。

简茸以前连LPL的比赛都不怎么看，更别说外卡战队，所以他只听说过这些战队多菜多菜，正经比赛还是头一回看。

他看到日本战队三个人去包围土耳其战队的上路。

土耳其战队的打野似有所感，立刻放下手头的野怪往上路赶。

袁谦咽下鸡腿肉，说："这打野意识还行啊……"

袁谦一句话还没说完，只听见"唰"的一声——土耳其打野企图闪现拯救被围殴的队友，然后撞了墙。

简茸："……"

小白埋头狂扒两口饭，说："精彩！"

路柏沅盘腿坐着。

路柏沅看到简茸满脸都是"这些队伍怎么进的世界比赛"的疑惑，好笑道："LPL 以前所有场入围赛，一场都没输过。"路柏沅顿了一下，补充道，"包括鱿鱼战队，以前打外卡也是全胜。"

简茸挑着眉，瞬间了解外卡赛区的实力了。

原以为土耳其打野这波拉跨操作已经让前期爆炸，没想到两分钟后，两名打野在野区再次相遇，日本打野在等级高对方一级的情况下被单杀了。

袁谦道："但凡出现一点儿失误，这技能都能中一个。"

Pine 垂眼抿了一口咖啡，说："一年过去了，他们还是坚守本心。"

"别说，我还真想和他们打。"小白笑嘻嘻地说，"多快乐啊。"

"放心吧，有你们打的时候。"丁哥拿着手机从外头进来，"签证的事情搞定了，机票我打算订下周三的。"

简茸吃饭的动作一顿，说："下周三？这么早？"

"对啊，世界赛当然要提前准备。"丁哥看他表情不对，说，"怎么了？你有事？"

简茸打开手机日历飞快扫了一眼，然后微不可察地松一口气，摇头道："没事。"

路柏沅的余光扫到他手机日历上的备注，几个字，有点小没看清，只能确定这行字在六号，也就是下周二底下。

简茸关上手机转过头时，路柏沅已经收回视线，重新看向面前这场下饭比赛。

休息日队员们玩得都疯，房门能关两天，黑桃 A 能摆满桌。

但休息日一过去，每个人就都静下心钻训练室里去了，就连路柏沅也总在违反医嘱的边缘反复试探，直到简茸给他发消息，来 OB 他游戏，他才无奈地关电脑。

直到出行前一天，也就是五月六号。

早晨八点，简茸轻手轻脚打开卧室房门。他压了压头上的帽子，猫着腰下楼，想去厨房拿饼干牛奶在路上应付两口，刚走近就闻到了咖啡香。

简茸推开门，看到正在摆弄咖啡机的男人，困倦的眼神逐渐清明，还带着几分愣怔。

路柏沅穿了短袖长裤，后脑的头发还乱着，他听见动静，眼尾一扬，说："醒这么早。"

简茸回过神，说："嗯，我有事要出门。"

路柏沅也刚醒没多久，嗓音有些沙哑："你去哪儿？"

简茸沉默了好几秒才说："看我爸妈，今天是他们的忌日。"

路柏沅原本就有所猜想，闻言也没惊讶。

他点头道："你过来喝咖啡，我给你煮了一杯，喝完我送你去。"

简茸下意识道："来回要三小时呢，不用了，我叫了车。"

"我送你。"路柏沅打断他，"我陪你去一趟。"

爷爷重病的时候没法离开医院，这么多年来，第一次有人陪简茸去祭拜父母。

车子在途中靠边停下，路柏沅下车去买了一束白百合。

简茸抱着花坐在副驾驶座上，花香浓郁，他动动鼻子，忍不住扭头看了路柏沅一眼。

路柏沅一只手支着方向盘，懒洋洋地问他："你看什么？"

"没，"简茸收回目光，低声说，"我没给他们买过花。"

路柏沅"嗯"了一声，说："以后就知道买了。"

简茸一顿，模糊地应了句"好"，转头看向窗外。

今天日光正好，穿透车窗投进简茸眼底，映亮一片。

简茸虽然没买花,但他在外面买了贡品。

到了墓前,他安静地把贡品摆好,然后叫了一句:"爸,妈。"

简茸每次祭拜都很安静,几乎不说什么话。但今天,他犹豫了两秒,接着说:"我今天带了一个朋友来……"

那束白百合被放到墓前,路柏沅简单鞠了个躬,说:"叔叔阿姨好,我叫路柏沅,是简茸的队长。"

路柏沅从他手上接过酒瓶,稳稳当当地把酒倒满,道:"第一次见面,我只来得及带一束花,但以后我会陪他常来。请二位放心,我会好好照顾他。"

墓碑有人定期清理,两人把墓碑重新擦了一遍,没费什么劲。

简茸坐在地上,盯着墓碑上的照片看了许久,然后起身说:"回去吧。"

再迟点日上三竿,够折磨人的。

况且简茸认为自己和父母之间并不全靠这一块墓维系着,惦记的人放在心里,那就每时每刻都在。

回到车上时间还早,两人商量了一下,决定顺路去看一眼小橘。

过了冬天,小橘也不必每天都在宠物店待着了,更何况野猫是根本闲不住的。

宠物店店员见到他们,说小橘半小时前才过来骗吃骗喝,让他们在附近找一找。

简茸找到小橘的时候,它仗着自己冬天好吃好喝养出来的一身膘正在和其他野猫打架。

一橘一白两只猫,在地上扭来扭去打得不可开交,偶尔还传出几声嘶哑的猫叫。

路柏沅挑眉,刚想上去解救儿子,就被简茸抓住手臂拦下了。

简茸说:"让它们打。"他脸上仿佛写着"你打不赢这只白猫,我手上这盒罐头你也甭吃了"。

路柏沅好笑道:"伤了怎么办?"

"本来就是野猫。"简茸说，"这次没打赢，以后都要受这只臭白猫欺负。"

路柏沅看着那两只扭打的野猫，脑中突然代入两个人，忍不住别过头很轻地笑了一声。

简茸皱眉道："你笑什么？"

"没什么。"路柏沅忍着笑，对那只橘猫道，"宝贝儿加油。"

简茸："……"

没多久，那只白猫落荒而逃，只留下小橘和地上一片猫毛。

小橘满意地舔了舔自己的毛，然后走到路柏沅脚边，用尾巴使劲儿蹭他，围着他走了一圈，才抬头对简茸敷衍地叫。

简茸："……"

简茸直接把它从路柏沅那儿提回来，拎着后脖颈道："你胖得我都拎不动了。"

"喵！"

"那只小白猫的体型只有你一半，打了这么久才赢，你丢不丢人呢？"

"喵喵！"

"你再对我哈气试试，我让你今年都吃不上罐头。"

小橘跟他对视了一会儿，眼珠一转，看向旁边的路柏沅。

路柏沅也蹲着，他一只手支在膝盖上，帽檐下的眼神带着笑："你别看我，他说了算。"

简茸感觉到小橘重新回头，然后用脑袋顶了顶他的手心。

简茸道："瞧你这出息。"

翌日，TTC一行人坐上大巴车出发前往H国。

"这次比赛就打两周，"丁哥一脸纳闷，看着小白的行李箱说，"你带两个箱子去是想干吗？"

"我带了很多酱料去，拌饭吃。"小白问前排的人，"谦哥，你的手机怎么一直在响？"

"唉，我老婆。她和她那些小姐妹们让我帮忙买东西，消息从起床到现在就没断过。"袁谦顿了一下，回头与小白商量，"既然你带了两个箱子，到时候借一个给我放东西？"

"没问题。"小白低头刷微博，刷到了他哥一小时前刚发的广告博。

他心不在焉地滑过，突然皱了下眉，又往前滑——

路柏沅那个从创建微博用到现在的头像换掉了。

新头像是一只被人拎着的橘猫，拎着它的那只手细瘦修长，点开大图，还能看到手的主人一小撮蓝色头发入了镜。

而广告博下的评论——

"这猫真细……不是，这猫真胖。"

"那搓蓝色猫毛还行。"

"Road 能不能帮我问一下，这蓝猫为什么不开直播？"

小白关上评论区，评论"唰"的一下已经五千条了。

到了机场，简茸一下车就看到有粉丝举着他们战队或者队员 ID 的牌子。

粉丝见到他们，抑制住自己的尖叫，小声地叫他们的名字，和他们保持了一小段距离，非常有秩序。

别人都是"啊啊啊，路神""Pine，看我看我""小白，你又瘦了""Qian 比赛加油"。

轮到简茸这儿——

"Soft 你好好打。"

"你要真打不过也就算了，千万别动手，身在国外你就认下尿。"

其他人和其他人的粉丝听得哧哧直笑。

"Soft 在国外保护好自己，有事没事就开直播——就那种日常直播，我们陪你唠嗑。"

听起来真像为儿送行。

简茸面色铁青，停下脚步，回头问："今天工作日，你们都不上班上学？"

"上啊。"为首的男粉"啧"了一声，说，"这不是其他人的粉丝都说要送机，我们一寻思不能让你太丢人，意思意思来嚎两声，送你进安检就走了。"

简茸："……"

男粉说："你也意思意思签个名吧，我好发贴吧告诉兄弟们你顺利走了。"

简茸忍着脏话，深吸一口气，说："笔。"

男粉递出笔，余光看到旁边的小白给粉丝签了一行很长的字，一眼过去是什么"To 我的宝贝们""谢谢""爱你们"。

男粉一思忖，道："你整一个跟 Bye 一样的，To 什么什么什么，然后写句话。"

"什么话？"

"随便。"男粉顿了顿，说，"想给 Soft 吧的网友们说的话，高低整两句。"

简茸"唰唰"写下一行，递笔戴口罩，转身进了安检的地方。

Soft 吧里聚集起来的粉丝们亲切地说再见，然后翻过牌子一看——

To Soft 吧吧友：管好你自己——Soft。

这是简茸第一次出国，因为距离近，飞行时间只需要两小时，直到下了飞机听见周围人说着听不懂的话，他才有身在国外的实感。

简茸这次带了一个背包和行李箱，背包主要放他和路柏沅的键盘，放在行李箱里他怕遇到暴力卸货被砸坏。

他现在背着包，手里推着行李箱，看起来风尘仆仆的。

简茸走了几步，肩膀被人拍了一下，路柏沅在飞机上小睡了一会儿，嗓音有些低沉："我背。"

简茸拒绝他："不用，背包不重。"

路柏沅却没听他的，钩着背包上的带子，一只手提起包，说："脱了。"

简茸怕他这样提久了手疼，犹豫了一下，还是把包脱给他。

过了海关，机场早有负责人在等他们，热情地把他们接上了大巴车。

临近比赛，所有人昨晚几乎都练到三点才睡，刚在飞机上又补了两小时眠，现在更没精神，刚上车就睡熟一片。

只有简茸，虽然他一路过来满脸淡定，但第一次出国，难免还是有些小激动。

虽然他们来得比较早，但赛事举办方还是体贴地给他们提前安排好了房间。

酒店规模不小，房间队员们一人一间，大床房，这次替补带的是打野Moon，他也拿到了属于自己的一间房。酒店有自助餐，还有专门安排的中国厨师，酒店三楼是给各个赛区战队的训练室。

条件好到所有人都怀疑富哥偷偷给赛方塞钱了。

大家到达酒店分好房间，又花了一下午补觉，直到傍晚才终于像正常人似的在酒店餐厅见了面。

为了保证选手身体健康，菜品都比较素，丁哥不用比赛没那么讲究，拿起小白带的辣椒酱，使劲儿往饭里倒，嘴里念叨着："吃完了我带你们去训练室看看。我刚去随便看了一下，机子质量很好，网络也没问题，这次H国负责人总算有点良心。"

简茸喝了口汤，说："这不是举办方本来就应该做的？"

去年在上海举办的S赛，举办方给其他赛区的选手都是最好的待遇。

"屁咧。"小白提到这个就来气，"我们前几年来H国打比赛的时候，网络卡到游戏都打不了，都把我们逼到网吧去了，过了好几天才修好！吃住条件也很差，我回去后称了一下，瘦了五斤！"

简茸道："那你怎么不多住一段时间？"

小白道："你这是人说的话吗？"

几句下来，总算回归到清醒状态。

第二十八章
出国比赛

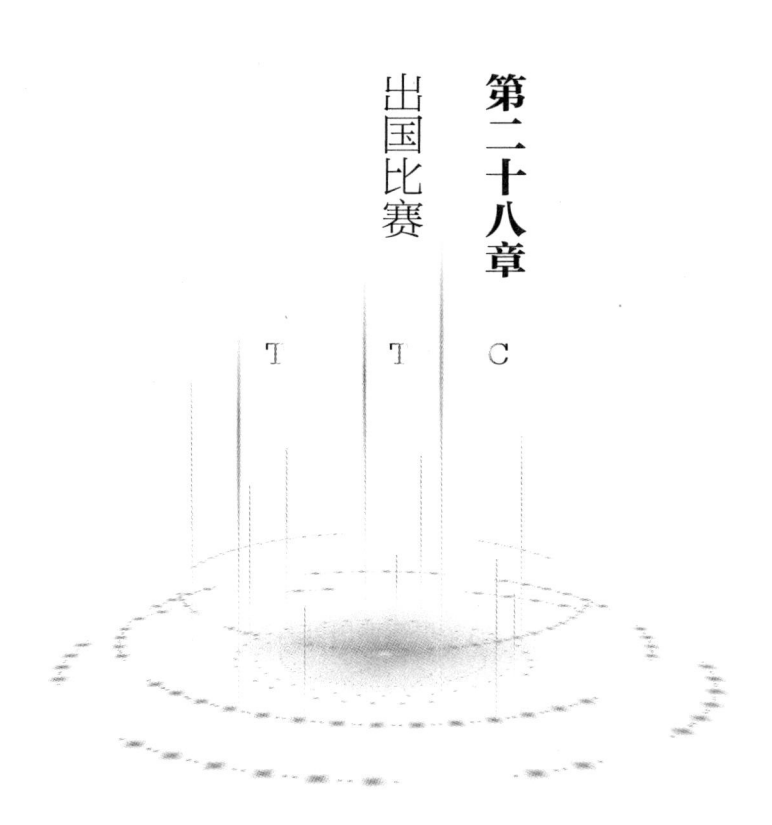

吃完饭，丁哥带着他们去了三楼训练室。

丁哥在电梯里道："因为咱们来得比较早，其他赛区的选手还没到，训练赛有些难约。我联系了 PUD、战虎和几个 H 国的队伍，不过别人正在赛后休息期，不一定能约到，我尽量吧。今晚就先打 rank。"

副教练道："不然我们试着约一下 HT？"

丁哥想也不想就摇头："我们和他们不是能和谐打训练赛的关系……再说 HT 从来不跟其他赛区队伍打训练赛。"

简茸冷嗤道："稀罕。"

"就是，"小白伸个懒腰，"搞得谁想跟他们练似的。"

安排的训练室确实还行，每个赛区战队的房间都被隔开，隔音效果很好，机子虽然赶不上基地里的设备，但也够用了。

简茸打了几局排位，他现在在 H 服排名第三，前面据说是一个工作室的号，再往前就是 Master。

分越高，遇到的演员也越少。到了这个分段都是有点名气的人，不愿意为了这种事给自己带节奏。

他刚要开下一局游戏，丁哥推门而入，说 PUD 的人现在正好有时间能陪他们打训练赛。

小白看了眼时间，说："现在国内都快十二点了吧，他们不休息啊？"

丁哥说："人家过几天有应对夏季赛的集训，现在都在基地，玩够回来正好有时间打几局。"

简茸没说什么，动动指头加入自定义房间。

PUD全员都在，包括伤病归来的XIU。他们春季赛时没怎么打过训练赛，双方都怕暴露战术，现在比赛打完了，反倒能约上了。

因为PUD首发队员齐全，今晚的训练赛竟然打得有来有回，四场下来双方各赢两场，对战短的二十二分钟，长的五十二分钟。

四场比赛结束后，双方达成一致，今晚就先到这儿。

但两边队员都没急着退房间——

PUD·XIU：好气，要是我的腰那天没搞事，今天在H国的就是我们了。

TTC·Road：早点睡。

PUD·98k：Qian。

PUD·98k：他们上单跟你一样是抗压选手，所以不要怕。

TTC·Qian：谁是抗压选手了？我不是世界第一刀妹吗？

PUD·98k：第一刀妹？Solo？

TTC·Qian：来！

两名上单同时退出房间。

小白和PUD辅助敦敦一块儿在聊天框吐槽自家AD刚才的瓜皮操作，顺便把HT的辅助踩了一通。

简茸嚼口香糖提神，鼠标挪了几下，最后挪到Savior的头像上，发起私聊。

TTC·Soft：1。

PUD·Savior：在。

简茸的手搭在键盘上，半晌才打出一行字：你和Master打过对线吗？

PUD·Savior：在H国的时候打过几场，没有赢。

PUD·Savior：你没有吗？你们分段很接近。

严格来说有过一次。

大约一年半前，简茸在H服跟Master撞过车，被对方单杀了一次，加上队友不给力，那局他们是二十投的。

后来简茸为了直播没怎么玩过H服，就算最近回归H服，也从来没和

Master撞过车。

  Savior见他一直没回，又发来好几条消息。

  PUD·Savior：他很强，你要小心线上被单杀。

  PUD·Savior：线上压制能力很高，我和他打，不敢补兵。

  TTC·Soft：你和我打敢补兵？

  PUD·Savior：T-T。

  PUD·Savior：总之加油吧，我希望LPL可以赢。

  这四局训练赛打得堪比春季赛总决赛，打得人身心俱疲。训练赛打完，训练室登时空了一半。

  简茸戴着耳机在单排，直到以一分之差超过H服第二时，他长舒一口气，靠在椅上摘掉耳机，垂眼看了看时间，凌晨四点半。

  旁边的机位都空了，他感觉到胃部空了，揉揉肚子起身，低头给路柏沅留言，想让对方明天去吃午饭时叫上自己。

  他刚打出两个字，手臂被人轻轻握住。

  简茸吓了一跳，倏地回过头。

  路柏沅不知从哪儿搬来了一张老板椅，一直就坐在简茸身后，前额头发已经被他自己揉乱，看着像刚睡了一觉。

  路柏沅抬起眼皮看他："你打完了？"

  简茸蒙了一下，说："你不是回去睡觉了？"

  "没，我在看你打。"

  简茸的手有些凉，路柏沅起身道："先去我房间。"

  出乎意料地，不远处日本战队的休息室也亮着灯，里面正好走出来一个个头矮、穿着队服的选手。

  对方显然认识他们，对着路柏沅就是一阵鞠躬打招呼。路柏沅点头回应，然后带着简茸上了电梯。

  路柏沅的房间乱得很随意，行李箱敞在地上，帽子和平板电脑被丢在沙发上，两双干净的袜子被放在地毯上。

路柏沅把简茸的帽子摘了，问："我给你冲碗面。你想吃什么味道的？"

简茸动作一顿，拧了下眉，说："面？"

"嗯。"路柏沅道，"我刚让工作人员帮忙去超市买了一些。"

简茸眨眨眼，道："你在我后面坐这么久，就想给我冲碗面？"

路柏沅安静两秒，道："不全是。"

一开始路柏沅是怕他练太晚，想叫他一块儿上楼。

然后他看到，在其余人都离开之后，简茸打开了搜索引擎——

"Master 春季赛精彩剪辑"

"HT 战队选手什么时候打排位"

"什么时间段能在排位狙击到 Master"

路柏沅这才想起，这是简茸第一次打世界赛，也是第一次在正式赛场上对上 Master。

比起紧张，简茸更多的念头是想赢。

他们这一行没有什么捷径可以走，想赢就得多练，实力没法说谎，你是什么程度，你在比赛上就能打到什么程度。

所以路柏沅没有打断他的训练。

路柏沅说："所以你想吃什么味道的？"

简茸摇头说："不吃了，我饿着好睡。"

刚说完，他的肚子突兀地叫了一声。

路柏沅好笑地问："你真不吃？"

简茸："……"

方便面最后还是开封了。

吃完面天都快亮了，简茸回房间洗了个澡，带着饱腹感安然入睡。

在 H 国练了几日后，其余赛区的战队终于陆陆续续到达。起初赛区之间还会互相约一下训练赛，但越临近比赛，打训练赛的战队就越少——大家本来只是想摸个底细，也没指望在训练赛里真学到什么。更何况后面有许多采访要做，各战队的时间根本合不上。

转眼到了季中赛开赛前一日。

这天，一张照片在电竞圈引起了不小的波澜。

起因是日本赛区某位选手在社交软件上 PO 了一张照片，配文是：被 Road 和 Soft 鼓舞了，强者都这么努力，我也要加倍努力才行呢！啊啊……而且队员的关系看起来真的很好呢，TTC 真的是各方面都值得我学习！

照片里是路柏沅和简茸的背影，来 H 国的首日那晚拍的。

丁哥在训练室念出这条消息时，路柏沅正在吃敌方的野怪。

"看到就看到了。我们明天打哪个战队？"

季中赛正赛只有六支队伍，小组赛以双循环赛制进行单场胜负赛，即每两支队伍之间都要打两场 BO1 比赛，积分前四名就可以晋级到半决赛。

季中赛赛程很紧凑，每个战队一天两场比赛，五天就能打完小组赛。

"明天打土耳其和北美。"丁哥拿出笔记本说，"北美这次来的是去年的二号种子选手，问题不大，别让他们野辅游起来就成……"

因为日本选手拍到的那张照片，简茸和路柏沅因为勤奋练到五点半被网友狠狠夸了一波，还上了国内的微博热搜。

丁哥原本觉得这是一件好事，万万没想到，这件事最终却成了一个导火索。

当晚，HT 战队 AD 选手 Rish 在他的社交软件小号上发了一条博文：LPL 这么弱的原因找到了。练习到深夜五点不是很正常的事情吗？值得大家这么夸赞吗？LPL 选手们平时是有多不努力？这样下去，打比赛当然只能靠 H 国的外援了。

因为是小号，没多少人看见，这条博文起初还没掀起什么波浪，下面也都是一些跟着一块儿嘲笑的评论。

两百条多评论中，只有几条还算清醒，发表了类似"那些网友也只是夸奖自己赛区的选手呀，这没什么关系的吧""HT才是真的不努力吧，听说上单打完比赛就去度假了，前几天才回来呢""好好训练吧，不怕过几天输给TTC吗"的言论，但很快淹没在嘲讽中。

但大多数人就是能从上百条评论中揪出自己最不乐意听的话。

季中赛开赛日凌晨三点，Rish又出现在社交软件中，发博询问：输给TTC？是这样输吗？

他配上了一张动图。

动图内容是从去年TTC对战HT的S10半决赛里剪出来的，图中，HT的队员正站在TTC泉水前，对TTC进行虐泉。

两个赛区之间的关系本来就紧张，Rish这波肉身开团，可以说点燃了炸药。

一夜间，国内电竞玩家连夜杀到Rish的社交软件下开骂，两个赛区的网友吵得不可开交，一场赛区之战就此拉开序幕。

去年TTC被虐泉的事本来就是国内玩家们心中的痛，现在又被人重新翻出来，每个人情绪都很激烈，恨不得越过屏幕取Rish项上狗头。

因为是深夜，买这个时间段热搜的明星不多，加上电竞玩家这会儿最活跃，这事很快就占了好几个热搜位——

"Rish发动图嘲讽TTC"这个热搜后面还有个呕吐的表情。

"翻译网站好卡"

"Master点赞Rish动图"

"HT侮辱LPL合集"

电竞玩家把自己的话全机翻成H国语言，熬夜不睡跟H国喷子大战三百回合。

"这场比赛TTC就三个首发，上全首发不把你的牙打掉？你在这儿嘲讽谁呢？"

H国网友："输了就是输了，不管上谁，LPL输不起？"

"输不起？怎么，难道是赛方觉得你们太贱了，没给你们发奖杯？还是输了比赛LPL反悔了，要你重新比赛？这奖杯含金量多低自己心里没点数？"

H国网友："那HT也是胜者，发一个动图就戳你们的心了，那输比赛的时候你们该多难过啊。"

"是挺难过的，打一群脑残也就算了，队内还有个打假赛的恶心人，真晦气。"

"哎，你们冠军这么牛，怎么还来我们这儿开直播赚钱啊？你们不是电竞大国吗？没钱请冠军去直播？"

"据说还是全线合约，签了合同就不能在H国播了。你们自己的世界冠军自己都留不住？什么穷苦赛区啊。"

"哇，你们看自己赛区战队的直播不会还要来我们这儿看吧？千万别来啊，我们这儿的网络不给脑残上的。"

"其他H国战队和选手都挺好，怎么就你们HT不把自己当人看呢？"

H国网友："你们自己花钱请HT去，现在骂什么呢？"

"是啊，我们赛区就是有钱，就喜欢让你们自己送到我们跟前挨骂，请问你还有什么问题？"

吵了一夜以后的结果是——

H国网友："怎么举报中国人违规上网？"

天一亮，资本家开始新一天的运作，关于HT的热搜被覆盖得七七八八，只剩下最后两个话题。

一个是Rish发动图嘲讽TTC，另一个则是Soft怎么还没醒。

这个话题的第一条热门微博是：#Soft怎么还没醒#，我已经骂累了，这不该是Soft的活吗？他能不能赶紧起床办事？？

Soft当然醒了。

实际上，当这场骂战刚爆发的时候，简苷还没睡，只不过他累得洗澡都快闭上眼，洗完倒头就躺，连回消息的力气都没有，更别说上微博。

这天中午，他跟路柏沅刚走到训练室门口，就听见半掩的门内传来小白的辱骂声。

小白虽然平时也会隔着屏幕骂路人，但这么激动还是头一回，里面还有好几个明显气急了才蹦出来的词。

两人推开门，小白瞬间闭嘴，训练室里的人齐齐朝他们看了过来。

简茸咬着牛奶吸管，停在原地，说："你们看什么？"

路柏沅坐到电脑前开机，顺手把简茸的机子也开了，然后抓紧在开机这十几秒里闭眼补眠。

小白见他这个反应，眨眨眼抿嘴唇，然后问："你没看微博？"

这一瞬间，简茸火速回忆了一下他这几天有没有干什么。

这几天训练太累，练得也晚。

在无人的训练室里，他就打了一晚上单排。

在记忆中过滤了一遍后，简茸松开眉头，随意拉开自己的电竞椅，懒洋洋地坐下来："没看，怎么了？"

小白瞥了丁哥一眼，不知道能不能说。

丁哥抱着双手靠在机位后面的长桌上，表情也不好看。

这事简茸知道后肯定忍不住——别说简茸，就连他自己都差点破防。

现在 Rish 的博文满微博飞，不可能瞒得住，丁哥做了两个深呼吸，把事情简单地说了一遍。

事情说完的那一刻，门外传来一阵喧闹。

TTC 每个人都在自家基地待惯了，没有关紧门的习惯，所以大家一转身就能看见外面的情况。

门外，工作人员正带 HT 的成员们前往属于他们的训练室——HT 的俱乐部不在本地，季中赛期间照样要跟其他赛区的选手住在同一间酒店。

一行人中为首的是 HT 的中单 Master，一个长脸的高个子，他两只手插兜，目不斜视地经过。

然后是上单、打野，两人低声不知道在讨论什么。

最后，就是 HT 的下路了。

Rish 算是新人，年纪不大，一头锡纸烫和满脸痘痘，眼睛小到几乎可以忽略，笑起来更是直接眯成了一条缝。

他跟辅助并肩走着，看到门上贴着的"TTC"字样，立刻通过门缝看了进来，跟简茸对上视线。

Rish 先是一愣，然后很快反应过来，在经过 TTC 训练室门口后，挑衅似的吹了几声口哨。

这一秒，简茸已经在脑子里捶了 Rish 三千下。

起床气包容不了他，他带着一副"今天不是 Rish 死就是 HT 团灭"的表情，"腾"地从椅子上站起来。

他这一动把其他人都吓坏了。

丁哥说："你冷静。"

小白说："杀人犯法。"

简茸还没走两步，就被人拦腰抱回去。

他气得头上冒火，猝不及防被抱得双脚离地，表情一时间都没能调整回来。

路柏沅把他放回座位，道："你干什么去？"

简茸道："Solo。"

"你是职业选手，"路柏沅道，"这个酒店不是你的 solo 场地。"

简茸安静地跟他对视几秒，脸色依旧很臭。

片刻后，简茸别开眼，转动椅子面向电脑，点开了《英雄联盟》客户端。

路柏沅揉揉他的头发，然后回头问："下午几点去赛场？"

副教练立刻回神："两点前得到。我们是第一场比赛，揭幕战，再过半小时就出发了……简茸，你别开游戏了吧？万一打不完……"

"打得完。"简茸面无表情地选出男刀，"二十分钟能结束。"

半小时后，TTC众人准时坐上了去比赛现场的大巴车。

安静的车厢里，小白突然冒出一句脏话："Rish又发动态了！"

袁谦皱眉道："他有完没完？"

Pine睁眼，说："他说什么了？"

丁哥赶紧道："都要打比赛了你还玩手机？别刷了，有什么好看的。"

"念。"路柏沅说。

丁哥："……"

"他说……"小白顿了一下，还是念了出来，"'蓝色好碍眼，不过待在泉水里应该会很好看'。"

袁谦道："有病。"

Pine道："确实。"

丁哥忍无可忍，拿出手机道："我现在就问问H国他们赛区是不是不会管束选手……"

路柏沅说："不用。"

路柏沅看了一眼身边正垂着眼皮吹泡泡的人，竟然很轻微地笑了一下，然后道："他们不会管，总有别的人帮他们管。"

季中赛揭幕战很快打响，第一场TTC对战土耳其的LK3战队。

进行了简单的开幕式后，十名成员分别入座。

虽然这一场比赛只是小组赛，但因为凌晨的赛区大战，以及TTC五名成员已经快一星期没有任何私人动态了，今天的比赛在国内观看热度非常高。

比赛还没开始，弹幕就已经开始带各种节奏——

"Soft醒了，但Soft尻了。"

"胡说！这世界上所有人都尻了，Soft也绝对不会尻！"

"没准他已经私下和Rish打了十几场架了。"

"别乱想了，真有什么动静我们也该知道了……虽然很憋屈，但其实不予理睬是LPL电竞战队的常规处理办法啦，毕竟不能让选手在世界赛期间吃处分啊。"

"什么？这都不开喷？Soft 向职业和资本屈服了？"

"本来就被虐泉了，躺平认嘲不好吗？LPL 确实菜啊。"

"前面的，鱼钓到了，家却没了，值吗？"

"我现在就担心这事会影响 TTC 的发挥……这次世界赛可千万不能输，不然丢死人。"

"我也觉得，这动图出来，谁能忍住不破防啊！"

其实水友们担心得没错，TTC 的队员的确受到了影响。

Rish 那一张动图等于直接给他们加上十层暴怒 buff，今天每一条路都打得特别猛——猛到土耳其战队和北美战队都怀疑自己是不是哪里招惹到这支队伍的人了。

比赛过程中，两支战队的选手们不约而同有了以下疑惑——

这野区是我的还是 Road 的？

不是说 TTC 上单是抗压选手吗？他为什么掏出了刀妹和剑姬？

下路这两人在没打野来的情况下三级越塔是真实存在的吗？

TTC 的中单绝对是一个疯子！

简茸在这两局比赛中分别拿出了乐芙兰和佐伊。

今天两场对线，他不是在杀人，就是在去杀人的路上。

和平对线？不存在的。上了线就必须要打，比你先回城就算我输。

简茸猖狂得敌方打野看不过眼来 gank，结果这厮身后必有一个 Road。

两局比赛，每一局对局时间都不超过二十五分钟。TTC 小组赛首日开门红，干脆漂亮地拿下二连胜。

今天比赛的 MVP 自然而然给到杀红眼的简茸。

后台，路柏沉抬手帮他整理了一下衣领，说："去吧。"

简茸"嗯"一声，转身撞上了丁哥。

简茸原以为丁哥会跟以前一样，叮嘱他好好说话——虽然他通常都不会听。

谁想丁哥只是拍拍他的肩,说:"搞快点,大家伙都饿了,赶着回去吃饭。"

因为举办方是 H 国,负责采访的自然也是 H 国的主持人,在他们身边还配备了一名翻译。

主持人先是按惯例问了几个关于今天比赛的问题,简茸简略地回答。

随后,主持人问:"Soft 选手最期待和哪个战队交锋?"

简茸说:"HT。"

主持人笑了一下,笑容中似乎带着些许骄傲与自满。他点头道:"是因为 HT 战队特别强吗?"

简茸嗤笑一声,说:"不是。"

主持人一愣,刚要继续问,简茸却又开了口:"我只是听说 HT 有位选手自己玩得菜,比赛都靠队友带,下了赛场却非常能叫……也就是俗称的狗仗人势……说实话,我没怎么见过这种狗,所以趁着这次机会,想好好跟他见一见。"

翻译是中国人,他抿着嘴唇忍笑,转过头去把这句话翻译给主持人,并好好解释了一下"狗仗人势"是什么意思。

主持人足足呆滞了五秒。

然后他挂着牵强的笑容道:"Soft 真是会开玩笑呢,那目前有什么应对 HT 的战术吗?"

"当然。"简茸笑了笑,说,"都说打狗看主人……我先把他主人端了,看看他还能怎么叫。"

几乎在翻译把话复述完的那一瞬间,场内所有 H 国观众都发出了不满的声音,里面掺杂着特意来给 TTC 加油的华人的叫好声。

幸好今天只是小组赛,来观战的华人不多,否则就这架势,现场没打几场架都说不过去。

简茸的背脊依旧挺得很直，甚至主持人哑口无言的时候还转过头去，朝他挑了一下眉，仿佛在说"没有要问的了？"。

不仅前台观众反应大，后台的休息室也热闹。

HT战队休息室。

Rish听完翻译的复述，张嘴就要骂脏话，可惜他刚说完"阿西"两字，他们上单冷冷的眼神就瞥了过来。对前辈的尊重让他下意识闭了嘴，过了几秒才后知后觉前面有摄像头。

虽然没人明说过，但H国战队大都有他们默认的一套等级制度，新选手在老选手面前如同小弟。

Rish刚从二队升上来不久，只敢在别人面前猖狂，在队里，前辈一旦拉着脸，他都不敢多吭一声。

上单靠在沙发上，扯出笑道："啊，LPL这是不是有点不礼貌了？"

"也分人，"打野想到什么，嗤笑一声，"之前我们队里淘汰的一个新人，不就去LPL一个小队伍了吗？我听说他到了那个队伍之后，全队人都在听他指挥呢，连管理层也是。"

Rish连忙道："是的，哥，LPL就是这样的，能用的选手少，不然怎么每年都有人来我们赛区挖人呢？"

"咔"的一声。

坐在沙发上的Master打开铁罐咖啡，站起身，其余人瞬间噤了声。

"你去哪儿呢？"教练叫住他。

"找人，别跟着。"Master丢下这句，扬长而去。

另一边，TTC战队休息室。

小白的心情随着简茸每一句话不断起伏，嘴里也忍不住念念有词："牛。"

"我去。"

"？"

到最后，他忍不住站起来惊呼："这话是可以说的吗？"

袁谦也被简茸说得震惊了，他愣了两秒，才说："算了……常规操作，他上台之前我就做好心理准备了。"

"我也做好了呀。"小白道，"但这也太狂了吧！我们小组赛还得跟HT打两场BO1呢，这话一放出来，输一场我们都能直接打包住地缝去了！"

Pine平静地说："那就赢到夺冠。"

小白动作一顿，低头看他。

Pine想起自己被虐泉的那张动图，去年离场时的愤怒和无力感又折返回来。

"我没想过输。"他两只手插兜，半坐半躺在沙发上，"他说的话，也是我想说的话。"

小白一愣，似乎想起什么，片刻后又默默地坐回了沙发上。

丁哥在放简茸去采访之前早就做好了最坏的打算，待电视里的采访结束，他摆摆手，说："行了，大家收拾一下东西，准备回去训练。"

袁谦拉开自己的外设包拉链，突然想起什么，说："队长怎么去了这么久的厕所？"

路柏沅从比赛结束之后就没跟他们回休息室。

"哎……"小白道，"谁说我哥去厕所了？"

路柏沅的手机已经快爆了。

简茸刚在全国直播的赛场上扔了一枚炸弹，别人没法到简茸跟前夸，只能找到他这儿来。

私聊倒是少，但选手群全聊嗨了。平时约训练赛才会聊那么几句的群现在全部99+。

路柏沅倚在后台入口旁的墙上，帽檐压得都快看不见脸了。虽然身在H国，但他依旧引人瞩目，每个人路过都要偷偷看他一眼，还有上来找他要签名的。

他刚往上翻了两页消息，身后传来一声漫不经心的叫喊："哥。"用H

国语叫的。

路柏沅回了 XIU 的消息后才悠悠转头。

Master 站在他身后,手里握着咖啡。Master 循着路柏沅的角度往门外看了一眼,正好是采访席的方向。

"我听说你招募了一个很糟糕的中单,居然是真的?"Master 挑眉,"哥,你是真要退役了吗?所以也不在意队伍的胜败了?"

现在哪怕在 LCK,可能都没几个能让 Master 叫"哥"的电竞选手,LPL 就更不用说了,Master 打比赛至今,只主动跟一位 LPL 选手说过话,便是路柏沅。

路柏沅 S 赛夺冠那年,就是踩着 Master 捧杯的。

两人同年踏入世界比赛的赛场,一个冠军,一个八强。

后来 Master 慢慢成长,直到成为 HT 的核心,路柏沅依旧在巅峰期,TTC 仍是一个会让对手连 ban 三个打野的战队。

还有一个极少人知道的秘密——路柏沅是 LPL 唯一收到 H 国赛区战队邀请的职业选手,而邀请他的正是 HT。

那时候外援规则刚出不久,国内电竞环境还差 H 国一大截,路柏沅拿的虽然是赛区高薪,但放到现在来说根本不够看。HT 当时开的价格也比他之前的价格高。

但路柏沅拒绝得非常干脆,所以这事从头至尾都没流传出去过。

路柏沅扫他一眼,H 国语标准流利:"这不是你能管的事。"

Master 喝了口咖啡,说:"但是哥,他真的很糟糕啊,你们战队也收这么不礼貌的人吗?"

"对有些人不用礼貌。"路柏沅挑眉,"比如你和你队里那几个臭小子。"

Master 嗤笑一声,说:"哥,我好歹叫你一声哥,不用这么说吧?去年哥不在泉水里,真的很遗憾。"

路柏沅的表情没什么变化,说:"是吗,可惜我已经不记得四年前你在泉水里的样子了。"

简茸回到后台时，正好看到 Master 咬牙怒瞪路柏沅的一幕。

路柏沅回过头，见简茸沉下脸走过来，脸色看上去比刚才采访时还要难看。

路柏沅扬眉，伸手想拉他，他却直接走到了路柏沅和 Master 中间，瘦小的身板把两人隔开。

Master 看到小辈下意识收起自己的情绪，面无表情地刚想说什么。

简茸抢在他前面开了口，用没人听得懂的 H 国语言骂了句很长的脏话。

隐约听到"西巴"之类的词语，路柏沅："……"

Master："？"

简茸："Balabala……gaojiao（滚开）！"

这一口胡扯似的垃圾话让其他两人都愣住了。

路柏沅最先反应过来，低头笑了两声。

Master 从头到尾只听懂两个词。

还没一个好词。

Master 见路柏沅笑了，很快反应过来，黑着脸道："他说什么？他在骂人？"

后面传来一声"Master"，路柏沅回头瞥了一眼，道："行了，你战队的人在叫你，赶紧滚吧，以后赛场之下不要交流了。"

Master 憋着一身气，又不好在自己战队的小辈面前发出来，瞪了简茸一眼，便转过了身。

待人走后，简茸那一身奓开的毛才慢慢收回来。他回过头，看清路柏沅的表情，拧眉问："你笑什么？"

"没。"路柏沅顿了一下，说，"你刚才说的那几句话，谁教你的？"

"Savior，他说这些都是 H 国骂人的话。"简茸迟疑了一下，说，"我说错了？"

路柏沅压着嘴角，道："没有。"

丁哥打电话来说他们已经提前上了车，催路柏沅他们赶紧去停车场。

回队车的路上，简茸还是没忍住问："你们刚才聊什么了？他骂你了？"

路柏沅把刚才的聊天简单说了一遍。

简茸说："四年前？泉水？"

"当时我年轻，第一次进世界赛，太傲气。"路柏沅一笑，说，"打季后赛的时候，我把他堵在泉水里虐了一会儿。"

怪不得 Master 每次发表针对 LPL 的言论都要 cue 一下路柏沅。

简茸点头道："所以他记恨了 LPL 四年。"

路柏沅失笑道："应该也不全是我的锅，而且赛后丁哥带我们去道了歉。"

回到车上时，车里正好也在说四年前的那场比赛。

小白说："你说虐泉就虐泉吧，输了就站着挨打，随便虐。但比赛结束后，还用这事到处嘲讽是什么意思？还搞动图？谁没赢过……不行，我回去就找出四年前我们虐 Master 的视频，弄成动图放网上去！"

副教练说："啊……不太好吧？搞事的不是 Rish 吗？"

袁谦摇摇头，一副"你太天真"的表情："没 Master 的洗脑和默许，Rish 敢这么猖狂？敢这么给战队惹事？"

"行了。"路柏沅打断他们，"别做自己都看不起的事。"

小白其实也没真想弄，他就是摆弄手机解解气。

"我就知道……现在我的微博首页全是简茸采访的视频。"他感慨，"小组赛采访搞出了总决赛采访的阵势。"

简茸知道自己采访时的两句话又把队伍架起来了。

虽然他已经尽量用自己的立场去表达，但身为 TTC 的队员，他在赛场上的每一个举动，说的每一句话，都和俱乐部、队友脱不开关系。

他一只手撑着脸颊，待丁哥路过他们座位时，他出声把丁哥叫住。

丁哥扶着座位停下，说："怎么了？"

"我接受采访时说的那些话，"简茸停了一秒，"是不是要罚款？"

丁哥眉梢挑起，有些意外："为什么要罚？"

简茸道："我骂 Rish 是狗。"

路柏沅差点儿没忍住笑。

丁哥也愣了一下，半晌才说："说实话，你这话确实是有点羞辱狗了。"

简茸："……"

丁哥正色道："LPL 工作人员刚给我打电话，说官方有个采访团队已经在来 H 国的路上了，要全程跟进我们这次季中赛——这代表 LPL 官方没觉得你的采访发言有毛病。官方都没说什么，我有什么好罚的？哦，对了，富哥倒是给我发了消息，说要给战队加比赛预算，那数额像让我顺手把 H 国赛区买下来，当然也没这么夸张，但显然战队老板对你采访时说的话非常满意。"

"微博上的黑子明显变少了，挂其他 LPL 战队头像的电竞粉也在帮我们喷人，所以在群众眼里，刚才那采访也没毛病，当然，如果输了比赛就不一定了。"丁哥一顿，说，"不过咱们这次来 H 国，不都是抱着必赢的决心来的？"

"那肯定！"袁谦接过话，"哎，我刚又看了几遍采访，真爽！三天两头都是 HT 嘲讽 LPL 的新闻，终于轮到咱们搞他们一次！"

Pine 问："你怎么不多骂几句再下来？"

"那主持人不问了，"简茸声音冷淡，"连我话筒的声音都关了。"

车上当即响起一阵爆笑。

车子在酒店门前停下，丁哥拿起自己的背包，收起笑道："行了,回去训练。托简茸的福，今天其他战队都主动来找我约训练赛，今晚已经排满了……明天就是和 HT 的第一场 BO1，大家加把劲儿，拿下 HT 的一血！"

晚饭是助理送到训练室吃的。

虽然今天刚赢了两局 BO1，但训练室里没什么喜庆的氛围，每个人都专注地盯着自己的游戏界面，就连小白都不偷偷摸鱼吃零食了。

路柏沅练得手腕有些酸。有了之前的经验，他知道这种时候必须休息一会儿。

他挂机游戏大厅，转身看了一眼简茸的游戏界面，左下角的聊天框里正在吵架。

虽然起初只是他们和 HT 战队的纠纷，但中间有些看热闹不嫌事大的不明生物一顿搅和，两个赛区的玩家算是彻底撕破脸了。

小白也在看他游戏里的骂战，敌方阵营有个 H 国玩家说话特别脏，连小白都看不下去，说："你这都不还口？"

简茸道："没什么好还口的，他又看不懂。"

"用英语啊！翻译器！"

"英语表达不出我想说的话。"简茸单杀掉对面中单，按"B"键回城，"而且现在这群人都盯着我呢……我骂一句出去就会被封号。"

小白道:"那就这么忍了啊？这帮家伙……我这几天必不可能打 H 服了。"

简茸没什么表情，哂了一声。

这些人高分段的号都不想要了，就是想把他恶心回国服。

他现在和 Master 就差一百多分，他不可能回去。

再说了，骂人并不是这游戏最搞人心态的方式。

他掏出"杀人戒"装备，气势冲冲地回中路，肩膀忽然被人拍了一下。

"我给你泡杯咖啡？"路柏沅问

简茸脸上的杀气收了两分，说："嗯。"

不知道是不是被 Rish 气得不轻，今天几顿饭简茸都没吃多少。路柏沅知道他要练到半夜，怕他又犯低血糖，打开抽屉，拿出一颗棒棒糖拆了递到他嘴边。

简茸顿了一下，别过头咬住糖，囫囵塞进嘴里。

路柏沅到隔壁茶水间泡咖啡，身后传来一声叹气。

"他们这状态是不是太紧绷了？"丁哥小声道，"我今天说的那些会不会给他们太大压力？"

路柏沅头也没回，道："没压力还打什么比赛。"

丁哥一顿，扯出笑来："也是。只是这次季中赛，我们的任务那可太重大了。"

"哪次世界赛任务不重大？"

路柏沅拿起咖啡，兜里响起铃声，他拿出手机看了眼来电显示，转身往外走，抬眼瞥见丁哥一脸严肃地在敲手机。

除了队员之外，压力最大的就是丁哥。是他放简茸上的台，虽说那几句话说得特别爽，但后面真有什么，那队里的骂声肯定他来担。而且现在还没和 HT 对上，他就已经因为当初没拦下简茸感到愧疚了。

简茸还年轻，这次比赛如果输了，那几句垃圾话肯定会成为梗，伴随他直到退役。

不过这些情绪他肯定不会暴露在年轻队员面前，饶是在路柏沅这儿，他也努力在绷着。

所以经过他身边时，路柏沅抬起手拍了拍他的肩膀，语气轻松却异常坚定："我们会赢。"

说完，不等丁哥有什么反应，他接起手机喊了一声"妈"，便往茶水间外走去。

训练室里，小白又结束一局双排。他伸了下懒腰，然后转头看向简茸的屏幕，皱起眉头。

"你们不是大优势吗？"小白看他的战绩表，"你二十一个人头还不推家？你的队友怎么还发起投降？"

"没杀够。"

话音刚落，简茸干脆利落地把之前那个开地图炮的人碾死在高地上。

简茸的队友都是 H 国人，他们想推敌方基地，但简茸不来他们就打不过对面。正好对面有三个中国人，不肯点投降，誓死捍卫基地，于是对面那傻瓜就只能待在游戏里挨打。

小白头一回见这样的，心想我以前死里逃生了多少回啊，道："那人一直在喷呢，你怎么不屏蔽他？"

"为什么屏蔽？"简茸动动嘴，把嘴里的糖挪到另一侧，"我就喜欢看他无能狂怒。"

路柏沅带着咖啡回来时，简茸正专心地杀那个人第十六次。

简茸满脸杀气，吃糖的模样都像在抽雪茄。

简茸余光瞥见什么东西伸到了右下角，没来得及分神看，就听见路柏沅问："还没打完？"

简茸含糊地"嗯"一声，说："快了，对面说这傻瓜下线了。"

路柏沅点点头，把伸到简茸身边的手机收回来，对着屏幕道："你看见了？他挺好……这几天训练忙，没什么时间。"

简茸终于杀够了，去拆敌人基地，说："什么？"

"没有，"路柏沅说，"我在和我妈说话。"

简茸退出战绩页面，再次进入排位队列，说："哦。"

几秒后，简茸"咔"一下咬碎嘴里的糖。

他倏地转身，正好看到路柏沅挂断视频，把手机丢口袋里。

简茸蒙了两秒，说："你挂了？"

"嗯。"路柏沅解释，"我妈看了采访……还看了点评论，就问了你两句。"

简茸说："所以你刚刚把手机伸过来……"

路柏沅说："我说你在忙，她不信，我就让她看一眼。"

简茸："……"

他伸手，抓了一下打 rank 过程中被自己薅得不成人样的头发，表情从震惊转向茫然。

简茸的五官其实还是有些稚嫩，不说话的时候跟那些同龄的高三、大一新生差不多，当然，要比大多数人帅一点儿。

简茸咽下碎糖，说："就这样挂了……不太好吧？"

路柏沅把咖啡放到桌上，小声说："没事，她不在意这些。"

简茸有些愣神，游戏排进对局都没发现，还是路柏沅帮他按的确定。

"别想了。"路柏沅按摩似的捏了一下他的后脖颈，"你专心打，到了H服第一就别玩这号了，我还在等你开小号带我上分。"

一旁偷听已久的小白直接咳出了声。

他脸上的笑都藏不住，忍不住转头揶揄："哥，你混分啊？"

简茸都还没来得及反驳，路柏沅就怡然自得地应了："是啊。"

简茸："……"

袁谦扑哧一声笑出来，笑完后纳闷道："哎，不是，我就搞不懂现在这些人。带自己的朋友上分怎么了？关系好谁不想一块儿玩游戏啊？弱的一方就是混分狗了？我又不是带不动……都什么风气。"

路柏沅重新打开游戏，赞同道："就是，简神带得动我。"

简茸："……"

"朋友双排上分我是无所谓，我就恶心那些找代练的，在自己的分段玩儿不快乐吗？"小白道。

Pine道："说别人之前看看你自己。"

"我怎么了？我就找你。"小白说完，顿了一下，"好吧，以前我是找过一个蓝头发的，那人家现在有更好的朋友了，不肯带我排了呀。"

简茸说："滚。"

五人一块儿练到早晨六点，吃了顿早餐后入睡，再醒来面对的就是和HT的第一场比赛。

从两支战队目前的实力来看，他们这两场小组赛其实输赢都无所谓，不出什么意外的话都能进入淘汰赛。

但是网友不这么想——

"一局都别输！TTC给我冲死HT！"

"为了这场比赛，我在这儿蹲了半小时……上场看欧洲打日本跟爷爷打孙子似的，一点儿乐趣都没有。"

"来了来了，请问这就是今年季中赛的总决赛现场吗？"

"曾经有一个一天直播十三个小时的蓝毛放在我面前，我没有珍惜，直到他加入LPL，一个月播不到十三小时我才追悔莫及，尘世间最痛苦的事莫过于此。如果上天可以给我一个再来一次的机会，我会对他说五个字——输了游回来。"

"这个在线人数？TTC营销队吗？一场小组赛一亿多热度？这直播间全是水军？"

"活人，PUD粉。"

"活人，战虎粉。"

"活人……豆腐粉。"

"……"

"别说了别说了，这次季中赛，我们都是TTC的路人粉、Soft的限定爹粉。"

"别刷了！选手上台了！"

"不知道是不是我昨晚把紧张用光了。"小白坐下来，喝了口咖啡，说，"我现在特别冷静。"

简茸说："打个小组赛，你打算多激动？"

"嗯，托你的福，现在我们在打的是世纪大战，"小白顿了一下，说，"……的第一场。"

简茸："……"

"检查设备，"路柏沉道，"别瞎聊，有人在听。"

后台正戴着监听设备的工作人员："……"

174

小组赛没那么多仪式，大家刚跟身后的裁判表示设备没问题之后，面前的电脑立刻切入 Ban&Pick 界面。

两边的中单英雄池都深，两名教练显然都没有要针对中路的意思，就看哪个战队有首选权，另一个战队就必须把乐芙兰 ban 了。

因为简茸是第一次和 Master 对上，对线情况还不好说，所以依照这几天开会的结果，他们这一局决定把重点放在中上两路。

TTC 这边一选帮袁谦拿了刀妹，而 HT 一楼先是锁了中规中矩的 AD 烬，到二楼时，解说都还没开始分析局势，一个英雄头像便显露出来并立刻被锁定！

场内观众愣了一下，随即爆发欢呼——

"卢锡安？"袁谦一脸震惊，"这……卢锡安走上路还是中路啊？"

路柏沅扫了一眼 Master 的英雄头像，说："中路，他们上路不会这些花里胡哨的东西。"

丁哥说："我看 Master 排位玩过卢锡安，没想到他居然在比赛拿出来。"

第二十九章

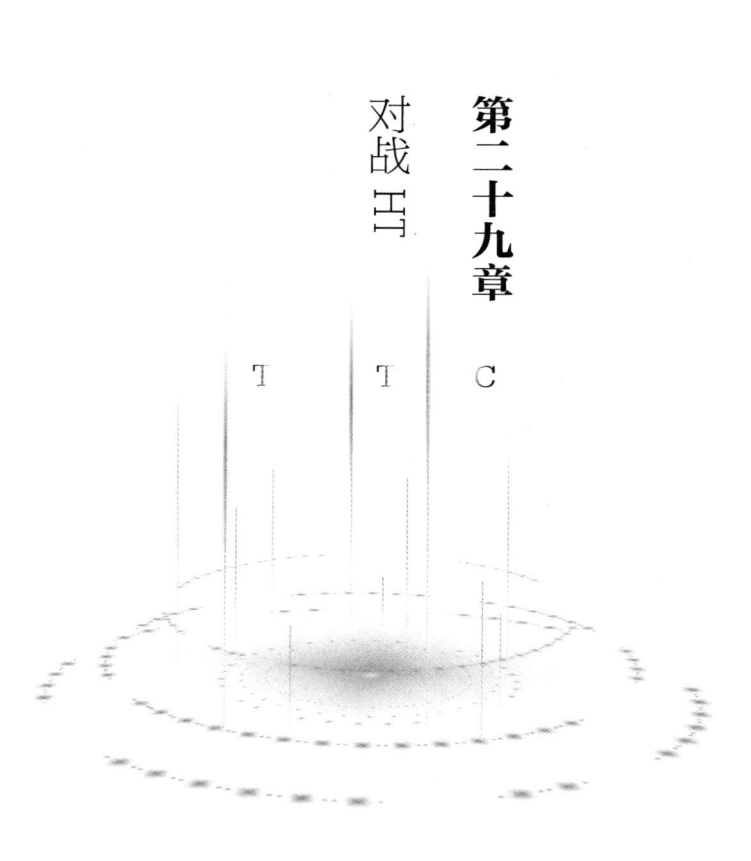

对战TTC

卢锡安原先是 AD 英雄，但因为目前版本各大常用的中单英雄都发育偏慢，线上弱势，这个前期爆发伤害高、有位移且前中期杀坦克如切菜的英雄就被搬到中上路来恶心人了。

LPL 三名解说也被这个卢锡安弄得眉头紧皱。

解说甲顶着身后 H 国观众的掌声和尖叫开口："卢锡安……一个非常棘手的英雄。前期他可以压制大部分中单，这一手拿得确实意想不到。"

解说乙点头："但也不是太难应对，卢锡安过了前中期就没什么用了，TTC 战队只要把节奏往后拖就行，Soft 可以拿团战英雄，譬如沙皇、发条，卡萨丁也不错……"

话音刚落，TTC 的中单英雄亮了出来。

一个戴着面具的忍者，影流之主——劫。

"团战英雄？"解说丙差点拍桌子，模仿着简茸说话的方式回答，"你们是在看不起我 Soft？对面要认怂选个后期，那我可能会考虑跟着拿一个后期。但你掏出一个卢锡安，那不好意思，拔刀吧。"

解说甲从震惊中回过神，说："那……选劫跟卢锡安打对线也不是不可以，但是 Soft 还没有锁定，到底会不会选劫还说不准。"

劫选定。

在场人数不多的华人观众大声欢呼——昨天 HT 那波操作太突然，想来观战的华人买不到票，今天现场依旧没什么 TTC 的应援。

两个中单英雄一出来，这局游戏注定不可能和平。

两支队伍同时上线，在对局的前十分钟里，导播的镜头几乎一直在中路——中路这两个人实在是太能搞事了！

上路在和平发育，他们在打架。

野区在对刷，他们在打架。

下路在互相试探，他们还在打架。

解说甲说："Master位移冲到直接打出一套全伤害！Soft血量很危险——Nice，Soft利用影分身逃走！"

解说乙说："Soft趁Master用技能清兵的CD时间直接冲到Master身上开大了！一套连招全部命中！Master血量消失，能单杀吗？——唉，Master闪现躲掉最后一个技能，差一点儿！"

解说丙说："双方都看彼此很不爽啊，兵线都不吃又开始消耗了吗？——不！他们要打！他们全忍不住了…………又差一点点！两边都有点急了！"

直到这两个人来回试探几百回合之后，解说们骤然醒悟。

解说甲说："这两人对线打的架，加在一起都快比昨天一整天比赛里中单对线碰撞多了吧？"

解说乙说："但要说损失……两方都没有，没有单杀，兵线……也都没漏多少？"

解说丙说："他们是在打架？他们是在击打我的心脏。"

发弹幕的人也在疑惑——

"你俩当这是击剑？打个要害就退了？耍人玩呢？"

"一顿操作猛如虎，抬头一看0/0/0。"

"等等，我们是在期待Soft单杀Master？这两年的比赛有哪个中单能单杀Master？"

"别说谁单杀Master了，我统计过，这两年跟Master对线过的中单，在比赛排位中都被Master单杀过。"

"巧了，Soft也是，请问哪个LPL中单没被Soft单杀过？"

"冷知识，Soft这是第一年打比赛……"

"LPL中单难道要站起来了？"

"以前我就觉得Soft对线很强，这场比赛让我体会得更透彻了，真的，打得真精彩。"

"我想看他们对线一万年。"

对线一万年是不可能的。

当两名中单战况胶着的时候，其他路已经战报连连——

路柏沅的男枪三级抓上，露个脸就把HT上单的闪现逼出来了。七级，袁谦用刀妹打出一波自己都不相信能打出来的操作，直接把HT上单摁在地上，完成了非常极限的对位单杀！

之后，路柏沅入侵敌方野区，把对面打野赶回家之后直接往下路赶，绕后包掉了HT的下路二人组，打了一波一换二，为下路奠定了基础。

当Master面无表情地掏出装备打算跟简茸继续拼命的时候，队伍里传来了队友的声音。

"哥。"打野小声道，"小龙不拿了吧？"

Master这才发现，Pine操作的小炮领先他们AD二十刀，身上还有两个人头。

下路的劣势让他们在这波小龙团根本不占主动权。

Master从情绪中抽身，切换视角看了看自己的队友——上路被刀妹压制，打野在拼命维护自己的野区，下路更是连吃兵都困难。

他皱眉，恍然明白他们已经处于下风。

另一头，袁谦喜气洋洋道："哈哈哈，没了Master的比赛也太轻松了吧！"

在之前的Ban&Pick环节。

简茸在看到卢锡安头像出来的那一刻，他心里的想法确实和解说丙当时说的一样——在他面前掏出这种对线英雄，那确实就是在看不起他。

这如果是他的第一场职业比赛，那他已经秒选了。但他昨天才给战队带了一波节奏，心里难得存着几分良心。

他刚想问丁哥自己拿什么英雄，路柏沅先开了口。

"你想玩劫吗？"

全队人都愣了一下，只有丁哥挑了一下眉，立刻明白了什么。

简茸道："劫？"

路柏沅道："或者潘森、飞机、男刀……"

简茸打断他："劫。"

路柏沅语气平静，是以队长的身份在问他："你拿了劫能不能拽住 Master？不要求你单杀他，打得他没时间顾其他路就行。"

简茸直接锁了劫，然后问："你看不起我？"

路柏沅笑了一声，换上点燃，说："没，我不想给你压力……使劲找他打架，拖着他，我们赢了。"

去年那场 BO5 实在给了 HT 太多自信。

他们忘了，HT 这支队伍是从 Master 成长之后才逐渐起来的。后来 HT 换了下路，这下路双人组根本没什么比赛经验，也不是简茸这样的游戏天才，队里的打野更是被路柏沅甩了十条街。

换作其他队伍，HT 其他路可能还能打出优势，但遇到 TTC 这样的老牌战队和路柏沅这样擅长给队友创造机会的打野——HT 的胜利必须依靠 Master 的支援和团战统治力。

没想到一向沉稳的 Master 自己先破了防，掏出一个中后期爹不疼娘不爱的卢锡安。

路柏沅在草丛蹲到敌方打野，直接一套爆发伤害眼也不眨地带走，他道："下路，我过来放先锋，推完下一塔去拿小龙。这局稳了，早点结束早点吃饭。"

小白说："好嘞！"

第十六分钟，第一波团战被小白的锤石一个闪现钩子打响！袁谦立刻闪现开大留下敌方下路二人组，Pine 的小炮直接冲到人群里大胆输出！HT 辅助好不容易把 Pine 控住，一个更可怕的输出——男枪一个跳跃冲下来，直接开始清洗战场。

而 HT 需要的英雄及救兵 Master，正被简茸堵在路上。

说来也奇怪，直到团战打完，这两个脆皮居然还在中路互相试探，全部残血但没死。

第二十五分钟，Master 创造机会在野区单杀了迷路的 Pine，简茸也不甘示弱，把 Rish 按在地上捶。

两边 AD 至此独身不过河界，就差在自己名字上写"你们的战争别拖上我"。

第二十七分钟，TTC 成功逮住来插眼的辅助，击杀之后直接开大龙。

HT 打野当即想抢，在龙坑上徘徊许久后，冲下龙坑被路柏沅拿到人头。

至此，优势拉大。TTC 众人不慌不忙，回家补给后拿下小龙的龙魂，五人齐心朝 HT 的高地进发。

……

直到第三十二分钟，HT 的基地爆炸，现场的 H 国解说员和观众们都还处于一脸蒙状态中。

简茸摘下耳机，舞台离解说席这么远，他都能听见 LPL 解说员的激情呐喊。

这场比赛的 MVP 给到了路柏沅。

昨天的赛方在采访环节疯狂搞事，今天的赛方唯唯诺诺，连几个必问的问题都不想问。

主持人牵强地笑着说："今天的对决感觉怎么样呢？"

路柏沅："很轻松。"

主持人："……"

主持人抿了下唇，说："今天的战术是之前就安排好的吗？针对 Master 的战术？用劫牵制他？"

"当然有研究战术，"路柏沅顿了一下，说，"拿劫……牵制是一方面，另一方面是觉得我们中单可以打出优势。"

"可是并没有打出优势啊，两边势均力敌……"主持人话一顿。

路柏沅散漫一笑："是吧。"

说到这儿，国内直播弹幕已经开始欢声笑语了。

是的，我们赛区入行不到半年的中单新人 Soft，确实和你们赛区培养了六七年、被称为世界第一中单的 Master 势均力敌。

简茸回到后台，在去停车场的途中拽了一下路柏沅的衣服。

简茸小声问："你刚才采访说什么了？"

"我……"路柏沅一顿，说，"休息室没翻译？"

"丁哥不让翻译告诉我。"提到这个，简茸的脸登时就臭了，"他说怕我膨胀。"

路柏沅说："他想多了。"

简茸刚想说"就是"，路柏沅接着道："你还能更膨胀？"

简茸说："……滚。"

路柏沅好笑地问："你叫我滚？不带我上分了？"

车子到酒店停下，大巴车上靠得很近、戴同一个耳机的两个男生仓促下车。

今天赢了比赛，想采访他们的记者很多。丁哥担心影响队员的比赛情绪，一个没答应，不过有些按捺不住的记者来门口拍照了。

五人沉默地下车，肩抵肩回酒店，连房间都没回，直奔三楼会议室复盘。

副经理给他们订了外卖，是披萨，拿起就能吃，复盘时能直接用餐不耽误事儿。

丁哥在会议桌前连续说了一个多小时，终于快到尾声："明天的比赛他们肯定围绕 Master 打，简茸对线的时候小心野辅 gank。"

简茸说："嗯。"

小白有气无力地哀叹："我们不是今天刚跟HT打完吗？怎么明天又是他们？"

"打完明天，就是淘汰赛……或者总决赛才能碰上了，"丁哥用力地拍了拍小白弯下的脊梁，"今天闪现钩人不挺牛的吗？怎么现在萎了？"

"没萎。"小白说，"我就是有点累。"

他们这几天的训练量实在超标。

丁哥理解地点头："你们再坚持几天，其他战队想这么累都没机会……都吃完了没？吃完走了，回去训练。"

小白之前一直觉得什么"电竞最佳年龄"很不靠谱——他哥都二十好几的人了，不照样还是赛区大魔王吗？

但此时此刻，他累得躺在电竞椅上等复活，转头看见正把键盘敲得噼里啪啦响，背脊挺直，满脸精神的简茸……

小白服老了。

这就是年轻人的精气神吗？

又赢下一局，简茸看了一眼排行榜，他和Master的分差还是一百多分。

Master最近也在打排位，但不知道是不是机制作祟，两人还是没有排进同一局游戏。

分越高，排队时间越长。简茸在队列中等了五分钟都没动静，靠在椅子上拿出了手机。

他还是很好奇路柏沅在采访时说了什么。

路柏沅的采访视频在首页就有，都不用去搜。简茸谨慎地从兜里拿出手机的耳机插上，才打开视频。

下面有粉丝临时赶制出来的粗糙字幕。

他们的队服以舒适为主，虽然设计的图案和选择的颜色都很酷，但它仍是一件简单的T恤，休闲宽大，简茸一直觉得这衣服跟小学生校服没什么区别。

但路柏沅身形高挑，穿什么都好看。他一只手背在身后，另一只手拿着麦克风，安静地等主持人发问。

主持人西装革履，满头发胶，站在路柏沅身边却仿佛矮了一个头。

路柏沅和主持人的交流甚至用不着翻译，这也是简茸听不懂的原因。

简茸低着头，沉默地看完这个视频。

视频结束之后，简茸还有些愣怔。片刻后，他抬起手把视频往回拖了几十秒——这个举动，他一共反复了十来次。

小组赛第三天，TTC 再次对上 HT。

在这之前，TTC 的战绩是全胜，HT 只负了一场，两个战队暂时位列第一、第二。

主持人简单地介绍流程后，双方队伍上台检查设备，裁判确认完毕，游戏进入 Ban&Pick 界面。

这一场比赛，Master 明显吃到了教训，一上来就拿出了他的常用英雄佐伊，简茸和丁哥商量几句以后，拿了对线强势的辛德拉。

下台之前，丁哥再三叮嘱："你打不过就发育，中后期找机会做事。前期对线劣势也不用慌，咱们阵容不差，加油！"

阵容选定后，双方教练握手下台。

半分钟后，游戏正式开始。

HT 这次非常针对路柏沅的野区，开局下路二人组就帮自家打野硬抢了路柏沅的 buff，打野的目标也很明确——把 Master 养起来，让他的强势期来得更加早一点儿。

Master 发育良好，趁简茸回家的空当，去上路支援并成功拿下袁谦的人头。

虽然开局就被抢 buff，但路柏沅从来都是一个会把自己从劣势拽出来的人。第六分钟，他从 HT 打野手下抢下了小龙，并把对方下半野区吃了个干净。

第二十分钟，双方经济基本持平，赛况焦灼。

就在第三条小龙刷新之时，战局终于被简茸划破了一道口子——

简茸预判了 Rish 的位置，在视野盲区直接一套伤害把 Rish 秒死！

"漂亮。"路柏沅说完，操控着皇子一个闪现 EQ 击飞敌方野辅，并把两人牢牢框在大招中。

"我来了！我来了！打！我闪现跟控！"小白激动地大吼，"P 宝直接冲！"

Pine 没有一丝犹豫，立刻冲上去想收割，袁谦也找好站位准备为 Pine 抵挡敌人的伤害——

就在这一刻，屏幕灰了。

在场十位选手的屏幕全部灰了。

上面只有一个蓝色进度条和五个大字——游戏暂停了。

简茸疑惑地拧眉，刚要开口，耳机里传来裁判的声音："不要交流！游戏暂停期间队员禁止交流！"

裁判道："我询问了一下，是 Rish 选手的设备出了问题，请大家耐心等候，应该马上就能重新进入比赛。"

于是简茸就只能干坐在座位上等。

五分钟。

十分钟。

二十分钟——

镜头内，简茸的脸色越来越臭，前额的头发已经被他抓乱。

LPL 几位解说也满脸不解，相互尬聊，弹幕里更是全屏问号——

"什么毛病暂停这么长时间？"

"都快半小时了，选手的手感都要跑没了！"

"在打关键团战的时候，也能暂停的吗？"

"我刚站起来喊了几声 nice，就熄火了？"

"我都等得没耐心了，更别说选手。"

"我看 Soft 都要提键盘砍人了。"

"啧，怎么说呢，我有种不好的预感。"

弹幕不停地刷新，二十三分钟后，比赛终于重新开始，屏幕上正在倒计时。

可当选手们回到游戏，观众们更蒙了——

游戏画面中没有激烈的团战，Road 还没用大招框中两人，Rish 也还在活蹦乱跳。

直播中，解说甲声音低沉，带着几分不甘和恼怒，强颜欢笑地开口："我们接到赛方的通知，因为 Rish 选手的游戏出现了一些 bug，赛方决定使用'时空断裂'（比赛暂停，时间倒退）将比赛回溯至该 bug 出现的前八秒。"

"所以刚才那波单杀和开团被宣布无效，让我们继续期待这场比赛接下来的发展。"

全场哗然。

弹幕爆炸。

游戏恢复的那一瞬间，小白终于没忍住，在语音里怒吼一句脏话。

他们顶着压力打了这么久，好不容易抓到一个机会，直接被这个暂停搞没了。

"什么 bug？这不该跟我们说明情况？一个字都不解释是什么意思？"袁谦也怒了，道，"说暂停就暂停，说开始就开始？这比赛规矩是 H 国人定的？"

"不是 H 国人定的。"Pine 冷冷道，"但他们是这次的主办方。"

简茸看到 Rish 提前开溜，脸色沉如锅底，咬牙切齿地盯着 Rish 的背影。

"别乱。"路柏沅嗓音沉稳，里头同样包含着情绪，"做一下小龙视野，Rish 应该不会再单走了，谦哥有传送就去带上路，团战你看形势再决定要不要传过来。稳住，还有机会，保持手感。"

大家这几天都是在电脑前熬过来的，怎么可能因为暂停的这二十三分钟就失去手感。

对于 TTC 队员们来说，打击他们最深的还是即将到手的大优势，甚至可以说是即将到手的胜利。

带着不甘、不服、愤怒等各种负面情绪，自然打不好比赛。

比赛第四十一分钟，HT 五人吃力地推掉 TTC 的基地，拿下了这场小组赛的胜利。

现场观众大都在尖叫欢呼，丝毫不在意自己赛区的队伍是靠什么赢的。

而国内的直播间早已炸锅。

每天不厌其烦在互相抬杠的电竞粉们在这一刻前所未有的团结。

从暂停开始，直播间就没几条能看的弹幕——骂赛方、骂 HT、骂 H 国……什么都有，直到比赛结束都还在密密麻麻地刷着。

就在这些眼花缭乱的弹幕中，比赛镜头给到了他们自家赛区的战队。

赛方也不知道是不是故意的，给了简茸一个大特写。

屏幕中，一向张狂的男生面无表情地坐着，他的手还搭在键盘上，久久未动。

如果仔细看，会发现男生的眼眶有些泛红，眼里水雾似乎只存在了一秒，又被他自己咬着牙硬生生地憋了回去。

这一个镜头，直接击破了 LPL 电竞粉们所有防御。

比赛结束后，直播间在线人数不减反增已经是 TTC 战队比赛直播的常规操作了。

不过这次和以往不一样，以往大家都是为了看 TTC 的赛后采访，而这一回——

"重赛原因在哪儿？bug 是什么？不给个说法？回放剪辑看了十遍没发现 Rish 有任何可以触发时间回溯的理由！"

"我气疯了！Soft 以前说职业选手被五个战队粉丝逮着喷、说 Kan 打假赛直播间被爆破、比赛输给 PUD 被一群人上人阴阳怪气骂菜上热搜都没有哭过！气死我了！"

"就是！他被骂矮人国国王都没哭过！"

"TTC全员消极，小白看起来也快哭了，好心疼。"

"输了就哭？"

"你傻吗？这是因为输比赛哭的？这是被恶心哭的！"

"Road脸色也不好，上一次看他这副表情还是在去年半决赛的后台。"

"不行了，我去外网刀几个HT粉丝助助兴。"

"脑残HT，赢了比赛没了家，值吗？"

……

简茸也没想到自己会气红眼。

如果他是一个气球，现在估计在半空爆炸了，炸裂开的橡胶都能弹出大气层。

这是简茸第一次遇到这种情况。刚才袁谦在语音里给他简单解释过，这功能在近几年其实很常见，上一次触发是北美和欧洲的比赛，原因是北美战队的辅助大招放不出来，这种大bug是肯定得用时光回溯的。

但从比赛暂停直至结束，赛方没有给予他们台上这五个选手任何关于时光回溯的解释，只有一句简单的"出了bug"。

出了什么bug？能出什么bug？

Rish技能按不出来？没这说法，因为他不到两秒就把Rish秒死了，他甚至计算过，那个时间Rish的闪现还在冷却，而他自己的闪现还捏在手上，换而言之，不论Rish当时使用了什么英雄技能，这家伙都得死。

简茸不是输不起，是不服。

眼见就能二连杀HT，能把Rish那家伙赢得一个屁都嘣不出来……

太憋屈了，太难受了。

但他不可能在HT面前哭，不可能在现场这群HT粉丝面前哭，更不可能在赛场上哭。

所以他硬生生把那一点儿生理性眼泪憋回去，憋得眼睛都疼。

路柏沅察觉到了他的情绪。

有情绪很正常，不论简茸独自野蛮生长了多久，他现在也还只是一个十八岁刚接触赛场的新人选手。

赛场和直播不一样，就算所有人都认为这场对局不公平，他们也不能在赛场上直接翻脸骂人，连游戏结束后点举报都做不到。

路柏沅刚想出声提醒他去握手，他却倏地站起来。

刚才镜头里红了眼的男生已经恢复如常，只是眼皮依旧往下绷着。

简茸感觉到路柏沅的视线，说："我没事，去握手。"

这个镜头正好被赛方故意给的特写捕捉到。

正在激情共喷HT的粉丝们纷纷一顿——

"这个导播的镜头真……漂亮！"

"我气得连夜订了去H国的机票，我不在现场，什么猪狗都敢欺负Soft！"

"这不巧了吗，我也刚买机票。"

"本来我还觉得Master有那么一点儿强者的高傲在，现在啥也不是。"

大家走完流程下台，还没走进休息室就听见了争辩声。

丁哥和赛方的人已经争了快一小时了。

"行——行！就算我承认你这个什么狗屁视野缺失bug，但我们队员在的草丛里没有插眼！Rish根本不可能看到我们队员在里面！他照样得死！这种bug影响团战结果吗？它根本够不到触发时光回溯的条件！什么狗屁裁判！"丁哥一只手叉腰，气得脸都红了，对旁边的翻译说，"你把我的话全部翻译给他们！我要求重赛！"

丁哥看到队员们回来，气势汹汹地挥手："辛苦了，你们打得很好，拿着你们的外设包上车休息，我骂完他们就来！"

路柏沅扫了赛方负责人一眼。

他这一眼看得负责人有些心虚，抿了一下唇，甚至做好了接受他问责的准备。

但路柏沉什么也没对他说，只是收回视线对丁哥道："他们不会重赛。"

"我知道，"丁哥仗着面前这厮听不懂中国话，道，"我也没想着能把他们说服重赛，我就是想骂人……算了，走吧，一群傻瓜，我不跟他们浪费时间。"

今天这场比赛着实在圈里引起了一场大地震。

几乎是在比赛结束的一瞬间，舆论在全世界的电竞圈开始爆发。

先是HT的粉丝在外网阴阳怪气——说简茸只会放大话，实则奇菜无比；说Road实力大减，巅峰不再；再说TTC粉丝输不起，输了比赛就喷。

但这次显然没有之前那么多路人帮他们说话了，甚至许多人发博询问官方什么时候出关于这次时光回溯的公告。

比赛结束后的一小时，LPL选手纷纷发博——

PUD·XIU：太脏了，真的太脏了。虽然只是一场小组赛，但我认为H国赛方需要给出一个解释。

PUD·Savior：不应该是这样的。

PUD·98k：等公告。

MFG·Jm：真的气死我了！

战虎大牛：输不起的到底是谁？也是老队伍了，怎么越混越难看呢？

YY-豆腐：什么垃圾HT！什么垃圾Rish！我排位的时候就觉得这家伙菜到抠脚，辅助他能把我气出宇宙，没想到在比赛上还敢搞这些小动作，脑袋跟西瓜一样大，里面装的全是水？

这些言论被人搬到外网，很快，HT粉丝就把"TTC输不起"改口成了"LPL输不起"。

可当他们阴阳怪气到最高潮时，其他赛区竟然也冒了头。

先是北美排名第一的HOH战队的中单发了一张他们和TTC打训练赛时

的房间截图，配文"每一场游戏都很尽兴"。

欧洲赛区的 M7 战队打野则是发了一条"谁掉进了时空裂缝之中？"的博文。

而曾经在训练室外的走廊遇见多次的日本战队的小辅助则是发文说："真是残忍！以这样的方式输了比赛，但 TTC 对我来说一直都是很强大的存在呢（笑），虽说发这条博文好像很任性，但无论如何还是想把自己的心情表达出去！"

甚至 H 国春季赛的亚军战队 LLC 也发了"失望"和"哭泣"的表情包。

职业选手们的发声，让更多人关注起这一场比赛。

训练室里，袁谦心满意足地关掉手机，抬头 ban 英雄："HT 官博下面的评论都不能看了，真是报应。"

"我到现在都没想通，"小白皱眉，"一场小组赛而已，输赢影响都不大，HT 有必要这么恶心人吗？恶心得我今天的晚饭都吃不下。"

"有必要。"丁哥从手机中抬眼，"有人给我透露了个消息，有个 H 国挺大的代言在谈 HT，听说本来都要谈合同了，上场小组赛 HT 输给咱们，让 H 国的粉丝感到不满，那个公司就开始犹豫了，我估计……他们这次比赛之前就定了目标，只准赢不能输。"

Pine 说："现在闹成这样，他们还能拿代言？"

"不能，那个公司已经去接触 H 国春季赛的亚军了。"丁哥顿了一下，说，"除非 HT 这次季中赛能夺冠。"

简茸拆掉敌方基地，冷冷打断丁哥："他们能夺冠，我生吃豆腐。"

其余人："……"

小白脑子里居然有画面了，他皱起脸道："倒也不必。"

路柏沉活动了一下手指，说："赛方公告什么时候出？"

丁哥摇头，说："还不知道，应该就这两天，这事儿影响大，他们估计也得想想措辞。"

简茸停留在游戏房间界面，觉得怎么练都不得劲。

对线的人都太弱了，根本不够打，对完线还要给拉跨的队友收拾残局。

他想了想，拿起桌上的手机。

今晚简茸收到了很多条安慰的消息，他都言简意赅地回个"谢谢"，就结束了对话。

此刻，简茸笨拙地翻找出从来没用过的群发功能，打出一行字，然后在收信人那里勾选出好友列表中所有LPL中单选手。

后半夜，路柏沅收到了一条消息——

XIU：你们中单也太狂了吧。

路柏沅回头匆匆扫了一眼简茸，简茸正襟危坐，一如既往地认真跟人对线。

R：什么意思？

XIU：？

XIU：你不知道？

XIU：你家中单今晚约了LPL其他十五支队伍中单solo。

XIU：你就说离不离谱？

路柏沅失笑。

是离谱，也确实是简茸做得出来的事。

R：然后呢，几个人同意了？

XIU：一开始是都同意了，现在LPL哪个队伍会拒绝你们啊。

XIU：五个多小时后，其余十四个队伍的中单都退了。

R：剩下那个是？

XIU：我们中单。

XIU：他们solo一小时了，Savior在你家中单的直播里学会了几句脏话，从刚才自言自语骂到现在就没断过。

R：谁赢得多？

XIU：我觉得输赢不重要，主要是他们两人在切磋中的成长，再说了Soft和Savior也不是一个类型的中单，这没法分高下的，你说是吧？

路柏沅嗤笑一声，放下手机，继续开始下一局游戏。

简茸跟Savior一直solo到深夜三点半。

最后是Savior电脑被不知名队友抢，对方还发来一句：我们明天还有训练赛，你折磨别人去吧。顺带一提，你们队长中单玩得也挺好，不然你找他solo去。

就路柏沅那双手，平时多练一小时简茸都心疼得要命，自然不可能让路柏沅陪他solo。

他跟Savior道了别，退出来自己创房间打算单排。

"先等会儿。"路柏沅一只手覆上他的手背，操控着鼠标取消排队。

路柏沅松开他，站直身体道："抬手。"

简茸乖乖抬手，一脸疑惑，仰起头问："做什么？"

路柏沅撕开膏药，贴在了简茸手腕上。

简茸立即道："我不疼。"

"明天会酸，贴着。"路柏沅的掌心覆在上面，把膏药摁牢，"你为什么突然找人打solo？"

简茸仰头看着路柏沅，沉默两秒后说："我想赢。"不止想赢比赛，更想赢Master。

比赛结束到现在，简茸难得反思了一下自己——如果他对线的时候就把Master打爆，那后面那波团战回溯多少次都没用。

对线的时候，他好几次都能单杀Master。

如果每次都只差一点点，那只能说明他还不够强。

简茸仍看着路柏沅，说："你刚打职业的时候就能把他堵在泉水里虐……"

路柏沅莞尔一笑，说："我一直没跟你说，丁哥觉得虐泉不尊重对手，所以队内这两年有规矩，虐泉要罚款。"

简茸说："我有钱。"

"行，"路柏沆失笑，扫了一眼他的游戏房间，说，"我陪你 solo 一会儿？"

简茸果断拒绝："不用。"

路柏沆道："我今晚没练多久，一直在看录像，训练时长还没超。"

"不是。"简茸收回脑袋，盯着游戏屏幕点开始，"跟你 solo……我打不了。"

小白说："我看你比赛的时候给我哥加速套盾挺顺手的啊。"

简茸："……"

"可不是我故意偷听啊。"小白立马澄清，摘掉一边耳机佯装要递给简茸，"正好切歌，不信你听。"

简茸深吸一口气，说："滚。"

路柏沆忍着笑，揉了揉简茸的头发，转身要回机位继续训练。

小白装腔作势："哥，人家也打了一晚上，手腕也有点疼。"

路柏沆丢了一张膏药在他桌上。

小白说："哥，我不方便，你要不顺便帮我贴膏药。"

简茸问："你哪里不方便？手断了？断臂少年身残志坚打电竞？"

小白说："对不起。"

赛方的公告是在小组赛的最后一天发出的。

赛方给出的理由和当时在后台告知丁哥的理由一致，说是 Rish 地图视野缺失，裁判认为这个 bug 严重影响了接下来几秒的比赛走向，在征得双方战队同意之后，赛方使用时空断裂将游戏恢复至二十一分十八秒。

除一纸公告外，再无任何解释。

这个公告显然有些苍白，发出来不仅没有平息众怒，反而愈演愈烈。Rish 那条虐泉的动图原本还死撑着不愿删，出了这事后被骂得狗血淋头，Rish 直接连小号都注销了。

但注销了没用——

去年TTC出了意外，导致两名首发队员下场，你趁人病要人命，过去半年里在采访、纪录片、社交软件明里暗里开赛区炮，现在轮到你们自己战队用这种垃圾手段赢下比赛，那就是新账旧账一起算。

你小号没了，那就找大号，找战队官博，总之别想好过。

舆论压力太大，不过一夜，国内直播平台、电竞设备代言纷纷表示将与HT解约，国内为数不多的HT粉也跑了大半。

HT内部已经偷偷炸了锅，另一方当事人反倒风平浪静，该训练训练，该比赛比赛，没有多给赛方或者HT哪怕一个眼神。

因为暴怒buff加得太满，最后两场小组赛被TTC轻松拿下，两场BO1比赛时长均不超过三十二分钟。

至此，小组赛赛程全部结束，积分排名前四的队伍将直接进入四进二半决赛。

打完小组赛，丁哥直接以"赛前并未提前说明"为由拒绝了H国赛方私下单人采访的请求，并带着队员们径直离开。对这种没有底线的主办方，没有丝毫商量的余地。

大家回到酒店时天色已暗，酒店的自助餐厅就只有他们在。

丁哥喝了一口橙汁，道："我们自己赛区的采访都得排队，凭什么他们一开口咱们就得去？这种私人采访就是给他们官博带流量的，上不了全国直播，谁同意谁傻。再说了，这赛方不是HT亲爹？找他们儿子采访去。"

袁谦点头道："HT这次是真的得不偿失。"

"在征得双方战队同意之后，赛方使用时空断裂……"小白正在看赛方公告，看到一半，他皱着眉问丁哥，"哥，你同意了吗？"

"我怎么可能同意！我只同意了暂停，后面的时空断裂就是来给我下个通知！"丁哥摆摆手说，"算了，别提了，倒胃口。"

Pine慢条斯理地切开牛排，看着手机上的比赛直播："HT今天状态很差，跟 HOH 打了四十七分钟还没结束，而且是劣势。"

小白抬头道："我们打 HOH 的时候用了多久？"

袁谦道："三十分钟出头吧。"

路柏沅把刚剥好的蟹腿放到简茸碗里，扫了一眼 Pine 的手机界面，说："这个时间段没劣势，都是一波团战的事。"

简茸把蟹腿吃干净，想起什么似的抬眼问："如果 HT 赢了，那我们积分一样，是不是还要打加赛？"

"今年不用。"丁哥放下筷子，说，"今年排名前二或者并列第一的队伍不会在半决赛碰面，由第三、第四名的队伍抽签决定各自的对手。"

袁谦一愣，道："就算 HT 这场比赛输了，他们也是积分第二，意思……我们半决赛只能对上第三第四名？"

丁哥点头道："对。按目前的积分排名来看，应该是 R 国和 Z 国。"

简茸小声道："便宜他们了。"

路柏沅说："什么？"

"让他们有机会打总决赛，"简茸冷冷地重复，"便宜他们了。"

路柏沅说："说不准。万一他们输给了 R 国或 Z 国，折在半决赛……"

这个可能性直接让简茸黑了脸。

路柏沅忍笑道："那我就去帮你约他们 5V5？"

简茸转头看他，有些疑惑："怎么约？"

路柏沅莞尔一笑，说："你想怎么约？如果想闹大一点儿，就在推特直接 @ 他们官博？说不来是孙子？"

简茸："……"

其余人扑哧笑出声。

只有丁哥笑不动，说："你是想搞 HT 还是想搞我？行了，别管其他队伍，我们先把自己的半决赛打好，明天抽签后天比赛，这几天辛苦点别松懈，打完季中赛我给你们放长假。"

赛程紧凑的好处就是，选手和观众都能够一直沉浸在比赛的状态中。

小组赛刚结束没两天，半决赛紧接而来。经过抽签，TTC半决赛的对手是R国的KWY战队，而HT将迎战的是Z国赛区的M7战队。

半决赛首日是TTC VS KWY的比赛。

赛方在做最后的设备检查，两个队伍一块儿站在后台入口处等待上台。

简茸嚼着口香糖，两只手插兜，在听路柏沆和丁哥低声聊一会儿Ban&Pick的事。

小白突然凑上来，小声道："哎，隔壁战队是不是一直在看咱们？"

简茸皱了下眉，转头看过去。

R国战队的队服色系是樱花粉。

五个穿粉色队服的男生正在用看偶像的眼神看着他们这一边，尤其是他们队伍的辅助，直勾勾盯着简茸。他染着灰白色头发，眼睛特别大，对上简茸的眼神先是下意识躲闪，几秒后又转过头来，紧张又羞涩地跟简茸招了招手。

简茸："……"

两秒后，他举起手，很僵硬地挥了挥。

"KWY战队的人好像都挺矮的？"小白朝左右看了看，"他们居然没一个比你高。"

简茸说："你跟我去隔壁休息室。"

小白说："不好吧，我们马上上台了。"

简茸说："揍你用不了多久。"

小白："……"

赛方通知队员上场，R国战队的辅助在经过他们身边时，鼓起勇气对简茸说了几句话。

小白说："他说的啥？"

简茸摇头道："我听不懂。"

主持人介绍完 KWY 战队之后轮到他们上场，简茸和路柏沅并肩走在末端。

"哥哥比赛请加油，我会关注你在比赛中每一个精彩操作的，今天就请多多指教……"路柏沅的声音飘下来，用两个人才听得见的音量说，"那小辅助说的这些。"

简茸："……"

"哥哥真受欢迎。"路柏沅微笑着，学着那个辅助低声道，"我也会关注哥哥在比赛中的精彩操作……"

路柏沅话还没说完，就被简茸打断。

"那你好好看着，"简茸眼睫垂着，没什么语气地说，"看哥哥怎么带你赢。"

或许是因为 KWY 战队辅助天天在社交软件里整活，今天的比赛直播弹幕是近期比赛里最和谐的一次——

"KWY 战队进步真快，入围赛的时候还在和 T 国菜鸡互啄，这会儿都能到半决赛挨打了，感动。"

"据说他们辅助是 Soft 迷弟，有一套 Soft 的周边。"

"我刚刚去看了他们辅助的第一视角，真的一直在切屏看 Soft。"

"为什么你们都在说 KWY 那个辅助？当我路神不存在？路神的第一视角也一直在看 Soft！"

Pine 拿下对面下路二人组人头的下一秒，响起了简茸单杀敌方中单的语音播报。

打得过于轻松，小白按"B"回城："KWY 现在虽然比入围赛的时候强一点儿，但能打进半决赛……还是离谱。"

袁谦解释："运气好，他们打 Z 国的时候 Z 国选手闹肚子，打 M 国的时候 M 国首发中单一只手受伤上替补，捡了两分……硬是把 M 国战队挤掉了。"

两边实力过于悬殊，一场半决赛被他们打成了娱乐局。

单方面碾压当然不是娱乐局，有意思的地方在于——KWY这几位选手的心态是真的好。

路柏沅抢了敌方打野的野怪，敌方打野跑到路柏沅打不着的地方，给路柏沅跳了一段舞。

一场团战结束，KWY被团灭之后，五人齐齐丢出举白旗的游戏图标。

这种轻松的氛围让平时天天在别人"尸体"上跳舞回城的简茸经过他们"尸体"时都小心翼翼的，尽量不踩他们。

当简茸路过敌方辅助"尸体"的时候，辅助突然给他亮了一个阿狸比爱心的图标，看起来卑微又可怜。

而简茸停在他身边两秒，回敬了一个路柏沅冠军皮肤的图标，随即转头离开。

一个半小时的比赛结束，TTC以3:0的战绩赢下了这一场半决赛，获得了通往季中冠军赛总决赛的门票。

第三十章 MSI 总决赛

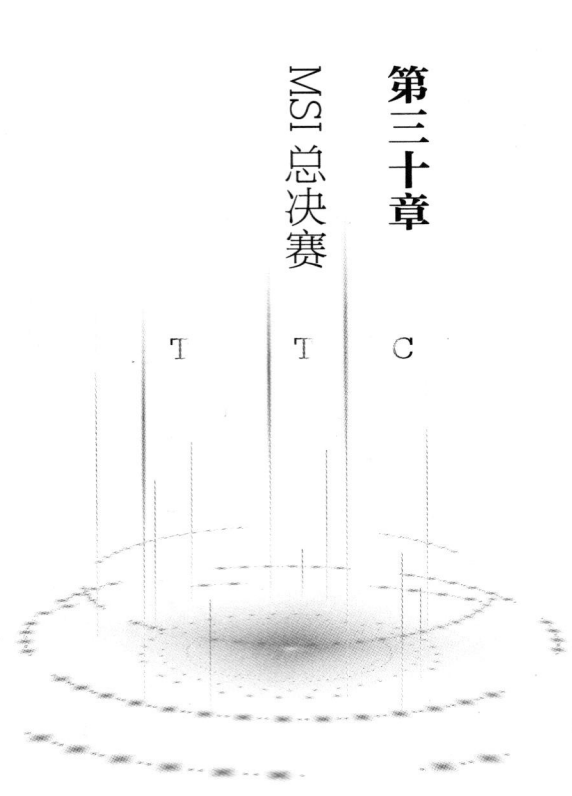

回顾这次季中赛，TTC一路势如破竹，除去那场被"阴"的小组赛之外，是全胜成绩，这让LPL的观众们对TTC这支联盟老牌战队又有了崭新的认识——

他们赛区的代表战队TTC的上单Qian抗压能力一绝，还可以在关键时刻站出来扛起比赛。

下路二人组配合默契，Bye的保护和开团能力极佳，让Pine在AD版本弱势的情况下照样可以打出队伍所需要的输出。

Road从踏入赛场至今，一直站在联盟顶峰。他不仅是TTC队伍的核心与支柱，同样还是公认的世界第一野爹、人气最高的选手以及LPL的牌面。

而新中单Soft是一个人见人怵的"莽夫"。

他年少、轻狂、无畏。他的打法凶狠，在比赛之外还给这支队伍注入了无限活力，能凭借一己之力把以前最官方最体面的TTC管理层给逼疯。

就在半年前，所有人都认为TTC的辉煌时刻已经过去，纵使Road实力依旧，但敌不过伤病拖累，假赛事件使战队名声一落千丈，中野的两名替补也不堪其任……

而此时此刻，TTC再次成为LPL玩家心目中最强的战队。

电竞粉们还沉浸在TTC夺冠有望的喜悦当中，偏偏有些恶心人的东西就是要冒头打搅所有人的心情。

HT战队在短短两天内就失去了LPL赛区所有代言及收入，钱包元气大伤，管理层颇有点破罐破摔的味道，在TTC拿下半决赛的当晚，HT的官博发出了这么一条博文——

LOL HT：真羡慕依靠狗屎运抽到弱队打进总决赛的队伍。不过，依靠运气是走不远的，这个战队和它的粉丝什么时候才能明白这个道理呢？

翻译网站再次被LPL粉丝们挤爆。

爆破组准备就绪，刚打算朝HT官博开炮，突然，一个刚创建不久，顶着"TTC MID-Soft"认证的国外社交软件新账号出现在众人的视野里。

TTC MID-Soft：@LOL HT，有在这儿当阴阳人的时间不如去想想还能编什么bug出来暂停回档比赛，免得连半决赛都打不赢。我还等着跟你们队里那五位时空断裂怪再打一场，好告诉你们菜鸟回档一百遍也还是菜鸟。

这是TTC自季中赛开赛以来第一次正式"回应"HT。

这个简单粗暴的回应让许多国外电竞粉和职业选手都愣住了，毕竟就连欧洲北美赛区那些特别开放敢说的选手也不敢这样嘲讽人，再怎么整活顶多P一张图或是阴阳怪气，不会直接点名，更别提@对方的战队官博。

倒是国内的电竞粉比较冷静。

原本抱着键盘准备上阵冲锋的喷子们又抱着键盘回到了自己的电竞椅上，甚至往后一靠，嗑起瓜子，并在简茸的新社交账号下开始指指点点——

"嗨，Soft，这点小事需要你亲自来？好好训练就完事了，别的事用不着你管。"

"你这个小文盲还会开通这个东西？"

"看认证，应该是TTC管理员帮他开的，丁哥心真大啊。"

"可能是蓝毛拿刀架在丁哥脖子上，让丁哥给他开的号吧，丁哥也不容易。"

"你去H国这么多天了，也不上微博给我报平安，骂人你倒是跑在头一个！"

"宝贝总决赛加油！赢了一起狂！输了你自己扛。"

"儿子，我在H国了，总决赛的票也买了，座位是9排3A，你夺了冠记得下来跟我打招呼。"

"臭蓝毛，开个新账号不关注 TTC 官博也不关注队友，就关注了 Road 那个十年不发一条推文连密码都不一定记得的僵尸号。"

"什么，Road 在这儿也有号？求指路！"

……

以上以及剩余的几千条评论，简茸一条没看。

他发完这条博文之后，就把手机丢到一边训练，还抽空对旁边看评论傻乐的小白道："HT 要是再吠，你告诉我。"

HT 是没心思再回应了。

不知道是队员自身心态出了问题，还是被简茸这波精神攻击打穿了头脑，HT 的半决赛打得异常艰难。

实际上 HT 在春季赛就险些翻车，最后是以 3:2 的成绩拿下的冠军，但那是面对 H 国赛区另一支崛起的强队，所以大家都觉得 3:2 并不能说明什么。

直到这次半决赛，HT 面对欧洲 M7 战队再次交出 3:2 的答卷，虽然是赢了，但 LCK 赛区的粉丝们还是有了紧张感——TTC 在小组赛打 M7 那可是全胜战绩！TTC 甚至在比赛当中没落过几次下风！怎么轮到你们这儿就赢得这么难？那次小组赛真的是依靠时空回溯才赢的吧？

这种言论越来越多，再加上 H 国赛区其他队伍的粉丝在火上浇油，HT 可谓腹背受敌。

季中冠军赛总决赛当日。

现场座无虚席，观众来自世界各地，每个人都有自己想要支持的战队。部分观众手里还拿着属于某支战队的应援物，甚至还有人在自己的脸上贴上了战队的队标。两家战队的灯牌高高挂起，成了黑夜中最美的景色。

三名 LPL 解说员也终于从窄小的解说席搬家到赛场左侧的解说台。

比赛尚未开始，三名解说员在向观众们介绍完两支战队的情况后唠起了嗑。

解说甲说："托TTC的福，咱们终于有个宽敞的地儿啊。"

解说乙点头："这次回去我一定要好好减肥，不然以后解说席都容不下我了。"

这次的赛方是真的不当人，也不知道是哪家公司承办的场地，小组赛时其中一个解说席小得站三个人都挤。

"不说解说席，你是该减减肥。"解说丙扶了一下耳麦，把刚听到的通知告知屏幕前的LPL观众们，"哦，接到赛方的通知，我们这次总决赛是没有'赛前垃圾话'这个环节的。"

"不会吧不会吧？不会有战队连赛前垃圾话都不敢录吧？"

"他们尿了！他们尿了！"

"HT别想跑，冠军赛后采访照样捅你腰。"

"怎么还不开始？我等半小时了！"

弹幕热热闹闹地刷，只见镜头一切，镜头给到观众席上。

全息影像开始播放，舞台上，《英雄联盟》女英雄厄运小姐提着自己那两把大型手枪，扭着屁股，风情万种地朝观众走去，高跟鞋的脚步声响在观众们耳畔，每近一步，大家的心情就亢奋一分。

她站定之后，轻启红唇，用魅惑至极的声音对观众们念出自己的英雄台词："Fortune doesn't favor fools（命运不眷顾傻瓜）."

下一秒，她放肆大笑，对着全体观众放出了她的大招，子弹呈扇形喷发出来的那一瞬间，灯光师也开了大，黄色的光点不断从观众头顶掠过，造成了子弹扑面的效果，礼花随之绽放在夜空，给予观众们最震撼的视觉效果。

两个战队选手自左右两边出场，那一刻，全场观众都站了起来，高声呼喊着他们所支持的战队名字。

简茸到自己一会儿要坐的机位之前站定。

他两只手背在身后，安静地看着眼前正在为他们加油呐喊的观众。

来赛场之前，丁哥还在给他们打预防针，说这次总决赛毕竟不在自己的主场，一会儿可能会出现自家欢呼声掌声被压制的情况，也可能他们压根就没有掌声，让他们记住国内有最少一个亿的人在看他们比赛，所以千万不要被现场的氛围所影响。

但此时此刻，来自他们赛区的观众们正高举着属于他们战队的队标，几乎占满了观众席右侧——也就是他们比赛时要坐的座位方向。

他们高呼着"TTC"，甚至要盖过主场HT战队的应援声。

在刺眼的光芒中，简茸看到了一个熟悉的应援牌，上面写着"我们在，好好打"。

这个灯牌他见过，是在他打第一场比赛的时候。那时所有人都不看好他——一个靠直播为生、为了直播效果只知道对线、眼中无队友的独行侠有什么资格代表一个战队，甚至代表一个赛区去打比赛？

直播间的水友当然也担心，他们发私信边骂他边让他再好好想想，说直播这条路虽然没打职业赛辉煌，但好歹饿不着他。

但简茸从来不听他们的话，没多久就进了队。这群人依旧骂骂咧咧的——不过在骂完他之后，转头又去骂那群黑子，骂到直播号微博号全被封，换个号又重头再来。

自春季赛小组赛到季中赛总决赛，这个牌子一路跟着他到了H国。

从直播间到《英雄联盟》电视台，他的水友们一路跟着他到了赛场。

简茸紧紧盯着那块牌子，仿佛听到了举牌人的呐喊，他深吸一口气，又深吸一口气，然后在解说介绍到自己的时候，他对着那个灯牌的方向稍稍扬起了下巴，用嘴型无声地念了一句："傻瓜。"

不止那个举牌的粉丝通过大荧幕看清了，这个口型也被镜头传达到其他人眼里。

熟悉他的粉丝都不用思考就解出了这一声"招呼"，弹幕顿时被"傻瓜骂谁""臭Soft没素质""白养你十八年"所淹没，壮观至极。

台上十名选手得到裁判的示意，走到自己的机位前坐下。

简茸戴上耳机的那一刻，周遭所有欢呼声被屏蔽在外，他的世界只剩下队友的声音。

不多时，第一场 Ban&Pick 开始。

两边依照原先的想法，都没怎么 ban 中单英雄，HT 禁掉了路柏沅擅长的两个打野，以及 Pine 最拿手的厄斐琉斯。

路柏沅略一思忖，道："一选给简茸。"

"可以。"丁哥立刻给出建议，"乐芙兰在外面，可以抢，简茸，这个给你能不能 C？"

"拿。"简茸的手心因为激动而滚烫，脸上却始终是死小孩那一副高冷的表情，他的语气冷淡却坚定。

"给我什么英雄，我都能 C。"

乐芙兰的头像刚出来，所有观看直播的观众心就踏实了一半。

"乐芙兰！根据统计，自整场春季赛以及季中赛开赛以来，Soft 的乐芙兰胜率是，"解说甲顿了一下，然后铿锵有力地说，"百分之百。"

解说乙点头："没错，虽然会有这么高胜率是因为到了比赛中后段乐芙兰一直被敌方按在禁用名单里，但这也说明 Soft 的乐芙兰绝对是世界顶尖的水平！"

现场观众在欢呼，直播间里在刷 "666"，H 国解说在分析 HT 应该谨慎一些禁用乐芙兰。

而 TTC 的战队语音里——

在路柏沅拿下千珏，袁谦拿到凯南之后，丁哥在语音里问："再来个前排，拿个泰坦吧，稳点，有意见没，小白？"

"拿。"小白用非常低沉的语气道，"给我什么英雄，我都能 C。"

紧张的气氛被小白一击打破，所有人都扑哧笑了出来。

简茸的眉头抽动了一下，说："庄亦白你是学人精？"

小白点头，说："我是的呢，亲亲。"

简茸面无表情道:"那你拿个琴女 C 给我看。"

琴女,脆皮软辅,在该版本是下水道英雄,虽然不强,但许多女生爱玩,江湖人又称 36E。

"那不行,"小白一本正经道,"我是没关系,主要我家 P 宝啊,他看见这个英雄就晕。"

简茸:"……"

袁谦:"哈哈哈,妙啊。"

Pine 说:"我这把单下。"

路柏沅调整符文,说:"你真晕?"

Pine 说:"不晕。"

"他晕不晕我不知道,我是马上要晕台上了,"丁哥忍无可忍道,"赶紧选!"

双方英雄选定,TTC 方选择的阵容为:凯南、千珏、乐芙兰、滑板鞋、泰坦。

HT 方阵容为:武器、皇子、马尔扎哈、烬、日女。

解说甲说:"HT 明显就是想让 TTC 先亮出中单英雄自己再选。马尔扎哈的被动技能是一个大护盾,而且这英雄有压制有沉默,其实非常克制乐芙兰,这一局 Soft 对线应该不太好杀。"

解说乙先是点点头,几秒后才发觉不对:"不太好杀?"

这几天一直在观战简茸打游戏且看得非常上头的解说甲轻咳两声,说:"口误,抱歉,是不太好打。"

"说到这儿……Soft 选手也在今天凌晨 3 点 27 分完成了他在直播中的承诺——他以王者 1587 分成功登顶 H 服,成了目前的 H 服第一。"解说丙微笑着为观众插播完这个消息,继续道,"那么让我们期待 Soft 选手今日的第二次登顶!《英雄联盟》季中冠军赛总决赛的第一场对局,马上开始!"

解说员话音刚落,双方教练握手下台,镜头给到每一位选手,场地灯光交错，大荧幕切换到游戏界面，随着"砰砰"几声回城音效，十位英雄同时出现在召唤师峡谷。

大家都以为今天导播又会把视角锁在中路，没想到刚升二级，下路就开始频起摩擦。

Rish 一开始在外网内涵 LPL 的时候，HT 管理层以及其他队员们都是睁一只眼闭一只眼的态度——他们一向如此，不止看不起 LPL，还看不起 H 国许多小队伍，因为 H 国大多数队伍在后台看到他们都得鞠躬喊哥，他们自大惯了，不差这一条博文。

但事情发展到现在这个程度是谁也没想到的。HT 连失几个合作和代言，甚至在谈的工作也几乎全部崩盘，在这个情况下，大家头一个埋怨的肯定是最先惹事的那个人——

Rish 这几天被管理员约谈、被队友教育针对，过得实在水深火热。

所以今天的比赛，他必须证明自己，必须打出一点儿模样。

"这 Rish 是不是有毛病？"小白嘀嘀咕咕，"兵都不补来砍我？砍我一点儿血条是能得五十金币还是能爆我一千点伤害？我是一个巨肉坦克，他能不能尊重一下人？P宝，他还砍我！他顶着小兵都要砍我！我不把他脑袋钩下来我不姓白！"

Pine 已经懒得纠正小白的姓，补完这个炮车跳跃向前，言简意赅："干他。"

话音刚落，小白果断闪现丢钩子——直接按住了 Rish 的脑袋，并利用自己的被动技能把 Rish 禁锢在了原地。

Rish 的站位其实还算谨慎，但小白是老钩子手了，知道哪些刁钻的角度能钩到人。

Rish 珍惜自己的闪现，硬是撑到最后一丝血才肯丢出来逃命，可就在他闪现的下一秒，Pine 紧跟着闪现并丢出一支长矛——

"First Blood！"

"Nice！"小白走到别人塔下亮狗牌，"P宝厉害！P宝最强！P世界第一艾迪西！"

第一滴血的音效和这个狗牌刺激到了HT其余队员的神经。

HT队内语音原本一潭死水，开局五分钟几乎没有交流，看到Bye在下路防御塔亮出的图标，HT上单狠蹙了一下眉，语气不悦道："你怎么回事？开局五分钟被单杀？你专心一点儿啊，又想拖累整个队伍吗？"

Rish做了个深呼吸，头皮发麻地说："我的错，哥。但我刚刚那个位置不应该被钩到的啊，是不是又有bug了？"

他话音刚落，Master冷冷开口："上线，补兵。"

HT打野道："是啊，别说了，好好吃兵吧，等Master打出优势，别想着出风头了。"

Rish见Master都开了口，不敢再多说："知道了，哥。"

Master又吃了简茸一波伤害，脸色沉得厉害。

他这英雄应该是克制乐芙兰的，但从开局到现在，他不断地被乐芙兰消耗，反而是自己被压制得补兵都束手束脚。

Soft又进步了。

能在短短几天让与他对线的人感觉到他的强大，是一件非常恐怖的事。

再这么打下去，别说打出优势了……

八级，Soft躲开他的虚空沉默，一套连招突到他的脸上，利用爆发把他磨至三分之一血量，他一咬牙丢出闪现，对方的锁链却依旧拷到了他的身上——Soft预判了他的闪现。

两个赛区的解说员和观众都被这一幕刺激得提起了心脏，但Master这波太靠近塔下，最终还是成功以丝血逃脱，H国解说员捏了一把汗，LPL解说员拍腿直呼可惜。

Master按"B"回城，沉默几秒后突然开口："来抓中。"

这话一出，原本在语音里小心翼翼交流的下路二人组直接噤了声。

Rish 有些蒙，他忍不住切到中路看了一眼，正好看到半血的乐芙兰以胜利者的姿态在补兵。

Rish 加入 HT 一年半，跟 Master 一起打比赛一年，从来没听 Master 主动开口让打野去帮中路，还是在敌方打野没有针对中路的情况下。

乐芙兰似有所感，当 Rish 视角锁定他时，秀了一个 TTC 的战队图标。

Rish 一个激灵，立刻把视角切回下路。

真邪门！

解说甲说："HT 打野又来了，这是第四次来抓人了吧……这波 Soft 没闪现有点危险啊。"

解说乙说："Soft 还在跟 Master 对拼，不得不说，这两人对线是真的好看！"

解说丙说："谁也不服谁呗。但我个人觉得 Soft 在对线方面还是占了优势的，而且是在英雄被对方克制的情况下，对面还是 Master……太强了，真·年轻人的冲击。"

解说甲说："嗯，毕竟 Soft 也是 solo 挑遍了 LPL 的男人。"

解说乙说："这你也知道？"

解说甲说："大家不都知道了吗？空空发微博说的，真顶。"

解说乙说："真顶。"

解说丙说："别顶了！HT 打野到了！"

只见 Master 毫不犹豫地闪现大招把简茸压制在原地，打野皇子闪现紧跟 EQ 把简茸挑到空中直接开大！

技能全交！杀心已决！

当简茸只剩下最后一丝血量的时候，HT 打野在语音里道："哥，人头给你……"

话音未落，又是一道闪现声——

路柏沅的千珏一个闪现冲进战场，并在脚下放出大招赐福——敌我双方生命值在百分之十以下的生灵在大招区域内将免疫所有伤害及治疗效果，这下成功救下了残血的简茸。

在简茸被抓的前两波里,路柏沅偷掉 HT 无数野怪,帮袁谦打出一波大优势,帮下路越了一次塔。

他现在手握两个人头,挂着全场最高等级突围而入,几下就把 Master 点得不得不躲进路柏沅的大招之中。

解说甲说:"路神大招时间结束! Soft 获得治疗效果,然后立刻突到 Master 脸上收下这个人头!"

解说乙说:"皇子发育比路神差太多了,只能 EQ 逃命,但路神会让你走吗?一个 E 技能致残减速直接让你留下!"

解说丙说:"然后——嗯,把人头让给了 Soft。"

解说甲说:"嗯,常规操作常规操作,让中单人头很正常,毕竟双杀嘛。"

解说乙说:"让 Soft 人头也很正常,毕竟是队友嘛。"

解说丙说:"对的,让我们来看这波击杀回放!首先是 Soft 被对方中野两个闪现 gank,然后已经做好反蹲准备的路神一个队友情之闪救下 Soft……"

HT 下路对线火拼被反教育,上路放养不成狂被抓,中路双闪强抓被反蹲……

至此,游戏节奏被 TTC 全面掌握。

下路塔破后 TTC 双人组不再留恋,直接去中路推塔等机会开团。四人在中路把 Master 越了一波之后,抱团拿小龙、拿先锋、入侵野区……

第二十五分钟,一波小团战打完,TTC 漂亮地打了一波一换三,简茸拿了两个人头,再补给出一波装备之后,以单杀敌方打野的方式告诉对面所有人——乐芙兰起来了。

乐芙兰起来了,有的人就要遭殃了。

在简茸打 H 服的这段时间,H 服高分段很多 AD 看到对面中单拿出劫、男刀、乐芙兰这种英雄就冒冷汗。尤其是进入游戏看到对面还顶着一个

"Softsndd"的ID，那别问，问就是想在泉水挂机。

Rish在H国青训、比赛多年，从来没这么惨过。

补兵被杀，团战被开，站在队伍最末都能被不知道从哪里冒出来的乐芙兰两招秒死——乐芙兰甚至从来没给他上过点燃。

这一天，在电脑前观看比赛的鱿鱼战队某位无关人士深沉地点燃一支香烟，回想起自己被Soft所支配的恐惧。

直到路柏沅推掉HT的基地，TTC拿下第一场比赛胜利时，Rish的战绩是0/7/4，再死一次直接超鬼。

LPL观众欢呼，H国观众傻眼——

他们知道这次季中赛HT的状态一般，也知道TTC的状态极佳，但怎么会一条路都打不出优势？就连Master都被对面压制了？

这个疑问不止观众有，就连在赛场中的HT队员们也同样想不通。

被杀得脑袋发晕的Rish茫然地摘下耳机，跟着队友回到后台，走了几步后，跟同样刚下台的TTC队员们打了个照面。

Rish下意识往人群中最显眼的那个发色望去。

Soft两只手插兜，走在Road身边，神态轻松，似乎低声在和Road说什么。

忽然，Soft似有所感，侧头瞥了过来。

他们只对视了一眼，就被TTC经理用身体强行打断。

但就一眼，Rish还是看清了Soft眼里的不屑、轻蔑还有嘲讽，他甚至从这个眼神中感应出了对方未说出口的那一句——垃圾。

Rish阅读理解做得其实还不够到位。

如果眼神有声音，他在那一刻或许可以听到八国语言的"看个屁""真菜"以及"怎么什么垃圾都能到互联网上吠"。

前面有摄像头在拍，路柏沅看到身边人像狼崽似的望着HT的方向，失笑着抬手把他的脑袋扳了回来。

TTC的第一场胜利来得比想象中简单，夸张一点儿来说，甚至打出了一股天下无敌的气势。

LPL的解说席和直播弹幕里都像过年，解说们满面春风地看导播回放上一局的精彩击杀以及团战，直播间的房管也是头一回在国际赛总决赛能这么闲地跟观众一块儿扣"666"。

而人与人的悲喜并不相通。

距离LPL解说席不远的H国解说席，三名解说员面色沉重，挤不出一点儿笑容，只能不断地给选手打气，分析上场赛况时眉头紧皱。左侧坐满H国观众的观众席也安静如鸡，HT的应援牌被暂时放在了地上。

其实输一场比赛不可怕，HT打春季赛总决赛的时候那一场三比二也是惊心动魄、险象环生，但至少那时每场比赛都是有来有回的拉锯战。

可从刚才那一场比赛来看，简直就是一边倒。

HT被TTC全面压制。

解说甲说："今年TTC的状态实在是太好了……不止是中路，下路二人组的配合明显更加默契，上路开团抗压能力依旧惊人，野区更不用说——"

解说乙说："野区一直都是我们LPL的。"

解说丙忍着跟两名解说一块儿吹的冲动，克制着兴奋道："TTC打得非常漂亮，也希望HT战队不要气馁，调整好心态，下一局能发挥出应有的实力。"

中场休息时间很短，LCK的观众和解说员还没从第一场的失败中走出来，音乐响起，休整过后的两支队伍再次登台。

HT五名队员的表情比之前下台时还要凝重。差点被杀超鬼的Rish一路低着头看地面，双唇紧抿。Master一如既往面无表情，拿着水杯独自走在队伍最前面。

而TTC这边——

袁谦喝着咖啡上了台，小白凑到Pine身边小声说了两句，两人一块儿落座。

路柏沅依旧穿着外套——场馆里不冷，场上成员只有他一个人穿着外套，衣袖都拉到了手腕附近。他神色冷淡，坐到机位上之后戴上耳机，只是一个特写就引来了全场观众的尖叫，就连那些自己主队刚失利心情极差的HT粉丝也都忍不住紧盯大荧幕。

上局的MVP嚼着口香糖上台，神情比刚才赢了比赛下台还要拽。简茸有薅头发的习惯，打一局游戏头发就乱了，刚被化妆师逮着整理了半天。

简茸刚戴上耳机，就听见小白兴奋地说："我刚刚偷看了一眼大荧幕，HT这帮人现在的脸色是真臭啊，哈哈哈哈！"

Pine说："你不要一副小人得志的嘴脸。"

小白说："我是大人得志！"

丁哥用本子很轻地敲了一下小白的脑袋，提醒他不要说太多，毕竟监听员还在听。丁哥道："你俩记住我刚才在后台说的毛病，别太激进，他们玩蓝色方很喜欢打下路四包二……这局放松打，别有压力，我估计他们好几个队员心态已经崩了，咱们稳着肯定赢。"

袁谦耸耸肩，说："我没压力，真的。打98k我或许还会慌，HT的上单跟我一卦的，老抗压选手了，我开团抗揍肯定比他猛。"

路柏沅惯例检查自己的设备，感觉到旁边人灼灼的目光，他转头好笑地问："你看什么？"

简茸看着他的手腕，问："手疼吗？"

中场休息时间非常短，听完丁哥的简单复盘和叮嘱就得匆匆上台，简茸没找到机会问。

这段时间训练很紧，路柏沅手上的膏药贴就没有断过，今天早上更是直接往上贴了三张，路柏沅不想让观众担心，特意用长袖外套遮着。

路柏沅道："不疼。"

简茸拧眉道："嗯。"

几秒后，路柏沅笑了一声，食指磨了磨鼠标左键："真不疼……别看了，简神，镜头拍着呢。"

214

于是观众们就看见大荧幕上的蓝毛皱眉看着某处许久，又皱眉收回了目光。

解说们还没来得及分析 Soft 在看什么，大荧幕画面一切，进入了第二局游戏的 Ban&Pick。

因为这一局首选权在对面，丁哥想也没想道："这局我们禁乐芙兰，别让 Master 拿。"

简茸道："我怕他的乐芙兰？"

"我怕，我怕。"袁谦边说边把乐芙兰按进禁用池。

两支战队近期打了多场比赛，禁用环节没用多少时间，很快，双方阵容出炉——

HT 方阵容为：船长、酒桶、卡牌、寒冰、牛头。

TTC 方阵容为：奥恩、艾克、皎月、烬、日女。

解说甲说："HT 这阵容……这局 TTC 下路要非常小心才行。"

解说乙说："其实这手卡牌放得不好，Master 的卡牌游走非常强势，他最开始就是玩卡牌出名的。"

解说丙说："没办法。维鲁斯版本之子，红色方天然亏一个禁用位，乐芙兰和鳄鱼也禁得没毛病。我比较好奇的是打野艾克，好像很久没见路神玩过了。"

解说甲说："艾克也算是野核，就是比较吃资源和操作，不过路神玩没毛病，他有这本事。"

解说乙说："那中单皎月什么说法？"

皎月女神在本次季中赛的 pick 率为 0，因为前期超级兵、没控制、没AOE，这是这个刺客 AP 英雄第一次站上季中赛舞台。

解说丙说："没说法，你看到 ID 没？Soft，他掏个提莫出来打中单我都不怕——我这话没有看不起提莫的意思。"

解说员和观众们表示对自家选手掏出来的阵容非常放心，觉得这肯定是

TTC暗地里苦练的新战术。

而队伍语音中——

"丁哥让你拿个后期中单吓死他们，不是吓死我们。"小白看着自己身边的皎月女神，满脸怀疑地问，"你会玩这英雄吗？"

简茸嚼着口香糖，口出狂言："我拿她上国服第一的时候你还在白金混分。"

小白一脸震惊，道："放屁！死小孩！我打职业赛的时候你还不知道在哪儿喝奶呢！"

简茸刚要回击回去，就听见路柏沅忽然在语音里笑了一声。

然后他才后知后觉，庄亦白打次级联赛总决赛的时候，自己确实在网吧门口喝奶。

简茸闭了嘴，安静地上线补兵。

皎月这英雄虽然刚加强过一次，但前期其实还是没办法对敌人造成什么威胁的，尤其对面卡牌算是一个手长英雄，Master打得也很仔细，卡牌这英雄爆发不高但消耗皎月还是没什么问题的，所以简茸在六级之前只能依靠Q技能去吃兵。

中路突然转变画风，导播都有点不习惯了，总是把镜头切过来几秒再离开。

简茸看到卡牌升到六级，回城后提示："卡牌有大招了。"

很快，观众们就从大荧幕中看见HT打野悄悄靠近TTC下路一塔后面的草丛，卡牌也往下路赶。

而此时路柏沅刚在上路帮袁谦抓出对方上单的闪现，他在草里回城，看了一眼空荡荡的中路，道："下路小心。"

P白二人也嗅到了危险的气息，两人一块儿往后撤。

可惜没用。

因为怕被抓，下路的兵线一直都靠近TTC的塔下，这让HT不用等推兵线的时间就能直接越塔。草后冒出敌方打野酒桶，卡牌大招特效也出现在五人头顶，船长大招从天而降，牛头直接闪现顶着塔伤把 Pine 控到天上，两人根本无处可逃。

小白到这种时候就十分冷静："换一个，杀 AD。"

Pine 一言不发地努力输出，但这一套打法 HT 私底下不知道练了多少次，他们甚至猜到了 Pine 的想法，寒冰丢了一个大招直接往后走——

"Double Kill！"

双杀被 Master 拿到。

Pine 说："我的错，没换掉他们 AD。"

"你没问题。越塔是他们拿手的套路，让你杀掉一个那他们算是白练了。"路柏沅趁机入侵敌方野区偷资源，冷静道，"没事，往后拖，我们中后期好打。"

下路一旦劣势，就等于失去了小龙的主动权。

因为卡牌前期大优势，身上还带着一个传送，开始不断到上、下路做事，吃掉小龙之后还配合打野把峡谷先锋吃了，Pine 两级内被抓死两次，这局 TTC 下路已经走远了。

虽然路柏沅帮下路反蹲一波并吃了一个辅助的人头，但对目前的形势来说，TTC 依旧处于下风。

解说甲说："这卡牌真的是无处不在……TTC 下路根本不敢出塔，这一手卡牌放得确实有点糟糕。"

解说乙说："说实话，这局 TTC 有点悬。节奏完全在 HT……或者说是卡牌手上，Master 带节奏太快了，偏偏 Soft 这局拿的是一个支援能力相对较弱的皎月。"

解说丙说："其实皎月发育不差的，没死过，补兵比卡牌多，但现在距离皎月的强势期还有点远，TTC 如果想翻盘，只能找机会了。"

这个机会说实话并不好找，毕竟他们面对的是以稳闻名的 H 国赛区的战队。

HT 知道怎么在每分每秒里扩大自己的优势。

HT 四人抱团推中路，拿小龙从不晚点，先锋连拿两只……很快，HT 推掉了 TTC 上下路二塔以及中路高地，并找机会在野区埋伏杀掉了落单的小白和袁谦，五个人毫不犹豫地朝大龙走去。

解说甲说："这个大龙我觉得不能给啊，给了就要被一波推了吧。这局我觉得……差不多了。"

解说乙说："那有什么办法，现在 TTC 就只有中野 AD 三个人活着，还要守家呢，只能让路神去抢大龙试一试……你看，Soft 都回城了，应该是打算放大龙了……嗯？"

解说乙话还未说完，就见刚回城的皎月直接原地传送——传送目标是路柏沅刚在小龙坑上方插的真眼。

解说丙说："啊？这是什么意思？如果抢龙的话，路神一个人去就行了吧？这传送留着带上下路的兵线不是更好吗？"

所有人都以为简茸这个传送是抢龙去的。

所以当简茸传送落地并用 QE 技能直接冲进龙坑时，三名解说员都惊得差点跳到解说台上。

HT 的人提前做了视野，早就商量着要杀在龙坑处徘徊的路柏沅，可就在牛头想推开路柏沅的那一刹那，路柏沅直接一个闪现加位移跟在简茸身后冲进人群！

简茸 Q 技能命中敌方四人，并借着敌方上单位移下龙坑，然后闪现到 HT 的中野 AD 身边，一个 R 大招拉中三人！同一时刻，路柏沅极限走位躲开敌方寒冰射过来的大招，冲进自己制作出来的时间场中，将三人眩晕。

一秒后，皎月女神的月光倾注在艾克的时间场中。

下一刻，路柏沅一个 Q 技能丢在大龙身上，然后算准血量，一个惩戒——

TTC·Road 抢到了纳什男爵！

"Trible Kill！。"

解说甲说："Nice！ Nice！路神抢到了大龙！Soft 三杀！翻了！这局翻了！"

解说乙说："来了！这是血条消失术！"

解说丙说："这两个人的技能丢得都太极限了！这套伤害直接爆！"

话音未落，屏幕暗掉。

大荧幕上又是众人熟悉的那五个字——游戏暂停了。

观众愣怔，解说员呆滞。

裁判上前和申请暂停的 Rish 沟通。

虽然隔得很远，导播也没有给 TTC 队员席镜头，但坐得近的观众可以看见 TTC 五位队员一脸镇定地靠在椅背上，就连上次气得红了眼的 Soft 也只是面无表情地继续嚼着他的口香糖，甚至还左右活动了一下自己的脖子。

场内观众过了好几秒才反应过来。

最初，只是 LPL 观众举着 TTC 的应援牌不断发出嘘声，用力地表达对这个暂停的不满。

过了一会儿，场内其余的玩家，包括一部分 HT 粉丝也开始发出声音。

输团战可以，输比赛也可以，但输了就暂停真的不行，是自己喜欢的战队也不行。

直播间弹幕更是直接占满整个屏幕——

"你当自己打 NBA 呢，还搞技术暂停？"

"要打打不打滚！Soft 是去打比赛的，不是去受气的！"

"大炮已经架好了，再搞一次时空回溯，我直接炸 HT 基地。"

"哇，我上头了，我真的第一次看比赛看到自己面红耳赤，Rish 真有你的。"

……

就在弹幕即将把直播间服务器撑爆的前一刻，LPL 三名解说员听到耳麦里的消息，长舒一口气。

解说甲说："Rish 选手觉得自己游戏跳 pin，但经过赛方检测，并没有发现什么问题，所以赛方给 Rish 选手一个警告。"

解说乙说："这……我的心脏要跳出来了。"

解说丙说："我也是，多的不说了，希望 Rish 选手以后喊暂停可以再谨慎一点儿。"

游戏出现重新开始倒计时。

再次进入游戏，刚刚赶到大龙坑的小白一个愤怒闪现大招将 HT 上路留下，配合队友的伤害，让简茸拿到了四杀。

这一波大龙团战，直接让 TTC 死而复生。简茸和路柏沅等级终于跟上敌方中野，装备也重新更新一波。

TTC 五人带着自己身上的大龙 buff 直奔远古龙。

刚跟 HT 的人打上照面，袁谦果断一个大招开团，召唤羊直接击飞站位不佳的 HT 下路二人组，简茸一个 QE 上去直接让 Rish 原地升天……Master 的黄牌给到简茸身上，HT 其余人立刻冲上来想杀，却被路柏沅的时间场摁在原地，简茸毫不犹豫，一个金身让自己免疫所有伤害，路柏沅冲进战场直接把 Master 切死。

最后由 Pine 的大招收尾，减速了想逃走的 HT 辅助，小白一边嚷着"臭傻瓜还想跑"一边把人晕在原地。

机械的女声无情地宣布 HT "ACE（团灭）"。

TTC 五人直接冲向 HT 基地，他们连兵线都不等，袁谦的奥恩像一台坦克似的顶在前面，承受着无数防御塔的伤害。

第四十五分钟，TTC 在 HT 选手们复活的前一秒推掉了 HT 的基地，完成翻盘，并把比分拉到了二比零，成功拿到了这次总决赛的赛点。

"我当时离拿起键盘砸 Rish 脑袋就差那么一点点。"

TTC休息室里，小白叉着腰，隔着门板对HT战队休息室的方向指指点点："要不是我怕砸伤人耽误比赛，我非……"

Pine伸手把他拽到沙发上，道："你别吹牛了。"

"还真别说，当时暂停跳出来的时候……"袁谦看向沙发另一头，"我确实做好了拉架的准备。"

简茸感觉到队友的目光，看着电视上的数据分析，道："我没那工夫。"

暂停的那几分钟里，简茸满脑子都是——如果再次时光回溯，那么这波大龙团他要怎么开。

打是一定得打的，他们熬了四十多分钟，就等HT这支稳得不行的战队去摸大龙。

虽然队伍年纪最大的袁谦在游戏中期已经在语音里安慰他们，说这局输了也没关系，比分一比一，他们的胜算依然很大。

但简茸一局都不想输，他只想从HT头上踩过去，不给他们哪怕一点儿挣扎的机会。

"HT今天比我预想中还要差劲，除了Master，其余人都打得不好。尤其是Rish，第一局还算有点好胜心，第二局直接成了工具人，怕死不敢输出，除了大招一无是处。"丁哥道，"咱们乘胜追击，争取三局把他们送回家！"

电视中的赛后数据复盘环节结束，路柏沅从沙发上起来。

简茸仰起头问："你去哪儿？"

路柏沅很随意地用手轻揉了两下他的头，说："厕所。"

上完厕所，路柏沅在盥洗台洗手，听见身后传来一阵脚步声，紧跟着是一声熟悉的"哥"。

路柏沅抬起头，在镜中跟Master对视了一眼，关上水龙头，说："嗯。"

Master刚在休息室把队友训了一通，脸色很差。他点燃一支烟，说："哥，还是这么强。"

路柏沅没应，他继续道："本来今年我想跟哥好好打一场，可是我的队友真的太垃圾了……其实比起跟哥当对手，我对跟哥在同一个队伍打比赛更感兴趣，可惜哥当初没答应我们经理，真的非常遗憾……来一支吗，哥？"

路柏沆抽出纸，说："不用。"

Master点点头，沉默两秒后又自顾自道："不过其实也不是没有机会。"

"LPL好几支队伍一直在邀请我，虽然队伍实力都很烂吧，但是价格开得很高。哥和TTC的合约不是也快到期了吗？"Master吐出一口烟，半开玩笑似的说，"不然哥跟我一块儿转会吧，我们可以拿两年冠军，到时候哥就可以风光退役。"

"我们？"路柏沆微微挑眉，很轻地嗤笑一声。

Master一顿，刚要说什么。

"我自己就能拿冠军，"路柏沆问，"为什么要带你？"

Master微愣，笑容收了大半："先不说比赛还没打完，哥，这次是我们队伍状态不好……"

"而且你怎么会觉得，"路柏沆打断他，疑惑道，"自己值得我去转会？"

吹捧听多了，Master狠吸一口烟，笑容都要挂不住了，道："我忘了，哥现在和队里的中单关系很好，我也只是随口一说。"

"这跟私事没关系。"路柏沆把纸扔进垃圾桶，简单道，"我只是认为，我们队伍的现任中单比你强。"

Master被堵得差点心梗，闻言他瞬间沉下脸，刚想反驳。

"你很自信，但也很普通。"路柏沆在他前头开口，经过他身边时，丢下一句话，"抽完烟就回去，不要耽误比赛开始的时间。"

路柏沆刚走出两步，就碰到了准备去厕所找他的简茸。

而路柏沆身后还跟着追出来想要跟他再辩论几回合的Master。

Master一看到简茸，想起这人在社交网站上说过的话，辩论的心思也没了，带着一身烟味径直离开。

已经没有回休息室的时间，在去赛场入口的路上，简茸问："他找你事了？"

他语气挺拽的，仿佛路柏沅只要应一句"是"，他立刻就能去HT休息室找人算账。

就是他嘴里含着一颗路柏沅刚塞进去的糖，说话有些模糊不清。

"没有。"路柏沅顿了一下，笑道，"好像是我给你找了点儿事。"

简茸一脸疑惑地看他。

路柏沅总结："我帮你领了一个世界第一中单的名号回来。"

简茸怔了好几秒才明白他话里的意思。

他们周围都是工作人员和摄影机，简茸克制着，双手插兜，往路柏沅那边靠了一点儿。

虽然很想忍着，但他眼里的高兴和自信还是没藏住。

上台的前一刻，简茸偏了偏身子，跟路柏沅肩抵着肩挨近。

"领对了。"简茸说，"那名号现在就是我的。"

第三十一章 强者永存

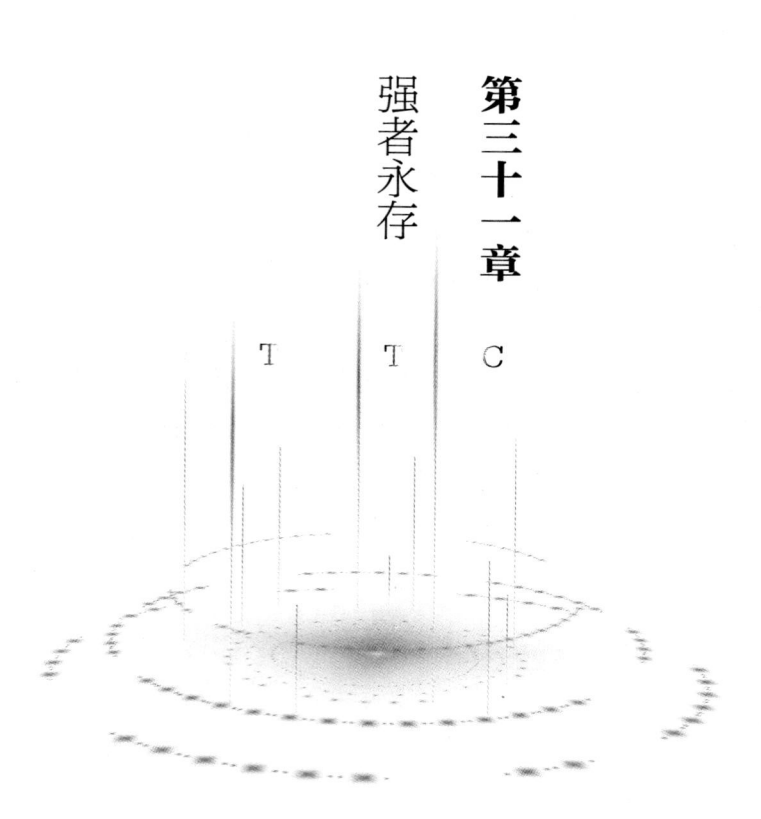

选手重新上台入座。

最后一局比赛，全场观众在看到选手的那一刻都忍不住起身欢呼，现场热闹得甚至让人分不清观众到底在喊哪个战队。

"咱们 LPL 粉丝真牛。"刚落座，袁谦就忍不住在语音里道，"明明是 H 国的主场……我居然觉得是自己队伍的应援声更大。"

丁哥说："确实牛，你不知道票有多难抢。总决赛门票开卖那天，热搜上还有个话题是'我抢爱豆门票都没这么努力过'。"

小白说："我哭了，你们呢？"

"哭有用？"Pine 检查设备，道，"你别给观众演一出爱丽丝梦游仙境就行，我替他们谢谢你。"

小白道："你别跟旁边那个蓝毛学坏！"

简茸说："关我屁事。"

因为拿到了赛点，他们的交流要多轻松有多轻松。

路柏沅莞尔一笑，说："观众们是不容易……所以这场比赛好好打，让他们票超所值，满意而归。"

进入第三局 Ban&Pick。

三名解说员喊三比零已经喊累了，因为太过激动，其中两名解说员嗓音甚至有些发哑。

解说甲道："好，那么马上进入我们今天第三局的比赛！双方选手重整旗鼓，再次出发！"

解说乙道："两边的禁用名单大致上还是没怎么变，不过 TTC 这局把卡牌给禁了，HT也禁掉了乐芙兰。"

解说丙说："但是路神的男枪放出来了，我觉得可以先抢——抢了！"

袁谦帮路柏沉锁了男枪之后，对面立刻选出了中单发条。

解说甲说："你们说这局Soft会拿什么？"

解说乙说："打发条……小鱼人？卡萨丁？这两个英雄都蛮合适的。"

解说丙忍了又忍，还是忍不住问："你们说他会不会拿出个劫或者男刀？"

解说席再次沉默两秒。

这两个在赛场上提出来都像在开玩笑的英雄……

解说甲说："那应该还不至于吧？"

解说乙说："其实也不是不行，但说实话，这两个刺客都很难去单杀发条。"

解说丙说："反正2:0，没压力！我绝对相信Soft的线上实力，我觉得TTC的教练和队员肯定也和我一样！"

解说甲说："谁能想到呢，有一天我们会在赛场上讨论一名选手会不会玩劫或者男刀。"

解说甲话音刚落，TTC的中单英雄选出来了。

当然不是男刀，也不是劫。

一个皮肤黝黑、眉头紧皱的英雄头像出现在众人视野中。

解说甲说："卢锡安！"

解说丙说："我觉得能拿！卢锡安打发条是绝对占优势的！"

解说乙说："卢锡安这英雄比较考验选手的能力，我没记错的话，Master在小组赛就拿过卢锡安，当时Soft玩的是劫吧？两人打得有来有回的，那场比赛特别好看。"

说话间，卢锡安被TTC队伍选定。

解说甲斩钉截铁地说："相信我，这场比赛肯定会更好看。"

双方阵容很快确定。HT 这边的阵容是上单船长、中单发条、打野酒桶以及下路烬和牛头。

而 TTC 这一边，袁谦拿到了他的刀妹，中单卢锡安，打野男枪，下路则是拿到了寒冰和辅助腕豪。

游戏开始，双方出现在各自的泉水。与此同时，两边队伍的 OB（观战）视角也再次开启。

TTC 本场的 OB 直播视角给的是简茸，而 HT 的 OB 视角已经连续三场给到他们的中单 Master。

但这两个直播间的观看人数却是天差地别。

Master 的直播间人数只有简茸视角直播间的六分之一，里面大都是一些没什么营养的弹幕。

而简茸的 OB 直播间——

"好卡好卡！星空 TV 老板这么有钱，为什么不改善一下线路？卡死我了！"

"来了，兄弟们，欢迎来到当前版本最强卢锡安现场教学现场。"

"最强卢锡安？我笑了，是没看 Master 小组赛那一场拿卢锡安吗？那才叫最强教学好吗！走位和输出都是一流，虽然 HT 战队最近人人喊打，但操作摆在那儿，有眼睛的人都懂。无所谓了，反正现在在弹幕吹 Soft 就对了，就瞎吹呗，硬吹。"

"HT 粉为何千里送人头？"

"嗯嗯，Master 这么牛，那场比赛为什么没赢啊？"

"别问，问就是 bug。"

"别问，再问下去小心时空给你回溯到小组赛。"

……

游戏进行到第四分钟，中路在打架。

第四分四十三秒，中路在打架。

第五分二十秒，中路在打架。

导播不断切着镜头，忍不住在心中感慨，是了，这才是 TTC VS HT 的正确打开方式。

虽然这一局的架几乎都是 Soft 挑起来的。

卢锡安是绝对的前中期英雄，不在线上打出压制，那这一手卢锡安拿得就毫无用处。

简茸当然不可能跟一个发条对刷发育，几乎是技能好了就上去换血。简茸走位好，发条的技能很难打中他，几轮换血下来明显是简茸比较赚。发条血量只剩最后一小截，但就是迟迟不回家。

只有上帝视角的观众们才看得清，Master 不回家是因为 HT 的打野酒桶近在咫尺。

路柏沅帮谦哥打出了对面上单的闪现，转头钻进对方野区，看到对方的红 buff 居然还在，路柏沅立刻道："中单小心，他们打野应该在中路。"

简茸道："好。"

小白趁回城的间隙往中路看了一眼，说："你还不走？"

简茸不仅没走，甚至走位靠前，几乎要逼近敌人塔下。

就在这时，残血空蓝的发条突然给简茸亮了一个 HT 战队的图标。

这个图标一出，小白就知道他们的中单是不会走了。

几乎在下一刻，埋伏已久的敌方酒桶直接一个 E 闪想把简茸撞起来，然后被简茸一个位移技能漂亮躲过。

提心吊胆了许久的解说甲瞪眼说："Soft 躲开了！他为什么可以躲开？酒桶明明卡在他的视野盲区……这反应到底是有多快啊？"

就在解说甲傻眼之时，游戏中，一道金色的闪现灯光随之亮起——被 gank 的卢锡安不仅没有逃，反而闪现到了残血发条的脸上。

Master 心一跳，立刻交出自己的闪现，可惜为时已晚。

就在他闪现的前一刻，卢锡安最后两发子弹已经出膛。

"First Blood！"

解说甲嘶哑着喊："牛！"

解说乙道："牛！"

解说丙道："恭喜 Soft 完成单杀！"

这一套操作似乎就在眨眼之间，大家都还在回味简茸那一波谁也想不通的盲躲 E 闪，卢锡安就已经取走发条的人头并消失在敌方野区。

酒桶当然不可能就这么放过他，紧跟着追到野区，迎面撞上了赶来帮忙的男枪。

在路柏沅的帮忙下，简茸拿到双杀，然后顶着 88 点血量回到中路。

大家都以为他还要清一波兵线再回城。

但简茸走到中路之后，却站着不动了。

看比赛的观众不明所以，几名解说员也莫名其妙。

而在"季中赛总决赛 OB 视角 TTC 选手 Soft"直播间里的观众们，眼睁睁看着简茸操控卢锡安在中路站定，然后打开了对话框。

[所有人]TTC・Soft：？

[所有人]TTC・Soft：Pause？

需要暂停吗？

这句话发出去的下一秒，直播间弹幕空了一半。

大家都有着相同的第一反应——截图。

然后是铺天盖地的惊叹。

"牛！"

"我爽了，我直接爽飞。"

"这是真牛！Soft 好争气，我现在浑身起鸡皮疙瘩。"

"Rish 现在应该非常想穿越回去把向 LPL 第一阴阳师发起挑战时的自己掐死。"

"好家伙，我看 Soft 直播几年了，头一回看他用 ABCD。"

"这个单杀真帅,那波盲躲 E 闪别说是 Master,就连我都没有反应过来。"

"Master 的脸色太精彩了吧,导播好坏啊,这时候还给 Master 镜头,哈哈哈哈哈。"

屏幕左右下方是两队的中单特写。

Master 脸色阴沉,被单杀的那一瞬他甚至不轻不重地砸了一下鼠标,HT 队伍语音再次像被封印,无人吭声,下路两名新人更是连呼吸都放轻了一些。

几秒后,队里的上单用口型骂了句脏话。

在 H 国,谁敢这么嘲讽挑衅他们?

偏偏他们还不好反击——不说自家中单刚被单杀,这场比赛的局势也因为这次中野失误发生变化,他们此刻已经处于劣势。

今天这场比赛,输家只能闭嘴。

而刚完成单杀并且直接在世界赛开麦嘲讽的蓝毛脸上没什么表情,把面前的兵线清完之后回城。

TTC 此时的队伍语音跟直播间弹幕有得一拼,全是"牛",其中自然是小白的嗓门最大,就连 Pine 也连着无音调地喊了两句。

路柏沉扫了一眼对话框,扬唇:"单杀奖励,下个 F6 你拿。"

简茸原本绷着脸,闻言嘴角动了动,说:"嗯。"

袁谦道:"队长,道理我都懂,但你在路上吃我这么多兵,转头把自己的野怪让出去哄 Soft,这不合适吧?"

"哪里不合适?"路柏沉挑眉,"上路的兵线我凭本事吃的。开局帮你打出一波闪现,再一波反蹲,还不够还你那波兵?别太贪心。"

袁谦:"……"

小白说:"牛牛牛!"

简茸装酷,嗤了一声:"单杀而已。"

"你居然会英语!"

简茸："……"

"你什么时候学的？这几个字母一定记得很辛苦！你该不会用笔写在手上吧？"

"你再叽叽歪歪？"

小白嘿嘿一笑，说："我错了，单杀最牛！"

这波双杀打开局势，简茸拿的英雄对线本身就非常凶猛，拿了这两个人头之后就差在额头上刻一个"狂"字。

发条是一个在对线上难攻易守的英雄，因为清兵线的效率很快，所以只要守在防御塔下认尿，很难被打"爆"。

可惜这局他遇到的对手并没有这么讲道理。

简茸一个位移躲过朝他而来的魔球，再次把一套爆发伤害全打在 Master 身上，Master 一咬牙，决定退回到塔下。

简茸却在技能冷却好之后还在往敌方塔下靠。

Master 说："他急了，有机会。快点过来抓，这次好好操作……"

话未说完，男枪在他身后出现。

而 HT 的打野此时心态已经崩了大半——他的野区全空了，上下走了一圈，他只吃到了蛤蟆和石头人。

敌方中野的等级已经超过他们一级半，而此时比赛甚至还不算进入到了中期。

简茸在塔下拉扯着丢出自己最大的输出，然后一个位移躲开 Master 的大招——因为这个空大，路柏沉这波绕后就更加肆无忌惮。

路柏沉位移上前丢出火药弹，紧接丢出大招爆破弹，并利用后坐力离开防御塔的攻击范围，干脆拿下 Master 的人头。

刚准备来帮队友 gank 的 HT 打野姗姗来迟，在野区跟刚击杀自家中单的男枪迎面碰上。

HT 打野看了一眼对方的等级，再看了一眼自己……最后无奈丢出一个

E，往反方向逃了。

这一个逃跑，引起了现场观众的一阵嘘声。

现在这个局势在所有人意料之外。

说实话，H国的粉丝们在经历了前几天的小组赛后已经做好了输决赛的心理准备，毕竟今年的TTC势头实在太猛，可是上来被一波二比零打蒙也就算了，这可是第三局！决定胜负的第三局！按理说不该是一场绝地反击、殊死搏斗的对局吗？开局HT队伍主心骨、H国中单之壁Master被单杀是什么情况？还没二十分钟就被TTC的中野压了一级半是什么意思？越塔之后别人进你野区，你看了转头就跑又是怎么回事？

H国解说员抹了一把汗，试图安抚自家赛区的粉丝们："没有关系，虽然HT目前处于劣势，但队伍阵容是非常好的，开团、坦克和AOE都有，比赛中后期无疑是我们比较有利！而且这局我们拿到了发条魔灵，魔灵可是Master的拿手英雄，只要在团战好好发挥，努力消耗，好好使用他的大招……"

"给你拿发条又能怎么样，难道你还在指望发条去打后期吗？"

另一头，LPL的解说甲无缝衔接上这句话，两方在不知情的情况下营造了有趣的隔空对话。

中路这两场架把解说甲的脖子都看红了，说："你们搞清楚，就算你们Master的发条后期再猛也没用！这局TTC如果能让你把比赛拖到后期，我小甲原地退役！"

其余两名解说员原本也激动着，闻言立刻冷静下来。

解说乙说："那倒也不必。"

解说丙说："你先从解说台上下来，导播已经在警告了。"

中路优势奠定，有简茸这尊脾气不好的大佛在中路站着，Master在没有闪现的情况下就连在塔下吃兵都要战战兢兢，HT打野也一直在中路附近徘徊等机会。

而路柏沅抓准时机，拿了红 buff 便往下路走。

Pine 立刻把兵线推到敌方塔下，路柏沅一到位，小白操控着腕豪直接闪现越塔就是一个 WR 二连，直接顶着塔擒住 Rish 并将其摁倒在地，路柏沅和 Pine 紧跟伤害，拿下了 Rish 的人头。

路柏沅的伤害非常高，小白顶了两下塔伤这场 gank 就结束了，三人安全撤退。

小白吹了一声口哨，说："我生平最恨的月份就是二月，因为只能打 Rish 二十八天。"

路柏沅说："你前天单排不是刚被他打掉十七分？"

小白说："那是因为我排到了一个玩得比丁哥还烂的 ADC！"

中、下路顺风顺水，前两条元素龙被 TTC 收入囊中，袁谦拿到了自己拿手的刀妹，上路也一路压着敌人的补刀。

要说 H 国的队伍其实是非常擅长拖比赛节奏的，但 Master 被 Soft 单杀的那一瞬间，说实话，队里其余四人的心态已经全面崩盘，对线时束手束脚，敌人强推中路二塔时更是只知道后退。

Master 拧紧眉头，道："都怕怎么打？我一个发条站在队伍最前是吗？酒桶的大招是要留着炸我吗？开团都不会了？是打算打完这次比赛就退役？"

HT 打野做了个深呼吸，说："知道了，哥。"

于是下一波，在 TTC 五人抱团推上路二塔时，酒桶看见简茸用掉了位移技能之后，找准机会丢出了自己的大招——成功地把卢锡安、男枪和刀妹全部炸回了 HT 塔下。

Rish 说："Nice！开得好，哥！"

辅助牛头带着 Master 的魔球直奔简茸而去，就在 Master 开大的那一瞬间，简茸身上出现一道白圈——不到一秒的时间里，简茸使用出水银装备自带的"净化"以及闪现，解除牛头的控制并拉出一段距离躲开了

Master。

　　大家都还没看清他是怎么逃离的，Master 就已经放出了一个空大。

　　Master 直接心梗。

　　Pine 不再给他输出的机会，一个大招冰箭稳稳将没有闪现的 Master 眩晕在原地。袁谦顶塔上前，直接对着 Master 开大招，路柏沅用烟幕弹将酒桶致盲，然后配合袁谦的伤害，几秒间就拿下了 Master 的人头。

　　小白看着在努力输出的 Rish，一个 R 把他砸到地上，疑惑道：“这人是在刮痧呢？”

　　路柏沅两枪把 Rish 点死：“确实。”

　　Master 看着面前灰掉的屏幕，忍着砸键盘的冲动，从牙缝里挤出声来，质问辅助：“你明知道他有水银，为什么这么急着上去撞他？我的球在你身上，就应该让酒桶先上去逼出他的水银……”

　　可惜再说这些都无济于事。

　　双 C 死得太快，HT 其余人没输出没状态只能往后退，但袁谦显然没打算放过他们，刀妹闪现加 Q 把人留下，路柏沅和简茸同一时间位移上前输出。

　　今日，无情的女声第二次在比赛场馆中响起：“ACE！”

　　解说甲激动得一只腿又攀到了解说台上。

　　H 国解说员抿唇摇头，不住叹气。

　　TTC 推完上路高地后直接折返拿下大龙，双方至此来到一万经济差。

　　除非 TTC 全员失误，不然这局胜负已定。

　　第三十分钟，TTC 五人抱团推中。HT 辅助背水一战，闪现想开唯一没有位移技能的 Pine，被 Pine 同样丢闪现躲开。

　　路柏沅抓住机会，闪现丢出烟幕弹减速因为想上前输出导致站位不佳的 Rish，一套技能加平点直接把 Rish 击杀。

　　HT 再次陷入少人的情况，只能往后退，门牙塔团战时 Master 被袁谦强开，简茸熟练地打出所有伤害，Master 再次灰屏，没了清兵线的发条，HT

再无挣扎的资本。

在最后一个队友死去的前一秒，Rish复活了。

Rish站在泉水中，看着自家光秃秃的基地和堵在泉水外站着不动，状态极佳的TTC五人。

Rish察觉不对，眉头一皱，下意识往泉水里头缩。

有用吗？

只见小白直接闪现冲到Rish身后，用大招把Rish往泉水外一带，然后点出为了这一刻所准备的秒表，免疫掉敌方泉水的伤害——Rish被送到了TTC其余人的可攻击范围内。

简茸QW加连击伤害丢出，袁谦Q上前帮小白顶伤害，Pine冰箭齐发，在袁谦和小白退出敌人泉水的那一刹，路柏沉射出大招爆破弹。

"ACE！"

完成虐泉的下一秒。

[所有人]TTC·Soft：Rish？ Rubbish。

简茸转身点掉了HT基地的最后二十滴血，HT基地水晶随之炸裂。

解说甲哑声嘶吼："比赛结束！让我们恭喜TTC以三比零的战绩零封HT战队，获得了本次季中冠军赛的总冠军！"

简茸摘下耳机，听见场内的LPL粉丝高呼"TTC"，甚至压住了H国解说员的声音。场馆内灯光全开，慷慨激昂的音乐响彻赛场。

在队友的咆哮声和笑声中，路柏沉给了简茸一个激动的拥抱。

因为这个拥抱，简茸在比赛中的戾气后知后觉地往回收。在观众们的呼喊声中，他紧绷了大半月的神经终于松懈下来。

工作人员冲上台拥抱为战队带来荣光的队员们；小白想把Pine抱起来转几圈，因为力气不够只能放弃；袁谦跟副教练抱得死紧，哽咽着问我老婆怎么没上台来……

丁哥边激动地抹眼泪边带着哭腔说："牛，真牛……你们先松开……

打得太好了……我还想再开心两天……要领奖杯了……千万控制一下自己……"

好说歹说终于把人劝开，TTC 队员在工作人员的指引下前往赛场中间，金色的奖杯静静地屹立在那儿。

在五人捧杯的那一刹那，"砰"的一声，无数金色彩带从天而降。

奖杯被队员轮流换着拿，最后落到了简茸怀里。

按照比赛的流程，这会儿要做一个非常简单的小采访。主持人带着翻译上台，因为现场观众太热烈，当翻译说第一句的时候，简茸没能听清楚。

于是翻译重复了一遍："主持人问你有没有什么想说的话，夺冠感言之类的……"

简茸点点头。他几乎没有思索，举起奖杯对着镜头、对着全世界，坚定有力地说："LPL 最牛。"

采访流程是一人一句，大家都累了，有简茸在前面打样，后面接着的人发表感言也就不再废话。

Pine 接过麦克风，言简意赅："我们赢了。"

小白抓着 Pine 的手，把麦克风递到自己嘴边："大家好，这里是世界第一辅助腕豪在跟大家说话……"

Pine 说："你拿麦克风就好好拿，不要抓着我的手。"

小白说："小气。"

袁谦把麦克风从下路二人组手中抢过来，他抹了一下眼泪，说："我虽然也很想像他们一样帅，说两句就过……但我还是想多啰唆几句。去年年底我收到很多私信，当然很多是安慰我希望我加油的留言，但还是有一小部分说我不适合这个版本让我退役……在这儿我想说，我必不会退役，我不是抗压性选手，我是全能选手，我还能适应七八九个版本，会打到我打不动为止……然后我要感谢我的队友，我的战队，我战队的工作人员，我的老板，我的父母，我的粉丝，以及我的老婆。我爱你们，老婆我爱你。"

导播的镜头给到袁谦的老婆悠悠。

女人满眼含泪，鼻尖通红，对着镜头高举着自己男朋友的应援手幅。

最后是路柏沆。

他接过麦克风的时候，面前的观众全部站了起来，甚至还有H国观众从兜里掏出一张路柏沆的小海报高高举起。

《英雄联盟》目前有很多明星选手，但能在所有赛区都拥有高人气的选手少之又少。

Road绝对是人们能想到的第一位全联盟高人气选手。

出道即巅峰，"世界第一打野"的名号至今未掉，"版本更新"从来不影响他的操作，能C能带，是LPL最令人安心的存在。

路柏沆对着镜头一笑，嗓音因为疲惫微微发哑："下半年我会继续努力，我们的目标是大满贯。谢谢大家。"

路柏沆想还麦克风，主持人忙道："就说完了吗？路神，大家都非常期待你的发言，可以再多说一点儿吗？"

路柏沆挑眉，重新看向镜头。

于是几秒后，他又开口："感谢战队，感谢队友。"

他在全场的起哄声中，把最后的话说完："LPL最牛。"

……

季中赛直播结束，水友们都还停留在夺冠的喜悦中，直播间的人数减少得非常慢，大家喊完"牛"就一块儿骂HT，骂完HT又开始吹自己喜欢的选手。

直播间的人热闹散去，微博又开始狂欢。

因为和HT战队的恩怨闹得过大，今晚微博上的热搜词可以说是被TTC承包了。

热搜第一理所当然是"TTC夺冠"，热门上互动数最高的微博是——

TTC小崽子们吃好喝好: 恭喜TTC夺冠，小崽子们这段时间压力实在太大了。

"真的，可以打开战绩表查询一下 TTC 五名队员这段时间的 H 服 rank 记录。下午晚上都没战绩，那明显是 TTC 的训练赛时间，晚上九点开始，每个人每晚的 rank 记录最少是五个小时。"

"练五小时的是 Road，他有手伤，加上训练赛的时间……五小时绝对是超时的了。其他人的训练时长更久。"

"谦哥冒着失去老婆的风险抛弃嫂子独自单排到深夜，Pine 不玩 AD 露露，小白也不玩辅助以外的英雄了。"

"那要这么说，Soft 就……十年如一日吧。"

确实，简茸以前在国服杀人，后来去 H 服杀人，完了还嫌不够，约架似的去找 LPL 其他中单打 solo……本质无情の杀手。"

"他们真的很拼，心疼队员们，今晚可以好好休息了！"

……

就在 #心疼 TTC# 这个词条刚慢慢悠悠蹭上热搜的尾巴时，突然，大家微博首页刷出了一条官方直播提示——

TTC·Bye：我在星空 TV 开启了直播，房间号 1188，分类是"休闲区户外娱乐"，快来看我啦！

正在狂刷心疼的粉丝们："？"

开直播？

休闲区？

户外娱乐？

粉丝满脸疑惑，点进这个链接，一进去就是小白的怼脸自拍。

他明显喝了酒，脸蛋和眼底都红红的，周围声音嘈杂，动静能直接把耳机党逼疯。

小白紧紧盯着镜头，说："可以了吗？你们看不看得到我啊……嗝。能看到的朋友扣个 18341331373……"

"？"

"你想要挨揍吗？"

"你们看不到啊，看不到算了，你们听吧。"小白镜头一转，给大家看他现在所处的环境。

大家看到了一个布置精致的宴会厅，看到了丁哥和Pine、袁谦和他老婆，以及TTC众多工作人员们。

当然，最瞩目的还是一堆堆空酒瓶和满桌的礼物。

从包装上看，电脑、手机、iPad……各类奖品都有。

"是啊，我们连夜回上海了。"小白努力看清屏幕上的弹幕，"为什么这么急……因为待在H国也没什么事要做，当然是能多早回来就多早回来了。"

"现在正在开庆功宴！你们看这些礼物，据说老板今晚光是礼物就准备了这个数……"小白对着镜头比了个三，磕磕巴巴地说，"哦，对了，老板还给我们每个人都买了一辆车，哈哈哈，是我这辈子第一辆车！你们没有吧？哈哈哈！那还只是春季赛冠军的礼物……啊，我好羡慕自己。"

"气得我起床订了一份蛋炒饭外卖。"

"我刚刚发了什么微博？我在心疼TTC的队员？我是脑残吗？"

"月薪两秒前到账了，5193.8元，还没这里面一台手机贵。"

"庄亦白这算窜分类了吧？他凭什么在户外娱乐开播？我能把他举报掉吗？"

说是这么说，小白的直播间却依旧坚挺着。

小白的摄像头乱晃，大家看到丁哥脱了西装外套，穿着一件白衬衣，拿着麦克风边摇头边深情地唱："男人好难，做人好难……几十岁了还是提心吊胆……"

还未唱完，身边的人不知道说了一句什么，丁哥倏地停下歌声扭头：

"什么？"

"他真在所有人频道骂人了？"

"呵呵，你骗我，他打中文 HT 那群人能看懂？"

"什么……英文？他会？"

"呵呵，我不信。"

"走开，别给我看图，肯定是你临时瞎 P 的，他怎么可能这么搞我。"

最后，丁哥盯着副经理递过来的图看了足足两分钟，放下麦克风，拿着手机大步走出了宴会厅。

"我看哭了。"

"唱得真挚，戏目感人，我眼眶湿润。"

"这个流星是刷给丁哥的。"

"怎么没看到我老公和 Soft 啊？"

"拍一下路神拍一下路神拍一下路神！"

"能让 Soft 入镜给我整两句吗？我给你刷五个星海。"

"我哥啊，我哥刚才说他累了，休息去了。"小白盯着屏幕说，"简茸？也去休息了……五个星海？真的假的？"

对方立刻刷了一个星海，说："定金。"

"算了，我刚从老板那儿拿了一个大红包，不稀罕。"小白摇摇食指说，"我不是见钱眼开的人。"

因为队员们参加完庆功宴后各有计划，丁哥没有安排队车，让大家睡醒各自回基地。

回到基地后，简茸连行李都没收拾，倒头继续睡。

他这一觉睡到天黑。

Pine 回了趟家，袁谦和女朋友约会去了。下午五点，TTC 训练室里只有一个人影。

小白因为瞎开直播挨了一天的训，苦巴巴地给自己泡了一杯不加糖的咖啡，刚端起来抿了一口，听见训练室门打开的声音，他下意识转头看过去。

然后他跟活阎王对上了视线。

阎王穿了一件长袖高领上衣，虽然睡了一整天精神了点，但眼皮底下还是有些发青。

小白眼见简茸打开电脑，愣愣地问："你要开直播？"

简茸拆开一包小饼干，丢了一块进嘴里："嗯。"

"你干吗这么勤奋啊？"小白一脸惊讶，道，"你清醒一点儿！我们昨天才夺冠！你现在就该找一部电影，调节座椅靠背，安逸享受你的冠军人生……"

"不。"简茸嚼着小饼干，说话模糊，"我要赚钱。"

"你已经很有钱了。"

"不够。"

小白瞪大眼说："怎么，你要学坏？你要花天酒地？"

简茸没回答，他打开直播软件，打出一行直播标题：我来了，随便播播。

一套熟悉的开播流程走完，简茸挂着《英雄联盟》客户端进入排队通道，在等待的时间里懒懒往椅子上一靠，自顾自地开口。

"今天打国服，H 服打腻了，全是鸟语听得烦。"简茸打开弹幕助手，缓缓扫一眼，"之前那个说我上不了 H 服第一的家伙还在不在？"

简茸看着弹幕，一一回答水友的问题："昨晚为什么没参加庆功宴……我参加了，太累了，走得早而已。"

"为什么穿高领……冷。二十五度的气温，庄亦白开着十八度的空调。"

"路神去哪儿了……少管选手的私生活。"

弹幕上的问题很快刷了满屏——

"傻宝贝怎么这么快就复播了，打完比赛不休息？"

"什么时候再开水友赛？我好久没打 Soft 了。"

"昨天我看 Bye 的直播酸死我了，Soft 拿了多少夺冠奖金？"

"这次季中赛怎么没玩亚索？"

"你打完比赛没跟 Rish 后台约架？"

"休息,打排位又不累,顺便开个直播赚钱而已,播一会儿就吃饭去了。"简茸选出劫,调整符文,"水友赛有空了开吧,最近对殴打小学生没什么兴趣。"

"教练说亚索和我,赛场上只能留一个。"

"跟 Rish 约架?我比赛里能随便把他当孙子打,为什么要因为他去吃禁赛。"

说话间,简茸单杀对面中单,回城出装备。

"我第一次来这个直播间,原来私底下 Soft 也这么狂啊。拿个季中赛冠军而已,不知道的以为 S 赛三连冠呢。还吹什么第一中单,操作比我还菜,要不是 Master 被队友拖累,有你秀的份?"

刚夺冠就看到这种弹幕,不论是路人还是粉丝都觉得晦气,刚打字要喷回去。

简茸说:"S 赛三连冠?少了,我起码能拿四五回吧。"

"哈,素质没多少,吹牛倒是厉害。"

"我哪有你敲字厉害。"简茸嗤笑道,"自己是什么玩意自己心里没数?我在白金局炸鱼都炸不到你,怎么,你关了游戏一进直播间就成人上人了?"

那人还没回答,简茸趁着对方中单回城的空当,挂在塔下抽空出来,把那个喷子升成了小房管,还给对方开了一个说话的权限:"来,开麦聊会儿,正好这局我打得无聊。"

简茸看着弹幕说:"他直播间资料写了游戏 ID?我看看段位,皮都不脱干净就来当喷子,难不成真是一个傻瓜……不屈白银二?真牛,能带我上分吗?"

简茸话还没说完,对方就火速离开了直播间,在几秒内清空了资料并脱掉了自己的直播间房管马甲。

"哈哈哈哈哈哈哈哈哈,我要笑死了。"

"直接升房管……这是什么操作?"

"这事 Soft 在星空 TV 没整改前经常干,有一回还抱了一个小学生上麦,哈哈哈哈。"

"不忘初心。"

不久,训练室的门被人推开,紧跟着一个白色塑料袋被放到他的电脑桌上。

路柏沅看着他的衣领,好笑地问:"你不热?"

简茸摇头,瞥了一眼塑料袋说:"去超市了?买了什么?"

"你的牛奶,阿姨这几天休假,冰箱空了。"路柏沅看了一眼他电脑右上角的直播时间,"还要播多久?XIU 在群里约吃饭,大牛他们都去。"

简茸说:"我打完这局游戏就下播。"

路柏沅回房间换衣服,游戏结束,简茸直面弹幕上的激情谩骂,道:"下播了……少拿时长唬我,这个月打季中赛没时长任务,下播就不刷礼物……随你,我有钱。下个月一号复播,到时候抽水友玩水友赛,走了。"

XIU 组的饭局,熟悉的选手全叫上了,地点在当地一家贵得出名的烧烤店。

他们坐在店内后院唯一一张露天餐桌上,跟前面的客人隔了一张帘,又不用担心吵着其他人。

今日,TTC 只有中野辅有空,自三人走进后院那一刻起,XIU 立刻嚷嚷:"老板们来了!"

Savior 一脸疑惑,道:"老板?这家烧烤店是 TTC 开的吗?"

"不是,"XIU 说,"但今晚是他们请客。"

路柏沅拉开椅子说:"无所谓,夺冠高兴,你们随便点。"

大牛说:"服务员!再给我上三份牛肉!"

著名抠神庄亦白原本是想来蹭吃蹭喝的,闻言惊恐地转头:"哥……"

路柏沅说:"我请。"

小白于是跟着大牛一挥手，说："还要两份牛小排！六个生蚝六个扇贝给我加满蒜蓉！再来一份腰子给我中单兄弟补补！"

简茸忍无可忍，道："补个毛线。"

桌上的人乐成一片，十几二十岁的男生笑声爽朗，整个烤肉店都仿佛热闹起来。

组团来吃烤肉那就不是纯粹吃肉的，服务员抬了一箱啤酒上来，还有几瓶不同牌子的日本烧酒。

XIU给简茸倒了一杯啤酒，路柏沆也没拦，反正自己在这儿，这段时间也不用训练，不喝过头就行。

大牛喝了几杯酒，说起话来肆无忌惮："要我说，HT就整一傻瓜战队。换作是我，我都忍不到总决赛那天，早把Rish撂地上了。"

98k抿了一口酒，说："这几年他们在H国的风评也不好。"

Savior点头道："是啊，好像自从Master前两年变强打出成绩以后，HT就变得非常自大，而且Master是真的很不喜欢LPL，但我不明白为什么。"

XIU摇头道："这你就不知道了，这事要怪啊，就得怪我旁边这位兄弟……人家刚出道就被他虐泉，留下心理阴影很正常。"

路柏沆把烤好的牛肉放进简茸碗里，说："别扯我。"

"不知道是不是版本问题，我看H国的队伍今年的春季赛打得都好菜，"XIU给自己倒了杯酒，说，"如果S赛他们还这么搞……今年S赛四强没准能有三支咱们LPL的队伍。"

S赛部分规则已经公布，今年LPL依旧只有三个入围S赛的名额。

小白咽下牛肉，问："哪三支队伍？"

大牛道："那还用问？TTC，PUD，还有我们战虎。"

空空立刻从食物中抬头，说："什么意思？那我们MFG呢？我们今年也很强的好吧。"

"哎哎哎，别吵，你们夏季赛再争。"XIU道，"反正都一样，今年S

赛冠军我们战队先预定了，后面亚季军你们随意。"

简茸正看着路柏沅给他碗里添的腰子不爽，闻言冷嗤："一群连季中赛都没打进的队伍在预定什么？"

小白立刻开口附和："就是！"

"哎，你这小孩怎么说话的。"XIU放下酒杯，说，"要不是哥哥腰出问题，总决赛没能上场，季中赛轮得到你们去？"

路柏沅挑眉，轻飘飘地应他："说实话，你和你们队那位替补没区别。"

"你放屁！"XIU一拍大腿，道，"我如果上场，你敢那样入侵野区？简茸能这么快乐地发育？"

路柏沅好笑道："年纪大了，失忆了？你的野区不就是我的野区吗？"

"我发育？"简茸朝Savior扬扬下巴，"你问问你们中单，他敢出塔吗？"

Savior一脸震惊，涨红着脸说："我听懂了！我敢，我现在佐伊天下第一！你不要太骄傲！"

小白冷静地点头："我知道了，下次遇到你们就禁佐伊。"

Savior："……"

"禁什么？"简茸捏着酒杯，问，"我怕他？"

XIU气得直点头，嘴里喃喃："好好好，你们等着，夏季赛我不把你们打自闭……"

"等着呢。"路柏沅说，"希望到时候我们可以在野区见一面，你千万别躲。"

一顿烤肉吃得剑拔弩张，烤肉店老板吓得专门找两个服务员在后院门口盯着，想着一旦动手就立马报警。

但显然是他们想多了。

这帮人吃饭的时候嘴里喊着打打杀杀恨不得立刻弄死对方，一吃完饭，又开始勾肩搭背喊起"兄弟"。

"你们先回去。"路柏沅站在店门外，道，"我和简茸随便走走。"

小白一脸蒙，说："那我呢？我跟你们一块儿走走吧。"

"你胡说什么，"XIU揽住小白的肩说，"我送你回去，我们Savior没喝酒，他能开车，直接捎你回基地。"

小白说："可我吃得也挺撑的，消消食也好。"

"消什么食啊，就撑着回去，你的脸胖点可爱。"XIU不由分说，把人架着走，"走了走了。"

夜色已深，这个路段人影稀少，两人走在街边，影子被路灯拉得很长。

简茸喝了不少酒，又在里面闹了一阵，实在上头，在夜风的吹拂下走路都仿佛有些飘。

所以直到看到对面马路的体育馆后，简茸才后知后觉，这附近的景象非常眼熟。

几秒后，简茸转过身，看到了自己身后的网咖。

网咖叫"比目鱼网咖"，招牌上还有两条比目鱼。

简茸当时就是坐在这两条奇丑无比的比目鱼下面，仰头瞪着给他递票的路柏沅。

他正出着神，网咖大门被人从里面推开，路柏沅拿着一瓶牛奶走出来。

简茸有些恍惚，静静地看着路柏沅。

有那么一瞬间，他觉得自己回到了十三岁。那时候的他觉得连世界都好像是孤独的。

然后路柏沅出现，给了他一张门票。

虽然是六月天，但到了夜晚还是有些冷。

路柏沅出来时伸手碰了一下简茸的脸，探了探他的体温，说："你的胃难不难受？喝点牛奶。"

简茸稍稍仰着头，没应答。他的脸颊被酒精染红，眼底仿佛比头顶的路灯还要亮。

路柏沅察觉到路人正看向他们这边，摘下自己的帽子戴到简茸头上，好笑道:"发什么呆,小黄牛。"

"我都忘了……"简茸哑声说,"这里离你打 LSPL 的体育馆很近。"

路柏沉说:"正常。你去问庄亦白,他可能都不记得自己打过 LSPL 了。"

简茸:"……"

路柏沉想到什么,笑道:"里面还是当年那个网吧老板,我进去的时候他在看你的单杀剪辑。"

"嗯。"简茸吸了吸鼻子,感慨似的说,"他以前拒绝我的打工请求时凶得要死。"

路柏沉扬扬下巴,说:"那你进去凶回去?"

简茸回头看了一眼,这一眼看了很久。

许久,他收回目光,道:"算了,放老板一马。"

"回俱乐部吧。"

路柏沉扬了扬嘴角,伸手把他的帽檐往下又按了按,道:"好。"

"比目鱼网咖"外行人稀少,连经过的车都只有寥寥几辆。

两个男生在暗处说话,高个子的男生抬手挡着另一个人帽檐里露出来的发色。

"比目鱼网咖"内灯光明亮,键盘声阵阵。

网咖老板看完"怪物新人 Soft 春季赛 +MSI 季中赛精彩击杀剪辑"之后觉得自己又行了,满腔热血地打开了电脑里的《英雄联盟》客户端,直接进入游戏排队队列。

在等待的时间里,他顺手刷了一下微博,刷出了"英雄联盟赛事"几个小时之前发布的微博——

英雄联盟赛事:#我们是冠军!# 恭喜 @TTC 电子竞技俱乐部以三比零的比分战胜 HT 战队,获得了本次英雄联盟 MSI 的冠军!同时也恭喜 @TTC·Soft 当选决赛 MVP!恭喜 @TTC·Road 当选 MSI 全场 MVP!

不畏变迁，强者永存！TTC 这支值得我们信任的老牌战队在经历无数历练与挫折之后，再次扬帆起航！

英雄联盟赛事：文章：关于 TTC 队员简茸（ID：TTC·Soft）在 MSI 决赛时对对手发表不当言论的处罚公告。

— 正文完 —

番外一 高素质网民

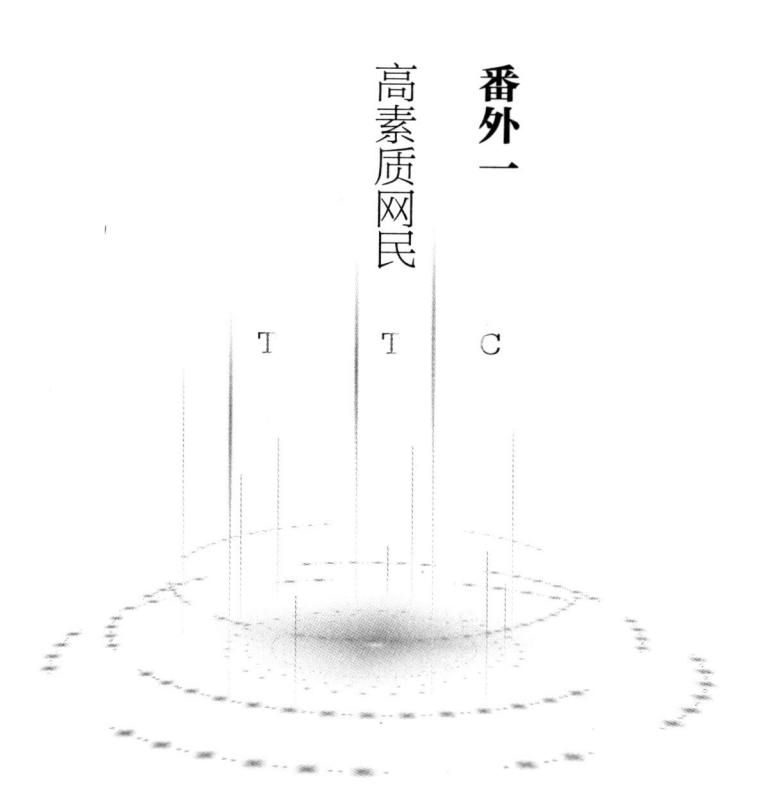

季中赛结束后半个月，夏季赛紧接着打响。

夏季赛开幕赛当天，比赛下午三点开始，简茸应平台要求开直播充当解说员。

他刚开播不久，直播间的人气就直冲平台第一。

当凑热闹的路人和爹粉冲进直播间的时候，看见男生顶着一头刚睡醒都还没来得及整理的乱发，咬着牛奶吸管问旁边的人："今天哪两只小鸡对啄来着？"

小白："……"

小白说："PUD和战虎。"

简茸"哦"了一声，说："那我先去上个厕所，他们一局保底四十分钟。"

小白满眼怜惜地看了一眼他的电脑屏幕，说："XIU和大牛昨晚不是在群里给你发了红包，让你离他们的比赛远点吗？"

其实那两位的原话是"@艹耳　明日停播费，拿着钱滚"。

简茸解释："平台给的红包比较大。"

"因为钱，连兄弟都能背叛？"小白问，"平台给了多少？"

简茸把手伸到电脑下方，随意给小白比了个数。

小白倒吸一口凉气，道："兄弟算个屁！"

简茸闷笑一声，没继续跟他贫。

三名解说员一阵唠嗑后，终于进入了比赛的Ban&Pick界面。

知名非专业气人解说员二郎腿一跷，开始了他的比赛分析。

"PUD禁了卡牌、维鲁斯、乐芙兰……乐芙兰？没必要，大牛的乐芙兰白金水平。你们以后排位如果遇到他玩乐芙兰，直接秒，别犹豫，否则掉分别怪我没有提醒你们。"

"战虎摁掉泰坦、发条、卢锡安？这一手卢锡安禁得毫无道理，现在AD卢锡安已经不是主流了，98k也不喜欢玩这种类型的上单……中单玩？Savior会玩卢锡安？"

"战虎拿了辛德拉，Savior拿佐伊……谁更强？不知道，都差不多，技能能中全靠缘分。"

"你悠着点说，这两家粉丝太多，我喷不过来！"

"主播天天哗众取宠，一个MSI冠军嚣张成这样也是头一回见，这些粉丝也不是什么好东西。"

"骂主播可以，骂他粉丝干什么？他粉丝刨你家祖坟了还是让你变孤儿了？"

"两人开场五分钟技能空了百分之八十，我寻思Soft也没说错吧。"

"什么垃圾玩意儿，不会解说就关直播，别瞎蹭，OK？"

"我好久不关注LOL了，这家伙怎么人气这么高了？破主播还在阴阳职业选手？你行你上啊，真逗，我看你这辈子也就混混直播过日子了。"

"你这是不关注LOL？你这是去山洞过了半年吧，兄弟？"

"来我直播间叫我关直播？您哪位啊？星空TV易老板？"简茸靠在椅背上，懒懒道，"您爱看看不看滚，怎么的，还要我远程控制您的桌面帮您把直播间关了？"

"你行你上……"简茸嗤笑道，"我周四打战虎，周五打PUD，有空常出洞看看，看我到底行不行。"

"房管封那些发广告的就行，其余不用封。今天直播间不封喷子，我有空。"

PUD和战虎的比赛前二十分钟几乎都是发育期，简茸抽空看了一眼弹幕，正好看到一条——

苦茶：为什么都在骂人？不喜欢这个主播的直播方式可以不看，主播在现实中很有礼貌，其他观众不要用糟糕的词汇攻击主播。

"不都是他一直在攻击我们？"

"我一时分不清这人是真情实意还是在阴阳怪气。"

"我突然想起 XIU 前几天在直播里说过，以前他去跟 Road 打听新中单，Road 说是挺乖的一个小孩子，XIU 死活猜不到，哈哈哈哈哈哈哈哈。"

"苦茶：我是认真的。再有一些人身攻击的词汇，我会建议主播拿起法律手段保护自己。"

简茸直播多年，头一次见到这种画风的水友。

这时比赛中正好爆发一场小团战，简茸回过神，点了全屏打算仔细看好好解说，训练室的门就被人推开了。

路柏沅刚做完按摩，身上松垮地披了一件队服外套。

他揉了揉酸疼的脖颈，转头把简茸头上翘起的头发按回去："你怎么没回我消息？"

简茸道："我在直播，没听见手机提示。"

路柏沅扫了眼他的电脑屏幕，挑眉道："XIU 拿的人马？"

简茸道："嗯。"

路柏沅点头道："他的人马开 E 逃命挺厉害的。"

路柏沅回到自己的机位开机，简茸伸了个懒腰，继续解说。

"这一波团 98k 开得还可以，Savior 佐伊晕中战虎的 AD，这波团战虎应该凉了。"

"不会吧不会吧，你不会以为真有人来你直播间是来听解说的吧？"

"我听说昨晚你跟路神打了一局 Solo？请解说一下当时的情况。"

"你昨天用了什么英雄？"

简茸道："你从哪儿听来的消息？第一中单的事你们少管。"说完这一句，简茸低下头去看刚收到的手机消息。

R：我妈找我帮她开了一个直播间账号，如果哪天她在你直播间乱发奇怪的弹幕，直接封了就好。

艹耳：？

艹耳：阿姨的直播账号叫什么？

R：我忘了。

R：绿茶？红茶？乌龙茶？

简茸愣住了，缓缓地转头看向弹幕。

苦茶：我没有精力同你们说这么多，再继续辱骂下去，我定与你们法院相见。

"我吓哭了，苦茶你真牛。"

"主播打得菜，没素质，内涵其他战队选手还不让说？还法院见，这年头小学生已经智障至此了吗？"

"这语气不像小学生，像校长。"

"苦茶打字太慢了，能不能快点？跟上大家的速度，OK？"

"苦茶你闭麦吧，Soft不需要你这种粉。"

简茸反手就把骂苦茶的和这个说不需要这种粉的封了。

在"你不是说好不封人"和"封喷子就算了，你封你亲爹是什么意思"的质问中，主播的摄像头忽然关闭。

水友们刷了三分钟的问号后，视频才终于重新开启。

刚才邋里邋遢衣领凌乱的电竞宅男没了。

坐在镜头前的男生发型齐整，穿上了队服大衣，拉链规规矩矩拉到胸前，背脊挺直，面容精神，戴条红领巾可以直接去隔壁学校升旗。

"我什么时候说过不封人？"简茸直接失忆，认真地说，"维护干净友爱的网络环境是我们每位网民的责任，希望大家能够规范用词、和谐相处，与我一起做高素质网民。"

苦茶：说得很对。

"？"

"你在放什么屁？"

"你退网就是对构建美好的网络环境的最大贡献。"

"所以素质这两字跟你到底有什么关系？"

苦茶：你身为知名主播，也要把正能量与正确的价值观传递到每一位观众心里。

"希望大家不要再说脏话了，房管封人也是很辛苦的。"简茸在满屏问号中微笑道，"那么让我们来看一下这一波团战。Savior 选手的佐伊丢出催眠气泡——很遗憾没有命中，并被敌方中单晕住击杀，非常可惜，但我们相信这不是 Savior 选手的真正实力，他下一波一定会发挥得更好。"

"那这一场团战是战虎占据优势——98k 选手闪现击杀大牛选手扭转局面，大牛选手居然会选择这个站位也是让人意想不到，其实往龙坑外走一走或许会更好……不过没有关系，大牛是一位非常出色的后期选手，让我们继续期待他接下来的操作。"

小白摘下耳机，惊惧地拍了拍他的肩膀。

简茸道："有什么事？"

小白道："你是谁？虽然你人很 Nice，我非常喜欢你，但过两天我们战队就要打比赛了，我还是希望你能把我们中单的灵魂换回来，打完再换走也没关系。"

简茸道："你能安静一点吗？有些打扰到我直播了。"

小白："……"

这一场直播耗尽了简茸这辈子的耐心与演技，刚下播他就回房间自闭去了。

路柏沅坐在他床头，隔着被子揉他的脑袋。

路柏沅对电话那头的人道："妈，你以后少去他直播间。"

简茸倏地拉下被子，一脸震惊地看着他，用口型道：我没关系。

电话那头的路妈逛着商场，道："我没有呀。今天我一整天都和你代姨在外面逛街呢。"

路柏沅道："苦茶不是你的号？"

"是我的号，但我……"路妈一顿，恍然大悟道，"哦。应该是你爸看的，我跟他说过直播账号的事，他还装出一副不感兴趣的嫌弃德行。"

路柏沅一顿。

衣袖被拉了拉，路柏沅低下头，看到简茸睁大眼，用微不可闻的气音问：阿姨说什么了？

那些水友这么骂她，她生气吗？

路柏沅挂了电话，说："没有。"

简茸说："那……"

路柏沅伸手把他直播时打理好的头发弄乱，问："简神最近什么时候有空？"

简茸愣了一下，说："打完比赛吧……怎么了？"

"没。"路柏沅莞尔一笑，道，"我想请简神再去我家吃顿饭。"

番外二
大满贯

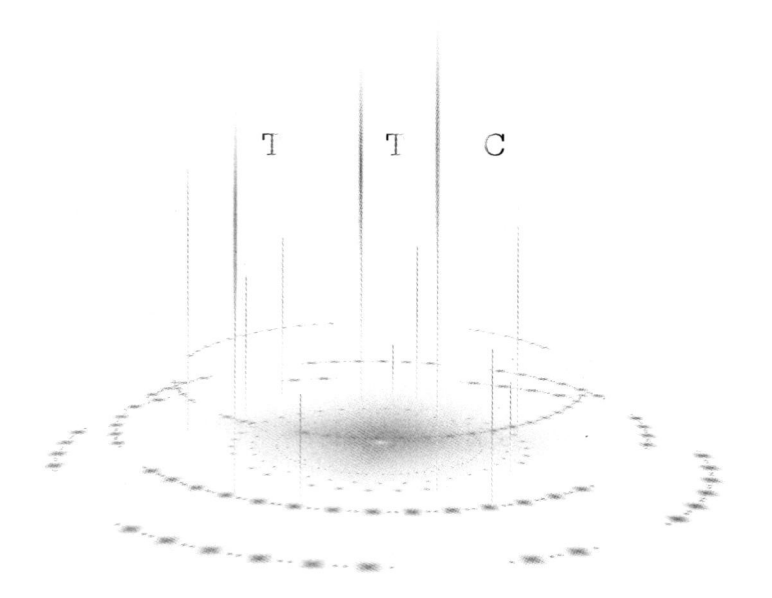

T　T　C

2021年11月3日，S赛半决赛依旧在上海东方体育中心举行。

S赛连续两年在中国举办，这让LPL粉丝感到莫大满足。场馆内座无虚席，呼声阵阵，场面阵势力压以往每一场半决赛。

今夜被粉丝称作"LPL不眠夜"，因为争夺决赛席位的两支队伍都来自中国LPL赛区，手心手背全是肉，谁赢谁输都心疼。

他们分别是今年的夏季赛冠军、LPL今年的一号种子TTC战队，以及除TTC战队外LPL全年积分最高的二号种子PUD战队。

这两支LPL强队在去年转会期都经历了人员变动，经过半年的磨合，队员之间已经默契十足。LPL粉丝们原本都在期待着他们能够会师全球总决赛，可惜抽签结果不尽如人意，最后只能用"LPL保送决赛"安慰自己。

夜晚十一点，场馆外行人裹紧大衣匆匆路过，馆内气氛高涨热闹非凡。粉丝们高举自己手中的横幅疯狂欢呼，"TTC"和"PUD"交叠在一块，分不清谁的呼声最高。解说员已经破音无数次，他们喊得血脉偾张、面色涨红。

这是S11半决赛第五场的第四十三分钟。

二比二这个比分挂在顶端的屏幕上，刺激着每个人的心脏，这四十三分钟内毫无尿点，没有哪支战队想拖时间，但你来我往的交锋还是让这场比赛走到了大后期。

最后一场大团战在四十五分钟以TTC大胆开大龙为契机，在大龙坑正式打响。

Soft隐藏新粉解说甲当时就想拍桌子。

这种双方五五开的局势，不是谁开大龙谁玩完吗？

果然，PUD 做的视野看到了 TTC 开大龙，Savior 立刻操着他那口流利中文在队伍里咆哮："开了开了！他们忍不住开龙了！他们结束了！哥哥们，快过来呀！"

98k 说："我先进场。他们中单呢？"

XIU 说："他们中单估计在龙坑附近哪块草里阴着，辅助去搞个眼看乐芙兰位置，大家都来，我今天必把对面那狗打野干服。"

98k 青钢影直接进场开团，可就在他下去的那一瞬间——

正在打龙的 Pine 突然操控自己的寒冰往后退，一个预备已久的晕眩大招直奔龙坑顶上的 Savior。

路柏沅男枪一个位移上了龙坑，在晕眩时间内配合袁谦船长的大招拿下 Savior 人头。

小白紧跟而上，说："你们不给我留个助攻？什么人啊，你们都是……算了，我等 98k 上来，看我世界第一日女把他晕得不要不要的。"

Pine 说："菜鸟辅助，不保 AD。"

袁谦道："终于要结束了，我的手心全是汗。"

PUD 的辅助插眼插出一个敌方中单乐芙兰，简茸直接绕过这辅助，闪现+W 直接冲到敌方 AD 脸上，PUD 的 AD 甚至都还没看清是个什么玩意儿，自己的屏幕就灰了。

……

Savior 在死前最后关头丢出了自己能丢的所有伤害，配合 XIU 的伤害击杀了简茸。

可惜于事无补，TTC 最终靠着他们的奥斯卡演技演了 PUD 一道，漂亮地打出一波一换四。

TTC 立刻抱团推中，直奔 PUD 基地。

路柏沅看了一眼简茸的复活倒计时，道："谁拿了你人头？"

简茸靠在椅背上，臭着脸看自己队友拆敌人基地，闻言道："XIU。"

于是 PUD 此刻唯一存活在场的 XIU 刚出泉水想挣扎守家，转眼就被路柏沉追着打回基地，最后被路柏沉一个大招拿下人头。

这场 LPL 巅峰之战就此画下句号。

TTC 以三比二的战绩战胜 PUD，在观众们山呼海啸的呐喊声中，TTC 选手起身去隔壁握手。

Savior 说："今天我差点单杀你了。"

"你还在梦里？"简茸跟他握手，挑眉，学着他的语气道，"那波我打野来了，跟你演戏呢，你真以为能消耗我这么多血？"

Saivor："……"

XIU 看到路柏沉就气不打一处来，他咬牙切齿地握住路柏沉的手，低声怒骂："我招你惹你了，你生日我还给你送了四千多块的上衣，我给我队友的生日礼物价格都没超过一千，你就这么报答我？你这渣男……不，你是人吗？"

路柏沉微笑地松开他的手，说："你碰我中单了。"

XIU："……"

S11 半决赛结束后，又到了 LPL 其余战队全放假，TTC 战队独自加班的环节。

另一个决赛席位被 H 国赛区战队 HT 拿下，再过两天全球总决赛即将开战。

"累死……"三点，最后一局训练赛结束，袁谦伸了个懒腰，关电脑后顺手打开响了半天的 LPL 战队微信讨论组，立刻来了精神，"群里又开始了。"

小白打了个哈欠，掏出手机说："让我看看。"

MFG-空空：不训练好寂寞哦，兄弟们，有人激情连麦打欢乐麻将 2v2 吗？

YY-豆腐：我。

MFG-空空：不了吧，你打麻将太菜，我不想送豆。

战虎大牛：都醒着呢？

MFG·JM：牛哥还不睡吗？[摸猫头]

战虎大牛：我刚陪老婆。

PUD·XIU：大牛注意一点，群里还有小孩子。

战虎大牛：哪儿来的小孩？你怎么还不睡？

PUD·XIU：TTC中单今年不才十八岁？我们在酒吧嗨皮，今晚酒水都是老板买单。

战虎大牛：我忘了，他十九岁了吧……Savior还会去酒吧？

PUD·98k：[录像]他喝多了，在发酒疯。

战虎大牛：Savior这么会扭？人不可貌相啊！

PUD·XIU：这种时候就很心疼某些人了，他们恐怕还在训练吧？好惨哦，心疼疼。

战虎大牛：心疼疼。

MFG-空空：心疼疼。

小白一撸袖子。

TTC·Bye：是呢，我们还在为勇夺S11全球总决赛冠军奖杯而努力哦。好羡慕你们，天天吃喝玩乐不需要训练，感受不到全LPL希望承载于一身的压力，也没有找上门的代言太多不知道挑哪个作为自己夺冠奖励的苦恼T-T。

PUD·XIU：？

MFG-空空：？

PUD·98k：嗝。

TTC·Qian：你们在酒吧啊？真好。我也跟我们老板说了，夺冠去酒吧庆祝庆祝得了，他非不肯，非要组织什么迪拜豪华半月游。

战虎大牛：我屏蔽了，你们呢？

MFG-空空：我带豆腐打麻将去了。

PUD·XIU：我再等等，我看这几个家伙还能凡尔赛到什么程度。

TTC·Pine：有没有推荐的修车厂？春季赛老板送的车擦了一道，想补漆。

战虎大牛：连 Pine 都……这战队还有救吗？

MFG·JM：睡觉了。

PUD·Savior：靠近墨水的人心脏都是黑的。

TTC·Bye：你们战队的中文老师真牛。

PUD·XIU：那可不……怎么，凡尔赛完了？你们战队不还有两个秀王吗？

战虎大牛：是啊，Road 和 Soft 还在打字？

TTC·Bye：他们打完训练赛就去休息了。

PUD·XIU：懂自懂，懂的人把懂字打在对话框上。

战虎大牛：懂。

TTC·Bye：懂。

MFG-空空：懂。

PUD·Savior：不懂。

……

路柏沅看着这段对话，低低地闷笑一声。

坐在他身边低着头，正认真捧着他右手帮他上药的简茸闻声抬了一下头，说："你笑什么？"

"没。"路柏沅把手机丢到一边，说，"敷好了？"

简茸看着路柏沅手腕上被包得奇奇怪怪的纱布，伸出手指把溢出来的那点药草抹掉，皱着眉迟疑道："好像……不太好。"

路柏沅看了一眼自己的手腕，忍笑道："简神，在包粽子？"

简茸的眼皮耷拉下来，说："我说了我不会包，你非要我来。"

他说着想把路柏沅的纱布拆了，路柏沅一躲，说："别，我逗你呢。"

简茸摇头道："包厚了，你晚上睡觉不舒服。"

"不会。"路柏沅说，"暖和。"

简茸："……"

最后还是没重新包扎，简茸再三确定包严实了，才起身去厕所洗手。

路柏沅看了一眼右手缠了几大圈的纱布，别开了眼，正好简茸丢在被褥上的手机响了。

来电显示是"烦人别接"。

路柏沅挑了下眉，对浴室道："简神，手机响了。"

浴室里有水声，简茸往手上搓肥皂，干脆地应道："你接。"

路柏沅接起电话。

"简神晚上好，这么晚了，我没打扰你休息吧？"那头的人像怕简茸挂电话，说话跟放鞭炮似的快，"是这样的，你还记得我吗？我是欧洲 KPS 战队的经理。我深夜打扰你是想告诉你，经过我们战队内部开会讨论，战队老板愿意在签约费上再加五百万，总共就是一千九百万，对比 TTC 给你的待遇……想必不用我再多说。不知道你有没有意愿再往下深谈呢？或者你什么时候有空，我们可以见一面。"

路柏沅捻了捻手指，没吭声。

那头以为简茸松动了，于是再接再厉："我知道你在 TTC 是想跟 Road 一起打比赛，但你仔细想想，Road 还能再打几年呢？"

"再说了，你和 Road 应该也不是只有在战队才能有交集的关系吧？我以朋友的立场跟你说句贴心话……你可以先在我们战队打几年，等钱赚够了，你以后的生活也多一层保障，你说是吗？"

"马上就是转会期了，给你留的时间其实不多了……"

路柏沅道："他在忙。"

电话那头的声音戛然而止。

"他的生活还算是挺有保障，不劳您费心。"路柏沅看了一眼时间，说，"转会期马上到了，贵队会着急我能理解，但请以后不要在晚上九点以后再给选手打电话，会影响我们选手休息。"

那边的人已经恨不得钻地缝去了，说："好……好的。"

"还有事吗？"

"没……没了！打扰到你们休息非常抱歉！再见！"

简茸擦着手出来，说："谁打来的？"

路柏沅放下手机，说："KPS 战队经理。"

简茸闻言立刻皱起眉，道："又是他？他烦不烦……"

"他给你提了五百万，一千九百万……"路柏沅莞尔一笑，说，"你不动心？"

"我要那么多钱干什么，"简茸被窗缝钻进来的冷风攻击脖颈，瑟缩了一下，道，"铺床上能取暖？"这话说出口，简茸自己都心虚。

毕竟他以前可是为了那点破礼物和人气，愿意天天玩 PK 直播的臭财迷。

但现在他确实不缺钱，而且比起钱，他更想跟路柏沅一起打比赛。

S11 全球总决赛的当天，鸟巢被光辉女郎用魔法棒点亮。

现场观众拉好应援幅，解说员狂嗑金嗓子喉宝，在直播间等待的粉丝已经备好啤酒、炸鸡和烤串。

TTC 休息室里，上下辅三人看着桌上的果盘，中间的西瓜块上还插着一个小牌子，上面写着一行歪歪扭扭的字：LPL[爱心]H 国。

是 HT 战队特意送过来的。

小白说："什么东西？HT 明目张胆给我们投毒？"

袁谦道："应该不至于。"

Pine 从《斗地主》里抬眼，说："他们战队不是换了一个经理吗？应该是看季中赛我们被 H 国赛方搞了一手，他们战队和 LPL 赛区恩怨又深，怕被报复，才送来这些东西。"

小白说："他们脑补能力够丰富的。"

"砰"的一声，丁哥风风火火推门而入，面色严肃凝重。

小白看了眼他的脸色，说："怎么了？"

"没。"丁哥双手插兜，说，"我去跟赛方核对了一下简茸的处罚记录……"

Pine 挑眉道："他要被赶出 LPL 了？"

"倒也没那么夸张……"丁哥来回踱步，"但是，他在这两个月内再搞事吃处罚……明年春季赛就要被禁几场常规赛了。"

袁谦："……"

小白面色为难道："要不毒哑他两个月？"

"先保证他今天不搞事再说别的吧，"Pine 张望两眼，"他人呢？"

"厕所……没事。"丁哥叹道，"我让小路去跟他说了。"

总决赛开场结束之后，大荧幕开始播放选手们一个比较简单的赛前采访。

HT 战队因为在 LPL 赛区好感败光，播放他们采访片段的时候几乎没观众在看。

轮到 TTC 这儿——

Pine 道："上面说什么？"

主持人的声音不会出现在采访中，只是用字幕表示：随便说几句，比如打完比赛有什么打算，或是有什么事想做的？

Pine 撑着下巴顿了两秒，说："夺冠后的打算？上分。"

主持人："……"

轮到小白说话："夺冠后的打算是吗？"

主持人道："不是，那是 Pine 选手的问题。"

小白道："我打算跟在 Pine 屁股后面混分，摸摸 H 服前十，想带爸妈去旅游，也不知道老板会不会报销，这采访我老板能看见吗？哦，我还想去长沙喝茶颜悦色，队里很多人都喝过，就我和简茸没有，我要赶在他之前喝一回，以后就能跟其他人一块儿嘲笑他了。"

主持人："……"

袁谦道："夺冠后的打算？我想休息一段时间，然后带女朋友到处玩玩，然后还想多练一些强势的上单英雄，我有预感，下个版本将是上单的真正崛起，其他路全部是弟弟。"

主持人说："好的，谢谢。"

简茸说："考驾照。"

主持人说："为什么？"

简茸顿了顿，说："如果要开车去很远的地方……可以跟另一个人换着开，不会累。"

主持人："？"

简茸保持沉默。

主持人说："你说完了？"

简茸说："嗯，我暂时就这个打算。"

主持人说："我谢谢你。"

路柏沅说："夺冠后的打算……目前的计划是带队友回家吃顿饭。"

主持人说："你和队友的关系这么好吗？"

路柏沅笑了笑，说："是很好。"

主持人说："我冒昧一问，路神，你家和TTC基地离得远吗？回去需要用到什么交通工具吗？"

路柏沅挑了下眉，说："不堵车的话……开一个半小时的车就能到。"

主持人说："那平时来回一趟也要三四个小时呢，多一个人轮流着开车会更好哦。谢谢你接受我们的采访，期待你们能够获得好成绩。"

这一个采访细节无数，网友们在打"加油""666"的同时，还不忘插播一句"主持人辛苦了"和"谦哥快跑"。

某位工作人员在完成自己的工作后长舒一口气，去厕所洗了把脸出来，突然听见隔壁无人经过的杂物间传来一阵低声交谈。

她听声音觉得耳熟，没忍住靠在墙边，偷偷往那儿看了一眼。

只见他们LPL门面·世界第一野王Road正拦着他们队伍的中单，垂眼缓声问："一会儿队伍语音和夺冠采访，你知道该怎么做？"

那位第一次上场就把自己的喷子形象钉死在观众心目中的暴躁中单 Soft 抿唇低下头，揉了一把自己的脸蛋，说："知道，我不骂人……一定不骂人。"

……

2021 年 11 月 12 日晚上 10 点 48 分，鸟巢体育场。

TTC 战队以 3：1 的战绩击败 HT 战队，夺得 S11 全球总决赛总冠军。

至此，TTC 今年一共拿下了春季赛冠军、MSI 冠军、夏季赛冠军以及 S 赛总冠军，在一年内就完成了 H 国强队 HT 花了三四年都未达成的，真正意义上的英雄联盟职业比赛大满贯。

第四局拆掉 HT 战队基地的那一瞬间，TTC 五名选手从座位上蹦起来用力拥抱，金色的雨落下，烟花划破夜空，三名解说员都蹦到了解说台上。

网吧、学校甚至居民楼在这一瞬间被尖叫声覆盖，直播间被弹幕撑炸，论坛贴吧发帖几秒后就被挤到第二页，微博所有话题广场都是"TTC 牛"。

五名选手披上五星国旗，对着镜头，对着全世界的观众高举他们手中的奖杯。

观众们将永远记得这一幕。

聚光灯下的五人互相揽肩，有笑有泪。

他们的比赛状态、他们眼中那份对电竞的赤诚与热爱，无一不在告诉所有人——

这只是一个开始，他们会把这面鲜艳的五星红旗永远披在身上，然后带到世界各处，每一个电竞舞台上。

番外三 转会风波

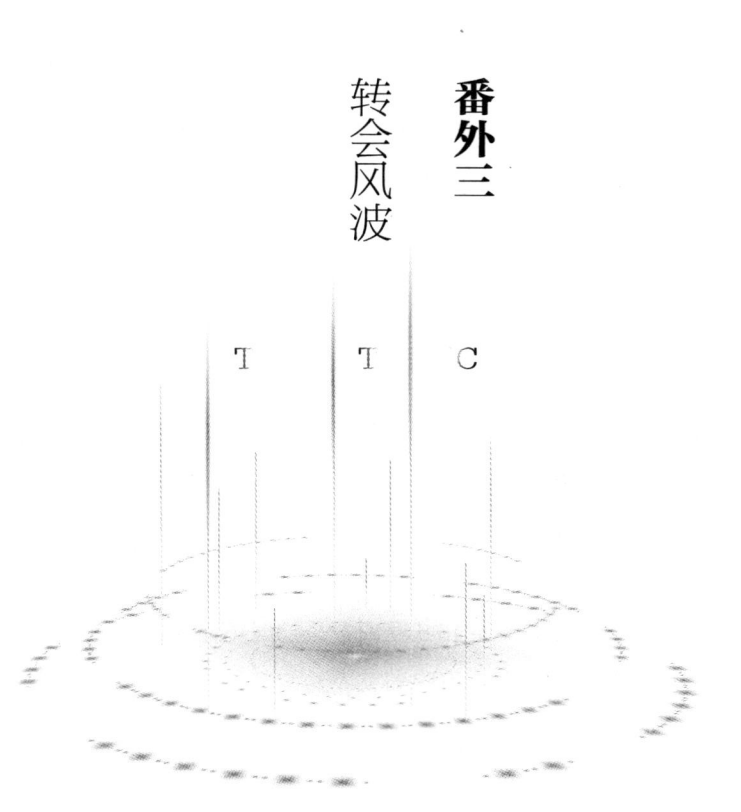

TTC 实现 2021 大满贯后，激动万分的电竞粉在直播间盼啊等啊，期盼能出现像季中赛夺冠后没几天 TTC 全员就开了直播的快乐场面。

可惜，一周过去，无事发生。

有些粉丝坐不住了，纷纷跑去 TTC 官方微博下面提问：

"你们队员该不会因为天天炫富被绑架了吧？现在都没人开直播，没道理啊。"

"别人也就算了，我儿子直播界劳模，唯一的梦想就是赚光我们的钱，居然在人气最高的时候停播了一周？！"

"小白也不见了（哭泣），怀念每天看他抱 P 宝大腿的日子。"

"P 粉哭泣，照这个情况来看，我起码得过一个月才能看见我老公了。"

"应该放假了吧？ Bye 在 S 赛决赛采访时不是说打完比赛要带爸妈去旅游吗？估计还没回基地呢……"

"哑……吃撑了，这家餐馆还不错……余松。"

"江余松？"

Pine 回神，从手机中抬眼看向自己的朋友。

他今天刚离家回到上海，晚上就被几个老友约出来吃饭。

"我们打算去酒吧玩玩，一块儿去？"朋友拍他肩膀，"反正你戴上口罩，没人认得出你。"

Pine 一只手插兜，嘴里叼着一根烟，刚要拒绝，手机自带的铃声忽然响起。

他看了一眼来电显示，抽出手来夹着烟，接通后懒懒地"嗯"了一声。

熟悉清脆的嗓音划破夜晚宁静："呜呜呜，P宝——快来赎我！！！"

一晚上没怎么说话也没什么表情波动的男生挑了下眉，很快又恢复原状。

身边的好友都要怀疑是自己眼花。

Pine吐出烟，问："在哪里？"

小白停下丢牌的动作："在棋牌室打牌，我给你发定位。"

"还有谁在？"

小白："我，简茸，XIU和我哥。"

Pine顿了一秒："兄弟齐心，齐力送金？"

"屁，我是运气不好，牌特别烂……"小白扔出牌，告状，"我哥在旁观，他还偷看我的牌告诉简茸！"

路柏沅坐在简茸身后，闻言一笑："你在诽谤谁？我偷看也不会看你的，就你那牌技……俩人一共输给XIU多少了？兜里还有钱吗？"

简茸紧捏着牌，被自己手里的烂牌气得头疼，还要倔强地说："输就输了，我有钱。"

XIU扑哧笑出声，冲着小白的电话喊道："这儿就你辅助没钱，他兜里一分不剩了，还欠我二十八块呢，赶紧过来帮他付了，只收现金啊。"

Pine来棋牌室领人时，庄亦白的欠账已经高达八十一块四毛。

他刚打开门就有人往他这边扑过来，一阵好闻的洗衣液暖香钻进鼻腔。

小白一只手臂放在Pine的肩上，Pine一垂眼就能看到他的眼睫。

庄亦白睫毛又长又密，很多粉丝都叫他"睫毛精"。

小白一副"我金主到了"的模样，回头对XIU说："来来来，我AD来了，我欠你多少钱？只管说！"

XIU："给你抹个零，八十。"

Pine收回视线，拿出钱包找出一张百元大钞："不用找了。"

XIU"嘿"了一声："谢老板！"

出了棋牌室，XIU自个儿打了辆车回基地。

十二月初，上海夜晚的寒风吹得人骨头都疼。

小白问路柏沅："哥，你车停哪了？"

路柏沅道："你们自己打车回去。"

眼看他们中野一起离开，小白哈出一口白雾，转头看到 Pine 正在用软件叫车，他赶紧伸手去戳 Pine 的手机屏幕，把排队取消。

Pine 任他乱按，转头问："干什么？"

"我们晚点再回去吧？"小白揉揉肚子，"我饿了。"

Pine 皱眉："棋牌室没晚饭？"

"有。"小白嘟囔道，"我打得太认真了，就吃了两口，这家菜也不好吃。你饿吗？哦，我忘了你今晚和朋友约饭……那还是回去吧，我回基地再订外卖。"

小白说着又伸手想去戳 Pine 的手机，然后被 Pine 抓住，挪开。

Pine 把手机软件关了，淡淡道："想吃什么？"

小白："你不是吃过了？"

"没吃饱。"

小白眼睛弯成月牙："那哥哥请你去吃对面那家日料！特别好吃！"

Pine 安静地看了他两秒："哥个屁，才几岁？"

小白得意道："别管我几岁，反正永远比你大两岁。"

Pine 嗤笑一声，转身刚要往斑马线走，小白不小心碰到了他的手。

"诶，我刚就想说了，你手怎么这么冷啊？你这种年轻人体火不该特别旺吗？没事，等会儿去店里就不冷了。"

在路灯的映衬下，Pine 锋利的五官都似柔和了几分。

小白抬头看了一眼红绿灯，"啊"了一声，拽着 Pine 往前走："快，绿灯了！"

日料店里有暖气，两人将外套脱了挂在包间的衣柜里。

小白盘腿坐着，咽下鲜美的生鱼片，整个人都像活了过来："你这次怎么才回去几天就又回来了？"

Pine喝了口茶，平静陈述："你太烦了。"

他回家三天，庄亦白一天三个电话，早上问他醒了没，中午问他吃了没，晚上问他有空打游戏没。

于是昨晚，在把父母送上前往云南老家的飞机后，他就订机票回了上海。

"早知道能把你烦回来，我一天给你打七个电话，我一个人待在基地都快无聊死了。我爸妈实在太过分，宁愿跟那什么破夕阳红旅游团去玩儿，也不肯带他们的宝贝儿子……喀，喀喀……"

小白话未说完就被芥末狠狠呛了一道，他用手背捂着嘴使劲儿咳嗽，慌里慌张地倒茶，却发现茶壶中的茶烫到没法入口。

他下意识朝Pine伸手，一杯晾凉了的茶被递到他手中。

Pine刚想提醒什么，就看见对面的人端着茶杯，仰头一口把茶喝光了。

小白眼睛都咳红了，平复下来后一抬眼，湿着眼控诉："P宝，这家店想谋杀英雄联盟世界冠军。"

Pine："……"

Pine抬手把茶倒满："你是笨蛋？吃饭都能呛到？"

"这是对你宝贝辅助该有的语气吗？"小白把杯子还给他，"你怎么都不吃？"

吃不下。

Pine看着面前的刺身拼盘，几秒后才动筷，随手夹了一片最小的。

小白这才满意了，刚打算大吃特吃，搁在桌上的手机嗡嗡响起。

小白看了眼来电显示，接通后直接点开扬声器，含糊地喊了一声："妈——"

庄妈妈问："干吗呢？"

"吃饭。"

庄妈妈"哎哟"一声："先别吃了，你赶紧去机场一趟。"

小白："妈，天大地大，吃饭最大……"

"别说这些屁话。"庄妈妈道,"人家女孩子的飞机马上要在上海落地了,你现在赶紧过去,还来得及!"

Pine 咀嚼的动作变慢。

小白也怔了一下:"什么啊?"

"就你李叔叔家的女儿,过年介绍给你的那个——"

"那个相亲对象?"小白皱眉,"妈,我都跟她微信聊好了,我们没看对眼……"

"微信聊能聊出什么来?"庄妈妈坚决道,"反正我已经跟李叔说好了你去接机,你要是不去,人家女孩就只能一个人在机场等着了。"

挂断电话,小白烦躁地叹了一口气。

"相亲对象?"

小白抬头,对上 Pine 的目光:"啊……我没跟你说过?"

"我妈不知道被街上那个媒婆灌了什么汤,年初的时候非要我去相亲……不过那女生还挺好说话的,我说暂时不想谈恋爱她也就没再找我了,我还以为这茬儿过去了……"

Pine 的食指无意识地点了点茶杯:"人怎么样?"

"没见过,她朋友圈也没对我开放。不过我妈给我看了照片,其实还挺好看的。"小白摇头叹气,"可惜那时的我心里都是 LPL 未来三十年的发展规划……"

"规划完了?"

小白一愣:"……差不多吧?"

Pine 点头:"意思是现在有时间去规划别的了?"

小白拿着筷子眨眼,还没来得及问"我的宝贝 AD 您具体是想我去规划些什么呢",手机又"叮"了一声。

妈:落地时间 22:20,浦东 T1 机场,小姑娘的电话是 1××××……

小白抬头看了一眼时间,脱口说了句脏话。

他纠结了一会儿，最终还是匆匆起身，扯下外套随便套上："P宝你吃吧，我得去趟机场，飞机还有二十分钟就落地了……你慢慢吃，一会儿我给你报销！想吃什么随便点！对了，这家店的烤鳗鱼特别好吃，你一定爱吃，我点了一份，一会儿你尝尝，我就先去机场了，这么晚让一小姑娘在机场我不放心，万一出什么事我得负全责……"

小白一边叨叨一边穿鞋，刚要站起来，才发现自己大衣的帽子被抓住了。

他回过头，对上Pine的视线。

男生单眼皮轻轻垂着，眼神与平时无异——都没什么情绪。

小白一怔，眨眨眼："怎么了？"

Pine没说话。

小白的大衣帽子带着一圈绒毛，跟他本人一样，白白软软很好摸。

小白等了一会儿，手机又"叮"地响了一声。

随着这道轻声脆响，Pine松开手，拿起身边刚脱下的围巾扔给他："冷，戴着去。"

包厢门关上，半分钟前还热热闹闹的包厢忽然就冷了下来。

Pine垂眼看着桌上颜色鲜艳的刺身，一直没有动筷。

几分钟后，桌上手机亮起——

P宝的小辅助：P宝，我上车了。

P宝的小辅助：呜呜，我的日料——

P宝的小辅助：今晚本世界第一辅助好像没法冲H服前十了，我妈非要我带那女生去吃顿饭，你多吃点，把我那份也吃完！

直到那头消停，手机屏幕熄灭，Pine才有了动作。

他撑着膝盖起身，穿好大衣离开包厢前往前台结账，留下身后一桌精致冰凉的日式料理。

小白的相亲对象是刚过二十岁的女生，目前就在上海念大学。

小白一直没明白对方才二十岁为什么就被家里人叫出来相亲，当然，用他妈的话来说就是"交个朋友"。

女生绑了麻花辫，穿着白色羽绒服和一条粉白 JK 裙——他在简茸女装直播时学到的名词。

女生也仔细打量了一下他。

和照片上看的差不多，甚至要更瘦一点儿——说实话，小白这身材根本算不上胖，只是脸上肉多，长得还特别白，所以总给人一种肉嘟嘟的错觉。

小白垂着脑袋盯着女生的腿看了两秒，在女生感到害羞下意识想搓手指的时候，他抬起头道："姑娘，上海今天五度，你光着腿不冷啊？"

女生顿了两秒："我穿了袜子的，肉色，晚上不容易看出来。"

小白恍然大悟："厉害。"

女生："……"

小白带着女生去了离她学校近，他们战队也常去的一家烧烤店。

花了两小时化妆，连唇釉都精致涂抹过的女生看着面前大铁盘中的几十串羊肉串："……"

小白拿起一串，发现对面的人一动不动："你不吃吗？"

"我……也不是很饿。"女生道，"我没有耽误你训练吧？"

"我今天不训练。"

小白答得敷衍，他心里还记挂着那一桌日料……还有 Pine 抓他帽子时的眼神。

他忽然想起 Pine 刚入队的那时候，比他们队霸中单入队时还跩。简茸好歹还理人——虽然都是骂人的居多。

Pine 就完全地，把所有人隔绝在他世界之外。

一个人吃饭，一个人上分，一个人出门——除了打训练的时间以外，几乎不跟他们说话。

天生活泼爱热闹的庄亦白不太能理解这一类人。

所以他试着去理解。

他们是队伍里最需要培养默契的下路组合，所以他靠近，他主动，他强行闯进 Pine 的世界。

"哥哥？你有听见我说话吗？"

小白从思绪抽身，发现女生正歪着脑袋看自己："抱歉，你说什么了？"

女生于是把自己的话再重复一遍："你平时不打训练的时候都在做些什么呢？"

小白："打 LOL。"

女生："……那不就是训练吗？"

"不一样。训练的时候我们要打高分局，打训练赛，还不能玩别的位置。不训练的时候就能瞎玩，我经常和 P……和队友去炸鱼，就是去玩低分段，还能换着位置玩，娱乐为主。"

女生没太听懂："不还是玩游戏吗？不会觉得无聊？"

小白也莫名其妙："为什么会无聊？"

话音刚落，他兜里的手机忽然"噔噔噔"响起。

发消息的人是他直播间前任房管小姐姐，小姐姐给他当了两年的房管，上半年升职了，但他们仍保持着朋友关系。

房管姐姐：白！！！

房管姐姐：你在干什么？！

房管姐姐：人呢？

这阵势让庄亦白不禁怀疑自己的直播间被封了 999 年。

P 宝的小辅助：我在呢。

P 宝的小辅助：在外面吃烧烤，怎么了？我直播间炸了？！

房管姐姐：没有。

小白松了一口气。

房管姐姐：比那严重一万倍好吧？！江余松叛变了！而你居然还在吃烧

烤！！！

这口气又被他吸回来。

P宝的小辅助：什么意思？

房管姐姐：P宝在直播打游戏。

P宝的小辅助：他开播啦？都没跟我说。

房管姐姐：嗯。

房管姐姐：他和女陪玩在打双排，怎么会跟你说呢？

小白愣了两秒，随即嗤笑一声。

要不是他知道Pine的双排车比清华北大还难上，他差点就信了。

别说双排车，Pine就连游戏好友都没加几个人，以前解说甲找他要好友OB位都连续发了一周的消息才加上，找陪玩什么的更是天方夜谭……

"老板喜欢玩什么AD？"

"老板我声音会不会太大？"

"老板我可以玩猫咪吗？"

千万人气的主播终于有了动静，不过也只是闷闷地"嗯"了一声。不过这声足以让人确定他的身份，是本人没错。

"好的老板，那我选啦。"

小白低头看着手机屏幕上的星空TV直播软件，脸被打得啪啪疼。

Pine的确在直播，也的确是在和女陪玩双排。

女陪玩游戏段位非常高，能和Pine大师分段的号双排，还是御姐音，每句话里都带着慵懒的撒娇意味。

来相亲的女生也听到了女陪玩的声音，表情变得有一些微妙。

小白知道在这种场合下看直播不太好，所以他动动手指——把直播声音关小了。

Pine没有开摄像头，他比往日更沉默，大多时候都是女陪玩在说话。

女陪玩非常敬业，遇到这样的老板也不冷场，自顾自带着气氛。Pine偶尔出声，就只有"上"和"退"。

小白用小号看的直播，弹幕上全是——

"欢迎大家来到大型叛变现场。"

"为什么不开摄像头？"

"白呢白呢白呢白呢，怎么背景里也没他的声音啊？"

"消停一点儿哈，这是 Pine 的直播间，给陪玩小姐姐一点儿面子，玩梗适度。"

"我就纳了闷了……豆腐、98k 和其他职业选手也经常直播找女陪玩，Pine 偶尔找一次怎么了？别骂陪玩小姐姐，别带节奏。"

小白微微张着嘴，有些恍然。

对啊，男生找女陪玩多常见，怎么到 Pine 这儿，自己就觉得不可能呢？

Pine 今年 21 岁，当然会想找女生一块玩，甚至以后会想谈恋爱……

小白瞥到直播上方的开播时间，微微一顿。

Pine 的开播时间是 22：27。

没记错的话，自己离开餐馆的时间是十点整，从餐馆回他们基地起码要二十分钟，那就是说……在他走后没多久，Pine 就跟着离开了。

那一桌日料呢？打包带回基地了？

"你怎么也不吃了？"

小白抬头，看着面前的烤串突然没了胃口。他停顿好几秒后才说："我来之前吃了点日料，有些吃不下了。"

"那会不会太浪费。"女生愣了愣，提议，"不然你打包带回基地给队友？"

小白点头："好。"

女生抬手把服务员叫来，道："把这些都打包。"

小白对服务员道："再帮我重新烤二十串羊肉，十串牛肉，再烤份猪脑花，多放辣椒，也一块打包。麻烦用锡纸包好，谢谢。"

女生瞪大眼："你有很多个队友在基地吗？"

"没，就一个。其他人都约会去了。"小白笑了笑，"不过我队友吃熟食喜欢吃热的，这些太凉了，他不会碰的。"

小白把女生送回学校后，就马不停蹄地叫了辆车回家。

他坐在后座中间，一只手撑着驾驶员的座椅，道："麻烦您快开点，这儿限速六十码，您开个四十五码，也太慢了，大哥。"

司机一踩油门："好嘞，赶时间吗？"

"是啊。"小白着急地说，"再晚点我打包的烧烤就快凉了！"

司机："……"

到基地的时候小白隔着锡纸摸了摸。还好，还是烫的。

训练室虽然开了窗，但还是被烟味占满。里面只有键盘鼠标的敲击声，男生静静坐在电脑前，一声不吭地操作着游戏界面上的人物。他身上还穿着便服，额头前的头发有些乱，键盘旁放的烟灰缸里都是烟蒂。

他们第一次见面的时候 Pine 也是这副模样。

Pine 是通过试训进队的，最初训练的地点和他们一队队员不同，于是小白在试训第一天的深夜，偷偷下楼看了一眼。

Pine 那时比现在更瘦，穿着单薄的白色短袖，昏暗的训练室里只有他、电脑的声响和满室烟味。

"孤独"是小白对他的第一印象。

电脑后面的窗户半掩，冷风把脸颊刮得生疼。

打赢一波团战，Pine 听着耳机里女陪玩的夸赞声，拿起烟盒想再抽一根烟，肩膀忽然被人拍了拍，他下意识转头，对上了庄亦白的眼睛。

"脸都凉成这样了还开窗？"小白皱眉，"不冷啊？"

Pine 把烟放回去："不冷。"

小白摸了摸他的脖子，"啧"了一声："凉死人了你。"

他脱了围巾给 Pine 围上，转身去关窗："我看你十点半就开播了，那些日料是不是都没吃？不合口味？怎么不打包回来，好浪费。"

还没等 Pine 开口，小白就举了举手上的袋子，得意道："不过没关系，哥哥给你带了烧烤。"

Pine："……"

"我让老板用锡纸包的，还热着呢。"小白顿了一下，"干吗？不想吃？"

Pine："想。"

小白满意了，并在心里夸了一波机智打包的自己："那我去厨房拿个盘子装着吃，方便。"

小白把手机搁 Pine 电脑桌上，拿起烧烤要往外走，听见 Pine 刚摘下的耳麦中传出女陪玩的声音后又停下脚步。

他抿了抿唇，半晌才回头试探地问："那等我把烧烤拿回来……我们边双排边吃？"

Pine 看着他被冻得通红的耳朵，说："好。"

桌上手机振动，Pine 垂眼看去，是小白的手机，手机屏保是他勾着自己脖子强行拍的合照。

仓鼠吧唧：哥哥，我到宿舍了！

仓鼠吧唧：其实在见面之前我就看过你的比赛啦，虽然游戏看不懂，但赛场上的你真的很可爱很帅。下次见面换我请你吃饭吧……

仓鼠吧唧：谢谢你送我回学校！

小白五音不全地哼着歌回来了："P 宝，可乐雪碧你要喝哪一种？可乐被那臭蓝毛放冰箱了，有点凉，不然你喝雪碧？"

"都行。"Pine 拿起他手机递过去，"有消息。"

见小白笑着打字回复，Pine 无目的地移动了一下鼠标，顺手把自己的麦克风闭了。

"怎么样？"

小白仍看着手机："什么？"

Pine 说："那女生。"

小白把手机挪开看他，一脸高深莫测："我第一次看到真人比照片好看的女生。"

"那恭喜了。"

小白继续回消息，闻言撇嘴："但怎么说呢，我和她……"

Pine 打断他，道："她叫你哥哥？"

小白肯定地说："对啊，她比我小嘛，才二十岁。"

Pine 把视线放回游戏。

在他们对话的几分钟里敌方已经点了投降，游戏结束，电脑屏幕重新回到桌面。

直播间里都是关于小白的弹幕，Pine 不常回应弹幕，他随意一瞥，正好看到一条"庄亦白这小崽子还挺会疼人"。

"老板你真的好强啊，比职业选手还强……我跟你打游戏像是在抱你大腿上分，哈哈！"女陪玩笑道，"我是不是该付你上分费？"

丁哥帮他接了一个正规陪玩平台的工作，这位女陪玩是官方特意给他安排的，当然知道他是职业选手，这些吹捧的互动都只是在演戏。

Pine 说："不用。"

"嘻嘻，那谢谢老板小哥哥带我上分。咱们再来一局？"

Pine 的鼠标原本已经挪到退出队伍的按键上，想到平台给出的任务，犹豫了一会儿："嗯……"

小白回完消息，放下手机："好了，我马上上号……"

看清 Pine 屏幕上的游戏界面，小白一怔："你怎么又开了一把？不是说好了我们双排？"

"不排了。"Pine 买装备出门，"我和她还要再打一会儿，你自己玩吧。"

小白："……"

小白："你说话不算数啊？"

Pine 说："嗯。"

小白坐到自己机位上，开机，上游戏，并在心里暗暗发誓江余松如果不哄他三天三夜，他以后也都不要跟这个言而无信的渣男双排了。

不玩就不玩！爷自己单排！

他很有骨气地打开排位按钮，刚要进入单排队列，一条对话框迎面弹出来——

XIU：哈哈哈！你的 AD 不要你了！

自认是世界上最有骨气的男人被这一句话扎了下心。

Bye：……你在看他直播啊？

XIU：我们 AD 在看，开的外放。

XIU：没关系，别伤心。Pine 和妹妹打游戏，你也可以跟妹妹打游戏。

庄亦白干瘪地回了个"哈哈"。

一个组队邀请弹出来。

XIU：来，进队，正好缺个人。

Bye：队里怎么有四个人？

XIU：我叫了三个陪玩妹妹，上车起飞！

小白想了想还是进队了。

XIU 叫的陪玩声音都很好听，一声声"白哥"和"世界第一辅助"叫得非常甜。

然后小白选了个诺手去上路当孤儿，他挂在草丛里等敌方上单上线，游戏视角不断乱晃。

他心里的碎碎念如果有声音，那江余松恐怕都要被烦死了——

这 AD 为什么不吃我带回来的烧烤？

跟陪玩打游戏比我带回来的烧烤重要？

爷付出这么多年的疼爱和呵护终究是错付了。

几分钟后，小白还是在确定 Pine 在打团战没法分心的情况下，偷偷用小号潜进了直播间。

陪玩小姐姐仍然敬业地在尬聊。

"他居然敢碰我AD，可恶！我一会儿一定帮你报仇！"

"啊啊啊，老板快跑！他们打野来啦！完了，跑不掉了……可以打！反杀！Nice（很好）！老板你太厉害了，你是我遇到过最厉害的老板了！"

"老板考不考虑打职业？我可以提前预支一个签名吗？我要当你头号迷妹！"

"老板等等我，我还有三秒复活啦！"

小白手贱地切屏去看直播。

Pine没说话，但他的EZ停在了原地。陪玩小姐姐甜甜地说了一句"谢谢老板"，然后操控猫咪坐到了Pine的肩膀上。

再切回来，他被对方锐雯单杀了。

XIU叫的这三个陪玩段位都不高，不过很会聊，队伍语音里充满了欢声笑语，Pine直播间里响着陪玩小姐姐的彩虹屁，只有小白孤独地走在去上路挨打的路上。

本来就是娱乐为主的车队，加上他一直分心，上路打了三局没一局是优势，他们一路连跪，而他隔壁那个渣男已经排位四连胜了。

XIU阴阳怪气道："兄弟你上单是一直都这么强吗？"

小白："我的，今天坑了。"

XIU："没事，匹配而已嘛……不过你今晚好像有点沉默啊。咋的，输牌不高兴？不是有金主帮你结了账嘛。"

小白正想说什么，XIU又乐呵呵一句："不过你金主现在在给其他人消费呢。"

小白："……"

直播间里传来一道闪现的声音，紧跟着陪玩小姐姐道："呜呜，老板居然闪现救我，我的心动男嘉宾出现了……老板我多送你一小时，我们再打一会儿吧？"

Pine："嗯。"

"老板真猛！"陪玩小姐姐道，"老板，我们要不先加个微信？以后你有需要随时找我，我推了其他老板来陪你玩。"

Pine："嗯。"

游戏结束，小白看着"失败"两个大字和自己 1/10/3 的战绩，心里全是"我真菜，我为什么能打出这种战绩？我是废物吗？我要不明天就退役吧，反正战队里也没有什么值得我留恋的人和事了，我养了这么多年的 AD 也已经给别人当狗了，我留在这个基地到底还有什么意义……"

XIU 也在自家 AD 的外放音箱里听到了这个对话，道："真稀奇。以前我在后台看到有女粉找 Pine 签名，他都不愿意签，现在连女陪玩微信都加上了……你们战队粉丝难道又要多个嫂子？"

小白丢下一句"谁知道呢？不玩了，我下了"，然后关了游戏。

今晚不适合打游戏，早睡早舒心。

小白起身的时候装作不经意地往旁边瞥了一眼。

Pine 已经脱了围巾。他拿着手机在通过陪玩小姐姐的添加微信好友请求，小白视力好，看到了小姐姐的自拍头像，是精致漂亮的脸部特写。

还看到了小姐姐给 Pine 发了一个卖萌的表情包。

庄亦白忍着停留在 Pine 身后偷看他和小姐姐会在微信聊什么悄悄话的冲动，潇洒冷酷地转身离开训练室。

门关上，训练室一片静谧。

Pine 对着战绩页面发了两秒钟的呆，然后起身把面前的窗户重新打开，拿出烟点上。

女陪玩又发来一条消息：P 神！我平时陪玩走的就是这个风格，会不会吵着你？

Pine 咬着烟，懒懒打字：不会。

女陪玩：那就好，我们继续吗？

Pine 看了一眼他们双排的时间，距离陪玩平台给他的任务还差最后两小时。

趁今晚一块应付掉完事。

他没有再回复，直接动动手指重新进入游戏队列。

片刻，他拿起旁边被人一路护着送回来，到现在已经凉透了的烧烤，默默地往嘴里塞。

翌日小白醒来时觉得手酸，转头一看，他捧着手机睡了一晚上。

他看直播看睡着了。

他揉揉眼睛，看了一眼 Pine 的下播时间。以前直播超过三小时都会嫌烦下播的人，昨晚播到了凌晨三点半。

庄亦白是出了名的乐天派，多大的烦心事睡一觉基本也就过去了，就像 Kan 打假赛被赶出战队那一回，他知道这消息的头一天犹如丧神附体，第二天又满血复活准备开始迎接新赛季。

但这一次，他睡一觉醒来，觉得天还是灰的。

他盯着镜子里的自己，一边刷牙一边咬牙想，一定是因为江余松不吃他辛辛苦苦带回来的烧烤，还鸽他双排，他才会这么烦。

他走出房间时听到楼下有动静，探出身子往下望。

Pine 和丁哥就坐在客厅沙发上，两人低声不知道在聊什么。

小白走到一楼时只听到丁哥说一句："你好好考虑。"说完还伸手拍了拍 Pine 的肩膀。

丁哥见到小白下楼，叮嘱他有空开直播混混本月时长就匆匆离开。他们现在还在休息期，但年底这个时间段是各战队管理层的忙碌时刻，丁哥打算退下教练的位置专心负责战队运营，目前正在给他们谈几个经验丰富的老教练。

丁哥走后，Pine 从沙发起身，问他："吃早餐吗？"

小白在原地愣了一下，心想：我俩在冷战好吧？我昨晚的气还没消呢。

"阿姨不在，我给你做。"Pine 停在他身边，"还是你想吃外卖？"

小白："你给我做。"

吃着 Pine 做的番茄蛋面，小白觉得勉强可以原谅他一点点。

他咽下面条："刚刚丁哥让你考虑什么？"

"没。"Pine 是单眼皮，面无表情的时候总是显得冷漠又帅气。

和 Pine 说了两句话，庄亦白那点烦闷似乎就跑没了。其实仔细想想也不是什么大事，不就是找了个陪玩吗？不就是鸽了个排位吗？他被简茸鸽的次数难道还少了？

自我开解完毕，庄亦白放下筷子，用纸随意把嘴擦干净后，把脸凑到 Pine 面前："江余松，你看我眼睛底下。"

被点到名的男生吃面的动作一顿，抬起眼来看他。

Pine 眼皮很薄，眸色漆黑，这双眼睛似乎从没把什么人或事装进去过，偶尔几点光亮映衬进去，稀星朗月，庄亦白被看得一怔。

Pine 问："看了，然后呢？"

小白猛地回神："你……你没看见我的黑眼圈？"

Pine 说："没看见，很白。"

"……"小白顿了一下，"反正我昨晚没睡好。"

Pine 挑了下眉。

小白陈述："因为你辜负了我的烧烤，还因为其他人鸽了我的双排。"

一提到这个，Pine 又想到昨晚那顿冰凉干瘪的夜宵。

"你不知道我昨天有多可怜。"小白细数自己的委屈，"打牌连跪；好不容易吃顿日料被我妈逼着去接机；为了给你送热腾腾的夜宵，我连话都没跟那女生聊几句，一路上催着司机演《速度与激情》；回到基地你对我的爱心夜宵爱答不理、鸽我排位，连 XIU 都嘲讽我，说我被你抛弃了……"

眼看他越说表情越委屈，Pine 皱了下眉，很快又松开，最终还是开口："昨天的烧烤……"

手机铃声打断了两人的对话。

Pine 顺着声音看过去，庄亦白的手机有来电，备注是"仓鼠"。

小白对他说"等等"，然后接通电话。

"喂？"

"早醒了，不训练的时候我通常都醒得很早……今天？有空啊，怎么了？"

"去游乐场？"

小白愣了一下，原本想拒绝，抬头看到 Pine 靠在椅背上，正抱着双手看着自己。

他恍然想到，自己和 Pine 认识这么久了，好像从来没有一起去这种娱乐性质的场所玩过。

小白犹豫了一下，问："你那边几个人？"

"还有一个闺密？那我带一个朋友一块去行吗？男的，我队友。"

得到回答，小白笑着说："好，那行。两点？好……下午见。"

挂了电话，小白兴冲冲地说："P宝，我们今天出去玩吧？"

Pine 安静几秒："谁的电话？"

"仓鼠。"小白顿了一下，解释，"就昨天我去机场接的那个女生，她说她那有别人送的 VIP 免排队券，约我一块去游乐场。"

Pine 点点头，拿着自己的碗筷起身。

小白也起身："你刚刚想说什么？昨天的烧烤怎么了？"

Pine 把碗筷放进洗碗池，转身朝楼上走："没怎么。"

"哦。"小白跟上他，Pine 的步伐有点快，他小跑两步才追上。

他习惯性地抬手去搂 Pine 的脖子，看了眼墙上的钟："从这去学校接她们也要半小时，你去换件衣服我们就出门吧？"

"我没说要去。"

小白一怔,很快又道:"为什么?你不想去?你之前不是跟我说你从来没去过游乐场吗?哥哥这就带你去玩……那边风景好,我们还可以让人帮忙拍个照,我的微博背景和手机屏保也该换了……"

小白的微博背景和屏保一直都是他和 Pine 的合照。

一开始他是觉得拍得好看才换上去的,后来一直没换下。

Pine 忽然停下脚步,小白也跟着停下来。

Pine 问:"你去约会,我为什么要跟着?"

小白愣住:"也……不算约会啊,就是一块出去玩……"

"你的微博背景和屏保是要换了。"Pine 音调平平,"为什么一直用那张照片?"

小白被问得一顿:"那张照片挺好看的,而且粉丝也喜欢啊……"

Pine 打断他:"我不需要这种性质的粉丝。"

小白:"……"

"以前不需要,现在也不需要。"Pine 淡淡道。

小白心底一沉,道:"你朝我撒什么起床气……"

"没有。"Pine 转头看他,平静道,"你现在也不需要用那种方式吸粉了吧。"

小白哑然。

其实他一开始也没想过真的要用这种方式去吸粉,他只是单纯觉得好玩——逗 Pine 很好玩,看 Pine 偶尔露出无奈的表情也很好玩。

好玩又有收益的事情为什么不做?

"还有你微信的名字也改掉。"Pine 说,"取这种名字,不合时宜。"

小白觉得喉咙有些干涩:"我没觉得不合时宜。"

"我觉得不好。"

他抓着小白的手,将他的手从自己脖子上挪开。

第一次被 Pine 撇开手，小白站在原地茫然地看他。

"去吧，别让她等。"Pine 拍拍他的肩，敷衍地鼓励道，"好好玩。"

游乐场的空气中带着棉花糖的甜香。

小朋友手握糖果牵着妈妈的手满脸开心；同龄人并肩而行欢声笑语；情侣亲密依偎，还有几对情侣当作周围人不存在似的，明目张胆地接吻、亲耳朵……

全世界似乎都很快乐，只有庄亦白穿着厚重羽绒服，双手揣兜坐在长椅上发呆。

他看着远处闪闪发光的摩天轮，脑子里飘飘荡荡的都是 Pine 今天说的话。勾肩搭背用合照当屏保这种事关系很好的朋友也会做啊，有什么可奇怪的？

别看庄亦白现在在心里应得一茬一茬的，站在江余松跟前的时候屁话说不出来。

他试图去分析江余松是不是生气了，但他想了很久……江余松好像从来没对他生过气，有的时候被他缠烦了也只是皱下眉，很快又恢复如常。

不过……Pine 最近确实有些反常。

小白仰头靠在椅背上，对着天空呼出一口白雾，然后拿起手机举到自己面前，点开星空 TV，进入 Pine 的直播间。

屏幕漆黑一片，Pine 没有开播。

既然不开播，为什么不跟他一起来游乐场？

"哥哥。"

小白慢吞吞抬起脑袋看向前方两个娇小可爱的女生，还是一副咸鱼瘫的姿势："玩好了？这么快。"

"因为不用排队，"女生眨眨眼，"我们接下来打算去玩海盗船，你……"

"我不去了，你们去吧。"小白立刻道，"我继续帮你们看包。"

女生有点失望地"啊"了一声："真的不去？"

她一旁的闺密看不下去了："你什么都不玩，为什么还要答应跟仓鼠来游乐场啊？"

小白其实是想鸽掉来着……

他原本想打电话告知对方，谁知对方发消息来说她们已经出门了，就在校门旁的奶茶店等自己。

于是他只能抱着当司机的想法过来了。

前段时间才在江余松耳边咋咋呼呼说要一起去玩蹦极的人面不改色道："抱歉，我恐高。"

两个女生玩得还算开心。因为有免排队券，她们把游乐场里出名的大项目全玩了一遍，玩到尽兴时已经是傍晚七点。

他们随便应付了晚饭，在游乐场烟火时间之前赶到了城堡。

城堡前就是人挤人，小白站在两个女生身后帮她们挡开身后拥挤的人群，心不在焉地听她们聊天。

听是在听，但内容根本没进脑子。

周围每个人都高高举着手机，只有他格格不入。

他的衣服忽然被拽了拽，女生提醒他："要放了——"

砰——

几道烟花从城堡各处升空，五彩斑斓地在庄亦白眼里炸开。

他怔怔地仰着头，几秒后，也随大流地掏出了手机。

小白连按快门，拍了十多张照片。

拍完之后他打开微信，找出最常聊天的对话框，从几乎长得一样的十几张照片中精挑细选五张，在发送出去的前一秒顿住了。

他的微信名还没改，现在去找江余松就显得有点……丢人。

我是暂时没想到什么酷炫跩炸天的微信名，绝对不是死皮赖脸不改，他想。

小白退出照片发送界面，聊天框里是他和 Pine 之前的聊天。他们聊天总是他发的话比较多，还长，Pine 的回复简短得像是什么上级领导。不过他发的每条消息都能得到回复。

在聊天页面纠结半天，小白最终还是退出了这个对话框，但发图欲望强烈，他干脆随便在好友里找了个人把照片一股脑全发了过去。

那边回得倒也快。

廾耳："？"

廾耳："发错人了？"

P 宝的小辅助："没有，就是想把这漂亮的画面分享给我的好朋友。"

廾耳："不感兴趣，以后别发。"

小白："……"

烟花是飞到我脑子里爆炸了吗？我为什么会把这么美的图片发给这种男人？

看完烟花秀，两个小姑娘说晚饭没吃饱——游乐场景区里的东西又贵又难吃。

他们随便找了家海底捞。

女生们聊得火热，小白心不在焉地涮着鸭肠，直到被点名——

"白哥，"仓鼠闺密往桌前凑了凑，眼巴巴看着他，"我能不能跟你打听点消息？"

小白："嗯？什么消息？"

"当然是关于 LOL 转会期的，"女生眉眼弯弯，"其实我是 PUD 的粉丝啦……我想问今年 XIU 哥会退役吗？98k 应该是要继续跟 PUD 续约的吧？下路会有变动吗？"

LOL 转会期一般在 11 月中旬开启，持续一个月。在转会期期间，电竞职业选手可以从一家俱乐部转移到另一家俱乐部，联盟也会开放办理相关注册手续的窗口。

但眼见半个月过去，各大俱乐部却毫无动静。无关痛痒的替补二队倒是宣布了几个选手，没引起什么关注，大家想知道的重磅消息还被俱乐部压着，都等着在转会期快结束时搞个大新闻。

"……人家俱乐部都还没放出风声的事，我不好说的。"小白顿了一下，"不过有件事倒是可以说。XIU 哥不会退役，他还想再打一年。"

"XIU 真厉害！"女生高兴地喝了一杯酸梅汁，继续八卦，"Road 在总决赛采访说过他不退役了，那应该还是留在 TTC；你和 Qian 和 TTC 的合约也还没到期……Soft 呢？他只和 TTC 签了一个赛季吧？我听说好多家俱乐部在谈他！"

小白挑眉笑了笑。

那可不，有点资本的俱乐部除了 PUD 外一个没落，全往他们中单跟前靠。就他所知，开价最高的已经喊到了三开头八位数。

这对刚在赛场出道一年的选手来说是天价。虽然富哥开的价格也不低，但跟最高那个比还是差了点……毕竟很多俱乐部背靠大公司，都指望着简茸去给他们的战队带流量带人气带成绩。

但没用。

有钱算什么？他们简神不缺钱。

女生从他反应中窥知了一些，点头喃喃："那 TTC 这赛季只有 AD 位置有变动。"

"嗯……啊？"

涮了半天鸭肠刚要享受胜利果实的小白张着嘴抬头："什么变动？谁变动？我们 AD……谁说我们 AD 要变动？！"

……

小白连大衣都顾不上穿，拿起手机匆匆出了餐厅。

这种电话不方便在其他人面前打，他找了个角落拨号，耸着肩膀被冻得哆嗦。

丁哥没接电话，他又打到了路柏沅那，快挂断的时候才被人接起。

"哥，什么情况啊？"一阵寒风刮过，小白说话都在发抖，"为什么有人爆料 Pine 要转会到 MFG？你听说这事了吗？丁哥就这么任由那些人造谣博眼球……"

路柏沅说："听 Pine 提过。"

小白一顿，整个人跟被冻僵似的："Pine……跟你提过？提过什么……"

"可能会离队的事。"路柏沅把泡好的咖啡放到简茸手边，察觉到小白的沉默，他眉梢一挑，"他没跟你说？"

风灌进衣襟袖口，小白浑身都冷透了。但他仿佛毫无知觉，拳头松了又紧，反复好几遍。

"没。"他哑声道，"确定了吗？那……那我们下赛季的 AD……"

"丁哥在谈，目前的预想是二队的 AD 小鱼，青训队里也有不错的，其他战队的话，丁哥比较看好豆腐。"

小白都懒得去想豆腐进队会不会跟简茸勾肩搭背，直接左转进派出所了。

怪不得连屏保和背景都要自己换掉。

路柏沅听着电话那头的风声，似有所感地垂下眼，道："还没确定，不过如果没记错，今晚 Pine 应该去 MFG 基地跟他们经理详谈了，估计这几天就能有结论。"

小白眼睛都被吹痛了。

他做了个深呼吸，伸手揉了一下眼睛："……哥，战队为什么不留他啊？我们不刚一起拿到冠军吗？他为什么非要走……"

"MFG 开的价格不错，战队也愿意围绕下路打。Pine 很年轻，也很有野心，想去不奇怪。"

"……"

感觉到小白的情绪，路柏沅垂下眼，平静地安抚他："时代不同了，选手转会是很常见的战队变动。转会以后还是朋友，只是不在一起训练打比赛了，不用太伤心。"

Pine 从 MFG 基地出来时已经是凌晨一点。

坐上车，他拿出手机想再看一遍两小时前随手刷到的，内容为"在游乐场撞见 Bye 和他女朋友了，Bye 还帮女朋友拎包好甜哦"的微博，按了两下却发现手机不知何时早就没电关了机。

回到基地，Pine 没急着进去，而是靠在墙边拿出烟，安静地抽起来。

庄亦白不喜欢烟味，虽然从来没在自己面前开口提过什么意见，但他每次抽烟的时候，那人都会离自己远一点点。

一包烟抽完又过了半小时。Pine 转身打开基地大门，脱鞋进屋。

基地一片昏暗，只开了几盏廊灯。

以至于他看见自己房门口有一团模糊黑影时，在原地停留了一秒才继续往前走。

男生讨债似的坐在他房门口，只穿了一件单薄的里衣，正低头捧着手机一遍遍拨电话，扬声器里不断响着"对方已关机"的提示音。

Pine 用小腿碰了碰他的膝盖。

专注手机的庄亦白抬起头，眼里还是拨不通电话的烦躁和焦虑，他们对上视线的一刹，小白紧皱的眉头缓缓松开，然后再重重拧起来……

Pine 刚要开口，就听见"咚"的一声。

庄亦白丢掉手机，直接扑上来紧紧抱住了他的腿。

Pine："……"

Pine 伸手想把人拉开，低头看到庄亦白整张脸都埋在他腿上，抱得死紧。

"江余松，你不是人。"

被点名的人登时顿在原地，手悬在对方头发上空，脸上难得出现了慌乱和无措。

庄亦白哭了。

小白其实已经哭完一阵了，只是说话还有鼻音："我含辛茹苦、勤勤恳恳伺候你这么多年，你就这样对我。"

小白抱住他的腿后又想流眼泪，于是把脸贴过去，不客气地蹭了两下。

许久，他才听到头上落下一句："怎么坐这儿？"

小白声音闷闷地："等你。"

Pine大概猜到他听说了什么："不会回房间等？"

"怕蹲不到你。"

"要是我不回来呢？"

"……"

小白小声说："不会，你再怎么着……也要收行李。"

停在半空的手继续往下伸，但还是怕手凉，没敢真的碰到他。

Pine："起来。"

小白："我不，你说清楚。"

Pine打开房门："进去再说。"

小白动也不想动："我不。"

掉在地板上的手机响了一声，Pine垂眸扫了一眼："你手机。"

这倒提醒了小白："为什么不接我电话？怕我耽误你签合同？"

"没电关机了。"Pine道，"在口袋里，不信自己拿出来看。"

小白不说话了，默默又抱紧了一点儿。

Pine："再不松开，一会儿谦哥回来会把你拍下来。"

小白："……"

Pine："然后发给简茸。"

小白："……我起不来。"

他稍稍松手，抬起头，眼眶红红的："坐太久了，我腿酸。你扶我一下。"

小白被扶起来的时候，吸了吸鼻子："你抽了好多烟啊。"

Pine："嗯，离远点。"

"我又不嫌你。"

进屋关门。Pine把人扶到沙发上，抽出两张纸递给他："别哭了。"

"没哭，玩累了眼睛酸。"小白狡辩完又觉得这句话鬼都不信，于是改口，"哭怎么了？全世界都知道我的AD要跑路了，只有我自己不知道，我还不能哭吗？"

Pine："……"

他看着Pine换衣服。Pine的身材看着瘦，其实他很有力气，抬手时还有起伏的肌肉线条。他们体重明明差不多，自己甚至比Pine重几斤，但每次他发酒疯的时候Pine都能轻轻松松把他扛走。

手机消息还在响。小白没管，也没看，他一直盯着Pine，直到对方转过身来和他对上视线。

小白开口："MFG给你开多少签约费？"

Pine："两千万。"

"……MFG老板发财了？"小白忽然想起什么，坐直身道，"P宝，MFG花高价买你肯定没钱再买其他队员了，等你进了基地一看，四个菜鸟！而且他们战队的辅助多菜你不是不知道，你排位遇到他不都直接秒退的……"

Pine淡淡道："MFG换老板了。"

"？"

"一家电商买了他们战队，除了中上这两个位置，其他队员全换了。"Pine把打火机随手扔桌上，"买了个H国的辅助。"

小白嘴唇动了动，片刻才又憋出一句："那又怎么样？现在LPL哪个战队的配置比我们战队好？MFG人员重组肯定还要练配合……"

"是要重新练。"Pine轻描淡写，"他们下赛季围绕下路打，以前的战术大都用不了了。"

"……"

TTC能C的选手太多了，MVP都靠抢，资源很少偏向哪一条路。Pine

如果去了 MFG 就是团队中心，能得到最多的资源，受到最全面的保护，比赛成绩先不说，以 Pine 的操作和实力，下路绝对能打得顺风顺水……

都是职业选手，他知道 MFG 开的这个条件有多诱人。

小白想不到什么别的留下他的理由了。他垂着眼皮，坐在门口打不通电话时的那股难受又重新漫了回来。

Pine 安静地看着他，见他不开口，才问："不想我走？"

小白想也没想："废话。"

"为什么？"

小白被追问得一怔："……我们一起打了这么久的比赛，关系这么好，我肯定舍不得你走……"

"我不在之前呢？" Pine 淡声道，"TTC 前任 AD，他走的时候，你也这么哭了？"

小白话说到一半被打断，他嘴巴微张，愣愣地看着 Pine。

TTC 上任 AD 走的时候他哭了吗？

没有。

那 AD 跟他从青训到夺冠搭档了三年半，相处得也不错。分别的时候他虽然觉得不能再一起打比赛了很遗憾，但也替对方能拿到更高的签约费而感到高兴。

Pine 拧开矿泉水瓶仰头喝了一口，小白想了想道："那时候年纪小，以为分开之后还能一起玩游戏。但他去了其他战队后，别说玩游戏了，我换账号后连游戏好友都没有加上……"

"我不会。" Pine 像是跟他商量，"训练以外的时间，你想打游戏随时可以叫我，我不会删你好友，换号的时候也会加你。"

"……"

"这样行了吗？"

"……不行。"

"为什么？"

小白皱眉："哪有那么多为什么？因为我跟你关系更好，还想跟你打比赛，想跟你一起吃饭一起聊天，我就是不想你去别的战队……"

电话铃声打断了他的话。

Pine 垂眸扫了一眼来电显示，从桌上拿起手机丢到小白怀里："你的仓鼠。"

小白吐出一口气，过了好几秒才按下接听。

"喂。"他声音有点低，"没，我没事，只是没看到消息……我衣服在你那儿？"

小白愣了两秒，才想起来自己的羽绒服落在餐厅了："我给忘了……你拿回宿舍了？好，下次我有空再找你拿。"

女生客气地感谢他今天愿意当司机，并表示自己玩得很开心，小白心不在焉地敷衍："开心就好……我？我也挺开心的……"

挂断电话，小白忽然想起什么，倏地抬头道："富哥这赛季是不是给你开了一千七百万？"

Pine 安静看着他，没说话。

"不然这样，"小白舔舔唇，下意识伸手去抓他衣服，"我去跟富哥商量，我少拿三百万签约费，让富哥给你开两千万……"

"别胡说。"Pine 后退一步，衣服从小白手中挣脱出来，"很晚了，回去睡觉。"

"我没胡说八道，"小白站起身，"或者你还嫌少？那我少拿五百万，我说认真的。"

"五百万？"Pine 道，"老婆本不要了？"

小白以为他动摇了，立刻道："没那么快娶老婆，而且我还有存款呢……"

Pine 从衣柜随便拿出一件衣服："出去，我要洗澡。"

"等等，还没聊完！"小白跟上去，在他耳边喋喋不休。

"你该不会已经和 MFG 签合同了吧？"

"所以你之前为什么不告诉我？要不是仓鼠她们提到这事，我是不是得等你搬出去那天才知道？"

"你说话啊。"

Pine 看着他发红的眼尾，抿了一下唇，最后只说了一句："傻子。"

小白一愣，好半天才找回声音："干吗骂人啊？"

Pine："……"

小白还要说什么，Pine 突然后退一步，淡淡丢下一句："回你房间。"

说完，Pine 拿着换洗衣服，在小白愣怔的注视下转身进了浴室。

浴室门关上，Pine 在原地停留了几秒，直到听见外面的关门声后才终于有动作。他垂下眼，沉默地脱掉衣服，走进淋浴房随手抬起开关，冰凉的水淋在发间，过了十几秒才逐渐转热。

洗完澡，他随手把浴巾搭在湿透的头发上，走出浴室看到自己床上有个人。

小白趴在床上，拿着手机却没看，整张脸都埋在枕头里。

水声太响，Pine 没听到他回来的动静。

听见脚步声，小白转过头来。他脸还是红，但表情总算自然了，他说："你这澡也洗得太久了。"

Pine 安静两秒，才道："不是让你回房间？"

"我就要待在这儿。"小白刚回房间换了件睡衣，他从床上坐起来，道，"你头发还在滴水。"

Pine 随便用浴巾擦了两下，再抬头，小白已经轻车熟路从抽屉拿出吹风机。

"过来，"小白盘腿坐在床上，拍了拍旁边的位置，"哥哥帮你吹。"

Pine："不用。"

小白没跟他啰唆，直接起身拽他。Pine 皱着眉任由他拖着坐到床上。

Pine 有次发烧就是因为洗了头没吹干，那时候基地没暖气，他对着窗坐着打了一晚上排位，第二天直接高烧陷入半昏迷。

自那以后，小白经常强制性地帮他吹头发。

吹头发过程中没人说话，小白站在床边，手法娴熟。

男生的头发很容易吹，没一会儿就干了。

手机响了两声，Pine 拿起手机看了一眼，然后把手机丢给他："找你的。"

小白纳闷地低头看。

XIU：[分享微博]@P宝的小辅助 可以啊，谈恋爱了都不告诉哥哥们？游乐场好玩儿吗？

XIU：@P宝的小辅助 人呢？

XIU：@Pine P哥哥，叫一下你辅助。

什么乱七八糟的？

小白疑惑地点开 XIU 分享的视频，谁想这视频居然自动定位到了一分多钟之后。视频里的他正帮在玩旋转茶杯的仓鼠拎包。

Pine 表情一顿，立刻撇开视线起身。

小白关了手机就跟着起来："你去哪儿？"

Pine："倒水。"

小白："这视频你看过啦？"

Pine 很轻地"嗯"一声。

小白低头回了消息。

P宝的小辅助：我没谈恋爱啊，我不想玩项目，就只能帮她们看看包。

P宝的小辅助：LPL事业需要我，我怎可在儿女情长上面浪费时间！

小白想起什么，叹了一口气："我本来是想带你去玩的，你来上海不是从来没去过那个游乐场吗？"

Pine 把蜂蜜水塞给他。

小白喝了一口，Pine 转身去床上拿 iPad，他捧着杯子跟过去。

"你把 MFG 经理的微信给我。"

Pine："干什么？"

"问他们缺不缺辅助。"

Pine 一怔，随即皱眉："别闹。"

"没闹，我说真的。"小白道，"我和战队的合约还有一年，我明年就能过去。只要我保持今年的状态，他们开的价格也不会低。"

Pine 沉默两秒："不是说过想一直留在 TTC？"

"现在也想啊。"小白点点他的屏幕，帮他丢牌，"但 MFG 的基地离我太远了，我还是想跟你一块打比赛。"

Pine 抓住他乱打牌的手放进被子里："不用。"

小白皱眉："怎么不用？我偏要……"

"我不去 MFG。"

小白怔住，呆呆地看着他："什么意思……你拒绝他们了？"

"嗯。"

"那今天怎么谈这么晚？我还以为你们意向合同都签了……"

"他们经理一直留我。"

小白点点头，眨眼："为什么又不想去了？"

"全华班比较舒服。"Pine 淡淡解释，"不想和 H 国辅助练沟通，麻烦。"

小白"噢"了一声，帮他总结："你还是觉得我的辅助更好。"

Pine 安静了很久，久到小白都要开启下一个话题了，他才闷着嗓音飘出一句："嗯。"

他起初只觉得庄亦白很烦。

说话烦，靠近烦，身上的味道烦，笑起来也很烦。他不明白世界上怎么会有这么话痨的男生，每天都精力过剩，永远是训练室里最吵的那一个。这人还特别喜欢靠近自己，给多少冷脸都赶不走。

这种烦人的日子过了半年，直到有天他发高烧，被送去医院。

在病床上醒来时，庄亦白正在烦医生，缠着医生念叨"他什么时候能退烧""他不会烧傻了吧""我和他是搭档啊，他傻了我可怎么办"。

凭本事把医生烦走后，庄亦白转身跟他对上了视线。

他当时还没来得及说什么，庄亦白突然快步走上前来，焦急地跟他贴了贴额头，然后皱着眉对他喃喃："怎么办啊，你还好烫。"

那一刻，一向孤僻的江余松，萌生了想跟这个人做一辈子朋友的想法。

番外四 你进来，外面冷

"Shutdown（被终结）！"

冰冷的女声在耳机里响起。简茸看着眼前变灰的界面，摘下耳机扔在桌上，拿起牛奶猛喝了一口。

"不会吧不会吧？不会真有职业选手在全地图看不见人的时候还脸探草丛吧？"

"退役吧，你这水平就够当个三流主播。"

"啧，菜得我出去都不好意思说自己是你爹。"

"怎么？"简茸打开游戏商店，懒洋洋地说，"英雄联盟最强王者那几千号人全聚在我直播间了？让我看看。"他点开一个狂刷辱骂弹幕的观众的资料，看到资料里绑定的游戏账号，嗤笑了声，"哦，黑色玫瑰不屈白银……是挺不屈。"

"……你这是侵犯上帝的隐私！"

"你们扒我直播间小号侵犯你爹隐私的时候怎么没这么能说？"简茸动动鼠标，"我早猜到了草里有人……以为只有他们中野，谁知道来了五个。"

"狡辩有一套的。"

"咦？小傻子不是说圣诞节停播，要出门玩儿吗？"

"今天怎么没和Road双排？"

看到这个弹幕，简茸忍不住瞥了眼桌上的手机。

他原本和路柏沅商量好，今天一起出门过圣诞。谁知路柏沅手头的代言临时有宣传拍摄需要他配合，中午就订了机票去了北京。

看时间，应该快到了……

十分钟后，他不知道看了多少遍的手机屏幕终于亮起来。

小橘爸爸：我到了。

下一刻，一条该直播间大老板才能拥有的横幅嚣张地弹出在直播窗口的顶端——TTC·Road 骑着南瓜马车进入了 TTC·Soft 的直播间。

简茸正在激情举报队友，横幅出现的那一刹，他打字的声音随之停顿下来，两秒后，他把举报栏里的小作文删了，简简单单地写上一句：代打上来的，太菜，建议封号。

路柏沅刚坐上来接送的车。看到简茸的举动，他牵了牵嘴角，切到微信又发了一句。

小橘爸爸：在去拍摄的路上。你播，我挂着听。

简茸挂着游戏，拿起手机认真地回复了几句，抬头就看到弹幕正在不满。

"怎么？爹圣诞节陪女朋友逛街都抽空看你直播，是来看你玩手机的？"

"挂机耗时长，举报了，等着超管来抓你吧。"

"Road 在直播间看着你都敢挂机？我看你是胆儿肥了！"

"回条消息而已，你们烦不烦？"简茸不舍地放下手机，"没挂机，故意等一会儿再进队列，不然又排到那几个傻子。"

进入新一局游戏，简茸习惯性地看了一眼本局队友的 ID。

P 宝的小辅助进入聊天窗口。

简茸："……"

简茸转头瞥了一眼旁边人的电脑屏幕，确定庄亦白分到的位置是"上单"之后，他挪动鼠标："这局秒了。"

旁边偷听许久的小白当即摘下耳机："简茸！你什么意思！"

"你看看你自己玩上单的战绩，两页红，我直播间里那些菜鸟看了都直摇头。你也不想明天那些电竞营销号的文章标题内容都是'TTC 中辅强强联手为艾欧尼亚王者分段玩家倾情赠送圣诞大福利'吧？"简茸道，"你能不能跟你的 AD 去双排，别害人。"

"你以为我不想？要不是P宝今天有别的训练任务，我又正好月底赶时长，我才不出来单排受这委屈呢！"

简茸懒得听他废话，鼠标都挪到X按钮上了。

庄亦白："不是吧不是吧？你连我都带不动？就这么怕输？输不起？"

简茸冷笑："激将法有用？"

"我可没激你。"庄亦白双手抱胸，气定神闲地扔出一句，"算了，你秒吧，我也觉得你带不动我……毕竟像Savior那样能带我的上单连赢三局的LPL中单，这年头也没几个了。"

两分钟后，TTC中辅顺利进入了同一局游戏。

简茸买好初始装备出门："上路少送几个。"

"看不起人？"庄亦白道，"你看着，我这局人头经济绝对比你高。"

简茸"嗯"一声："反正吹牛不花钱。"

"……不信你跟我赌一局，你这局人头要是比我多，我游戏名字改一礼拜的'Soft是我爹'；如果我人头比你多……"

"行。"没可能的事没必要听完，简茸直接打断他，"准备买改名卡吧。"

游戏进行到七分钟，简茸轻轻松松把敌方中单折磨到残血，他看准时机，直接交出闪现准备拿下对方人头——游戏界面卡住不动了。

简茸："？"

他转头看了一眼庄亦白的屏幕，庄亦白操控的鳄鱼还生龙活虎地在上路挨打，两秒后，庄亦白游戏界面上出现了简茸游戏人物被击杀的消息。

简茸："？？？"

简茸游戏崩了。

跟庄亦白连的是同一根网线，用的是同一个牌子的电脑，进的是同一局游戏，他游戏崩了，庄亦白还在上路挨打。

直到游戏结束，简茸都没能重新进入这一局游戏。

这局游戏的最后战绩，简茸 0/1/0，庄亦白 1/6/4。

"承让承让。"庄亦白抱拳道，"以一个人头惊险取胜，真不好意思。"

两个直播间的弹幕全都笑疯了。简茸不可置信地看着他："这也算？"

"怎么不算？"庄亦白说，"你难道想在这几十万直播间观众面前赖账？那以后观众们会怎么看你？"

简茸毫无负担地耸了耸肩："无所谓……"

"我哥也在直播间！你难道想在我哥面前赖账？那以后在我哥心目中，你就是一个说话不算话的男人！"

简茸："……"

挂在直播间里的路柏沅突然被 cue 也没反应，不知道是没说话还是已经在进行拍摄工作了。

半响，简茸磨牙："……我不改 ID。"

"没让你改 ID，"庄亦白得逞地笑了，"你陪我玩个双人游戏就行。这游戏我之前答应了粉丝要玩儿的，但 Pine 不肯陪我，我拖了粉丝好久了。"

简茸看了一眼时间，他这个月的直播时长够了，干脆道："行。现在玩，早开早结束。"

十分钟后，简茸电脑桌面多了一个游戏图标。

红色背景，一张女人的脸，如果仔细看，还能看到她眼角那一滴红色血泪。图标下面四个大字：墓色医院。

庄亦白："你选哪个人物？记者还是摄影师？"

简茸："……"

没得到回答，庄亦白扭过头来，看到他游移的鼠标："你该不会怕了吧？不敢玩恐怖游戏？胆子这么小？"

"怎么可能……"简茸舔了下唇，目光乱飘，"我怕个屁。"

庄亦白："那你赶紧注册进队啊。"

简茸点开游戏，耳机里传来阴森森的 BGM，偶尔还伴随着女人低低的呜咽。

简茸："……"

他关小了音量。

"哈哈哈哈哈，你就是怕鬼！！！"

"这是最近最火的恐怖游戏，Savior昨天刚玩过，三小时通关了，看不出来，Savior平时呆呆笨笨的，一点儿都不怕这些东西。"

"人不可貌相。你看这傻子天天嘴里放炮，现在尿成啥样了。"

"谁尿？我会怕这些？"简茸不自觉地微微挺起胸膛，"爹平时都看恐怖片下饭，知道吗？"

游戏开局三分钟，简茸被突然出现的"鬼影"吓得整个身子向后倒，电竞椅随着他狼狈地朝后移动。

简茸心如鼓擂，却面无表情："脚滑了一下。"

十七分钟，不断的敲门声在耳机里响起，单声道，似乎真的有人在他身后剧烈敲门。

简茸摘下耳机，声音带着轻抖："吵死了，不戴了。"

三十分钟，"鬼"直接来了一个贴脸杀。

简茸整个人猛地抖了一下，以迅雷不及掩耳之势缩小掉这个游戏界面。

"？？？"

"哈哈哈，傻子吓得眼睛都快合上了，哈哈哈！说真的，胆小咱就算了吧？盲人打游戏没必要，真的没必要。"

"牛，我连鬼长什么样都没看清，界面就被缩小了，这就是我儿子的手速实力。"

"算了吧，承认自己尿没那么难，别玩了。"

"算了吧,虽然连豆腐都把这个游戏通关了,但你要是实在不行就关了。"

"算了吧，不就是以后被说LPL第一尿人吗？你被骂的还少了？多一个骂名不痛不痒。"

简茸:"……"

简茸脸色惨白,坐回原位:"刚才演的。没吓到。节目效果。我骗你们干什么?你看现在你们不都在给我刷弹幕?说了是演的……玩,怎么不玩?继续。"

庄亦白忍笑忍得快疯了:"真继续啊?你别硬撑,虽然这是你输给我的,但如果你真撑不住那我去找 Savior 一起玩儿也行……"

简茸:"继续。"

三个小时通关的游戏,因为简茸的各种暂停,硬生生玩到了五个小时。

他的蓝发已经被自己揉乱,脸色难看,看到弹幕说还剩下最后两个关卡,他忍不住偷偷地吐了一口气。

"前方高能前方高能前方高能!!!"

"最后这个贴脸杀巨恐怖!我看了一个多星期没睡好觉!!"

"救命!我也记得这里,这游戏之所以这么火全靠最后这几个惊悚点了!!!"

"来了!要来了!"

"儿子,你干脆闭眼吧!眯着不难受吗?"

简茸一咬牙,坐直了身子,瞪大眼,握紧拳头准备迎接这个游戏的最后一击。

"啊!!!"凄厉的女声从耳机里响起,简茸的世界黑了下来。

一只大手捂住了他的眼睛。

简茸听着耳机里女鬼的惨叫,有些微微发怔。

手的主人刚从外面进来,手心微凉,身上带着寒风的气息。

庄亦白看到来人,惊讶地叫了声:"哥。"

"嗯。"直到荧幕上的恐怖场景消失,路柏沉才把手拿开。他揉了一把简茸的头发:"不训练,在这干什么?"

简茸还蒙着:"训练结束了,就……玩点别的。"

"玩到手机也不看了？"

游戏太刺激，简茸真的没顾上看手机，他拿起手机看了眼，路柏沅几个小时前给他发了消息，让他别玩这个。

"……我没听到提示音。"简茸回神，转头问他，"你怎么回来了？"

路柏沅走到自己的机位前："在北京没什么事，拍完就回来了。"

简茸呆呆地应："哦。"

路柏沅脱了围巾和大衣，发现那边的人还在看自己："发什么呆？"

"啊，没。"

"还不把这游戏关了？"路柏沅道，"来双排。"

简茸直接退了游戏："好，马上。"

恐怖游戏通了关，庄亦白心满意足地靠在座位上。他看着游戏界面，突然想到什么，转头拽了一下 Pine 的衣服："P 宝 P 宝。"

Pine 练着补兵，没回头："说。"

"这游戏太吓人啦！我今晚都不敢一个人睡觉了！"庄亦白双手合十，"你收留一下我吧。"

Pine 停下手，看了他一眼。

"我一定安安静静地睡！不打扰你！好不好？我真的会怕得睁眼到天明，那明天的训练就泡汤了，下个月的比赛也完了，到时候全网喷子都骂我……"

"……随你。"

"好人一生平安！"

训练结束。袁谦洗完澡躺在床上，盯着天花板看了一会儿。

几秒后，天花板出现了他今天不小心瞥到的，那个女鬼的面孔。

自小最怕这些东西的袁谦心脏猛地一跳，倏地从床上坐起来。

吓人。

太吓人了。

不行，再这样下去，是他睁眼到天明。

袁谦看着手机里女朋友半小时前给自己发的"晚安"，犹豫了一下，还是打消了叫对方陪他视频的念头。

要不跟小白一样，找个人一块睡？

他打地铺也行啊！

找队长吧，队长的房间正好大一点儿，睡地板也睡得舒服。

打定主意，袁谦利索地从床上起来，抱起枕头被子就拧开了门——然后被走廊里的身影吓得一个哆嗦。

外面只开了一盏廊灯，袁谦惊恐之余又仔细看了一眼。

还好，不是女鬼。

是他队长。

简茸握着门把，一脸震惊地看着自己门外，穿着睡衣抱着枕头的路柏沅。

"可以吗？那画面太吓人了，我到现在都没忘。"路柏沅一脸平静地说出这句话，"我睡地板就行。"

"……"简茸拉开门，"可以……你进来，外面冷。"

路柏沅走进房间，门关上。

徒留袁谦抱着自己的被子枕头在风中凌乱。

他看了看简茸的房门，又看了看 Pine 的房门。

为什么？

为什么？！

基地不让外人留宿这个规定是针对我的吧？？？！！

图书在版编目（CIP）数据

我行让我上：3/酱子贝著. — 北京：北京燕山出版社，2022.2
　ISBN 978-7-5402-6375-1

　Ⅰ.①我… Ⅱ.①酱… Ⅲ.①长篇小说–中国–当代 Ⅳ.① I247.5

中国版本图书馆 CIP 数据核字 (2022) 第 004156 号

我行让我上 3

作　　者：酱子贝
责任编辑：王月佳
装帧设计：等　等
封面绘制：好省 Suuygo
出版发行：北京燕山出版社有限公司
社　　址：北京市丰台区东铁匠营苇子坑 138 号 C 座
电　　话：010-65240430（总编室）
印　　刷：长沙鸿发印务实业有限公司
开　　本：710mm×1000mm　1/16
字　　数：274 千字
印　　张：20
版　　次：2022 年 3 月第 1 版
印　　次：2022 年 3 月第 1 次印刷
定　　价：54.80 元

版权所有　盗版必究